What...?
ring...
Any problem?
ring...
ring...
ring...
I can't get there

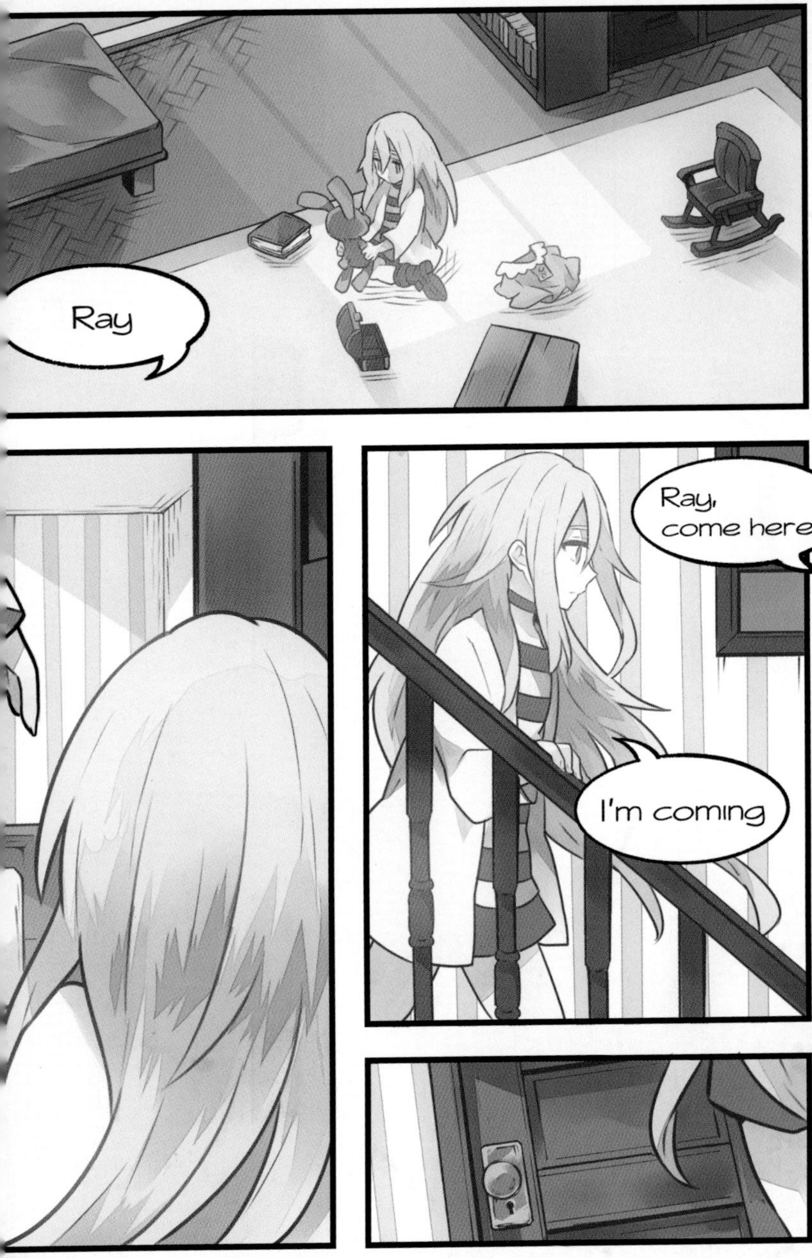
Ray
Ray, come here.
I'm coming

살육의 천사

UNTIL DEATH DO THEM PART

원작 = 사나다 마코토
저자 = 키나 치렌
일러스트 = negiyan

STORY BY MAKOTO SANADA
WRITTEN BY CHIREN KINA
ILLUSTRATION BY NEGIYAN

……있지, 잭, 나를 죽여 줘―.

CONTENTS

세계는 언제나 희미하게 파랗다.

그것은 분명 이 파란 눈 때문에 그렇게 보이는 것이리라.

'아빠랑 엄마, 오늘도 사이가 좋네.'

집에 있을 때, 아빠와 엄마는 종일 풀리지 않을 만큼 강하게 손을 잡고서 소파에 앉아 있다. 그곳에서 마치 인형이 되어 버린 것처럼 움직이지 않았다.

나는 그 행복한 광경을 방 입구에서 가만히 바라보고 있었다.

"자, 레이도 이쪽으로 오렴."

엄마가 미소 지으며 내 이름을 불렀다.

아빠의 눈은 까맣고 엄마의 눈은 파랗다. 그러니 이 눈 색깔은 엄마에게서 유전된 것. 하지만 엄마의 눈과 내 눈은 조금 다르다. 엄마의 눈은 빗물을 눈에 떨어뜨린 것처럼 흐려져 있었다.

언제부터 엄마의 눈은 저렇게 탁하게 변했을까……. 떠올릴 수 없다.

"응."

나는 그 탁하게 흐려진 눈을 지그시 응시하면서 작게 고개를 끄덕이고 두 사람 곁으로 달려갔다. 하지만 아무리 달려도 방 입구에서 조금도 나아갈 수 없었다.

'어째서……?'

숨을 헐떡이면서 나는 그 자리에 웅크렸다. 절망이라는 글자가 마음에 쌓여 갔다.

"레이, 왜 그러니."

줄곧 같은 자세로 소파에 앉은 채인 아빠가 들어본 적 없는 다정한 목소리로 말했다.

"그쪽으로 갈 수 없어."

아빠의 검은 단추 같은 눈을 바라보며 나는 그렇게 대답했다.

그 순간이었다.

갑자기 어지러워지더니 머릿속이 새하얗게 칠해져 갔다.

딸랑…… 딸랑…….

'뭐지……?'

어디선가 방울 소리가 울렸다.

물속에서 울리는 듯한 방울 소리가…….

FLOOR B7

흐리게 번진 방울 소리가 고막 안쪽에서 울려 퍼졌다.

눈 안쪽이 저릿한 감각을 느끼고 문득 눈을 뜨자 레이는 의자에 앉아 있었다. 딱딱한 감촉의 하얀 의자. 눈앞에는 똑같은 의자가 하나 더 마주 놓여 있었다.

그곳은 레이가 모르는 장소였다. 아무것도 없는, 상담실처럼 무기질적인 공간. 입김이 눈에 보일 만큼 차가운 공기가 감돌았다.

'여긴, 어디지……?'

이상하게 여기면서 레이는 의자에서 일어나 주위를 둘러보았다.

"……."

그러나 머릿속이 새하얗게 변한 그 순간부터 기억상실증에 걸리고 말았는지 아무것도 떠올릴 수 없었다. 하지만 이 세계가 현실임은 알 수 있었다. 꿈속과는 달리 자신이 생각하는 대로 어디로든 움직일 수 있었기 때문이다.

'아까는 꿈을 꿨던 거구나…….'

레이는 작게 한숨을 쉰 뒤, 이 세계가 현실이라는 것 말고는 아무것도 모른 채 이끌린 것처럼 창가로 걸어가 커다란 창문을 내다보았다.

'……파란 보름달.'

창 너머에는 이상하리만큼 푸른빛을 내뿜는 달이 떠올라 있었다. 하지만 그 달은 크기도 색깔도 반짝임도…… 마치 스크린에 비친 영상처럼 부자연스러웠다.

'어쩐지 진짜가 아닌 것 같아…….'

그리고 파란 달이라니, 좀처럼 볼 수 있는 현상이 아니야…….

언젠가 선생님이 그렇게 말했었다.

'선, 생님……?'

—선생님이라니 누구……? 누구였더라. 잘 기억나지 않아.

레이의 눈앞에 새하얀 가운을 걸친 뒷모습만이 어렴풋이 떠올랐다.

'……의사 선생님?'

그리고 그 순간, 사라지려던 뇌세포가 되살아난 것처럼 퍼뜩 놀라서 무심코 목소리가 흘러나왔다.

"맞아…… 나는 병원에 와 있었어."

'분명 이곳은 진찰실이었어…….'

—하지만 나는 병에 걸린 게 아니었어……. 아무 데도 아프지 않은걸. 그런데 왜 병원에 왔었지.

"읏……."

그때 또다시, 꿈에서 깼을 때와 마찬가지로 격렬한 현기증이 레이를 덮쳤다.

'기분 나빠…….'

—자, 레이도 이쪽으로 오렴.

저도 모르게 웅크리고 눈을 감으니 꿈에서 들었던 엄마의 목소리가 귓가에 메아리쳤다.

"아무튼 아빠랑 엄마한테 가자……."

레이는 그 목소리에 불린 것처럼 비틀거리면서 방을 나갔다.

▲
▼

—여긴 내가 아는 병원이 아니야.

왜 병원에 왔었는지 떠올릴 수 없었지만 그것은 직감적으로 알았다.

'자는 동안 다른 층으로 누군가 옮긴 걸까…….'

하얀 타일이 깔린 복도가 안쪽이 보이지 않을 만큼 이어져 있었다. 돌아다니는 사람은 한 명도 없었다. 레이는 쥐 죽은 듯 그 고요하고 으스스한 복도를 여전히 살짝 비틀거리면서 걸어갔다. 조금 나아간 곳에서 격자 형태의 검은 문을 발견했다. 문에는 카드를 집어넣는 장치 같은 것이 설치되어 있었다.

경계하면서도 살며시 문에 손을 대 보았지만 열리지 않았다. 억지로 열려고 하니 장치가 삐이 삐이 소리를 냈다.

'카드가 필요한 걸까…….'

레이는 격자무늬 틈으로 시선을 집중하여 문 너머를 들여다보았다. 어둑어둑해서 분명하게 확인할 수 없었지만 엘리베이터 같은 것이 어렴풋이 보였다.

'얼른 집에 돌아가고 싶어…….'

레이는 그렇게 강하게 바라면서 신묘한 눈으로 앞을 응시하며 입술을 꾹 깨물었다. 입술은 아플 만큼 건조했고, 약을 먹은 뒤처럼 머리가 어질어질했다.

'역시 속이 안 좋아…….'

만화경 속에 갇힌 듯이 시야가 흔들리는 가운데 레이는 다시 복도를 나아갔다.

"어라…… 벽에 뭔가 적혀 있어……."

그 기묘한 글자 나열이 시야에 들어온 순간, 마치 그 자리에 묶여 버린 것처럼 몸이 움직이지 않게 되었다.

「너는 대체 누구이며 어떤 존재인가.」

「스스로 확인해 보아야 한다.」

「본래 모습인가, 소망하는 모습인가.」

「천사인가, 제물인가.」

「자기 자신을 알면 문은 열릴 것이다.」

"……?"

주문 같은 문장에 조금 무서워져서 레이는 살짝 뒷걸음질 쳤다.

—천사인가, 제물인가.

'나는…….'

—어느 쪽도, 아니야……?

무의식중에 그런 대답이 떠올랐을 때, 문장이 적힌 벽 바로 옆에 아까 그 진찰실과 비슷한 문이 있는 것이 눈에 들어왔다.

그 순간 레이는 누군가에게 조종당한 것처럼 그 문을 열었다.

▲
▼

그곳은 아까 그 진찰실과 비슷하게 무기질적인 방이었다. 방 중

잉에는 커다란 ㄷ모양 테이블이 있었고 그 위에는 하얀 컴퓨터가 놓여 있었다. 레이는 살며시 컴퓨터로 다가가 키보드 위쪽에 있는 전원 버튼을 눌렀다.

'전원이 안 들어와…….'

—고장 난 걸까……?

작게 고개를 갸웃했을 때, 문득 천장 쪽에서 누군가 주시하는 느낌이 들었다. 천천히 시선을 돌리자 천장에는 감시 카메라 같은 것이 달려 있었고 카메라는 레이를 쫓아 움직였다.

'불길한 예감이 들어…….'

—어서 엘리베이터를 타고 밖으로 나가자…….

레이는 문을 열기 위한 카드가 어딘가 떨어져 있지 않을까 찾으며 테이블 주위를 걸었다.

"투명한 벽……."

입구 반대쪽의 벽면은 불투명 유리로 되어 있었다.

그 벽을 따라 걸어가서 중앙에 도착했을 때 여자아이가 서 있는 모습이 보였다. 플라티나 블론드를 허리까지 기른, 작고 가냘픈 체구의 여자아이.

'표정이 없어…….'

숨을 들이쉬자 레이와 마찬가지로 들이쉬고, 눈을 깜박이자 똑같이 눈을 깜박였다.

"……평소와 같은 나."

그것은 틀림없이 레이 자신이었다.

'이 벽 부분만 거울이구나. 하지만 어째서 바로 나라는 걸 몰랐을까…….'

한순간 자신의 모습도 몰라볼 만큼 기억을 잃었다는 것이 살짝 무서워져서 마음이 술렁였다.

다시 한 번 자신의 모습을 확인하듯 레이는 거울로 한 걸음 다가가 보았다. 그 순간, 전원이 들어오지 않았던 테이블 위 컴퓨터가 멋대로 켜지는 소리가 들렸다.

빠른 걸음으로 컴퓨터 앞으로 가니 검은 액정 화면에는 불규칙한 영숫자가 굉장한 속도로 잇따라 나열되었다가 사라지는 모습이 비치고 있었다.

'프로그램……?'

가만히 응시하고 있으니 별안간 화면에 하얀 글자가 표시되었다.

—정보 화면을 열고 있습니다.

—데이터를 기입합니다.

그리고 글자와 연동하여 컴퓨터는 담담히 말하기 시작했다.

—질문에 답해 주십시오.

—당신의 이름은?

'이름……?'

"……레이, ……레이첼 가드너."

레이는 떠올린 것처럼 대답했다.

—나이는?

"……열셋."

—왜 여기에 있습니까?

"병원에 와서…… 정신이 들고 보니 여기에…."

—왜?

"……?"

—왜?

—왜?

"……."

'무서워…….'

대답할 틈도 주지 않는 무의미한 연호에 레이의 얼굴이 굳었다.

—왜?

—왜 병원에?

'왜…… 병원에…….'

어째선지 심장이 두근거리며 아팠다. 레이는 작게 숨을 내쉬어 호흡을 가다듬으며 컴퓨터 앞에서 살짝 떨어졌다.

'……살인, 사건…….'

그때 문득 단편적인 기억이 레이의 머릿속에 희미하게 되살아

났다. 하지만 그 기억이 올바른 기억인지 아닌지 레이는 알 수 없었다. 확인할 방법도 없다. 애초에 기억의 정확함 따위 의심한 적도 없었다.

"……사람이 죽는 모습, ─살해당하는 모습을 봤으니까. ……눈앞에서……."

레이는 그 밤, 그 소름 끼치는 광경을 봤을 때와 마찬가지로 눈을 살짝 크게 뜨고서 말했다. 죽은 사람도, 죽인 사람도, 분명 모르는 사람이었다. 얼굴도 떠올릴 수 없으니까. 다만 남자가 여자 위에 올라타 식칼로 찌르고 있던 모습만이 분명하게 생각났다.

"그래서 카운슬링을 받으러 왔어……."

레이는 말하다 문득 카운슬링받고 있는 자신을 객관적으로 내려다보았다.

진찰실은 마치 천국처럼 새하얬다. 눈앞에는 안경을 쓰고 흰 가운을 걸친 카운슬링 선생님이 앉아 있었다. 선생님은 세계의 끝을 비추는 레이의 파란 눈을 집어삼킬 듯이 지그시 바라보며 자상하게 미소 지었다.

─앞으로 어떻게 하고 싶습니까?

그 선생님과 비슷하게 컴퓨터가 물었다.

"……여기서 나가고 싶어. 아빠랑 엄마를 보고 싶어."

레이는 퍼뜩 놀라 얼굴을 들고서 기억 속의 가족을 떠올리고 온샷발처럼 대답했다.

—기입 완료.

—플레이 스타트용 카드키를 배부합니다.

그 문장을 마지막으로 컴퓨터 화면은 뚝 소리를 내더니 새까매졌다.

'……?'

다시 전원 버튼을 눌러 보았다. 하지만 더는 작동할 것 같지 않았다. 컴퓨터 측면에 카드가 나와 있었다.

'분명 그 문을 열기 위한 카드…….'

레이는 컴퓨터에서 카드를 뽑은 후 도망치듯 방을 뒤로하고 아까 봤던 문으로 향했다.

▲
▼

문에 설치된 장치에 카드를 넣자 뚜우 뚜우 뚜우 하는 중저음과 함께 문이 열렸다. 안쪽으로 나아가니 그곳에는 역시 엘리베이터가 있었다.

레이는 위층으로 올라가는 「▲」 버튼을 누르고 엘리베이터 안으로 뛰어들었다. 그리고 1층으로 가려고 엘리베이터 조작 버튼을 누르려 했을 때, 지금 있는 층을 나타내듯이 B7이라는 표시가 빛나고 있음을 알아차렸다.

'B7……? 이상해……. 내가 있던 곳은 이런 지하가 아니었어……'

—게다가 B6으로 가는 버튼밖에 없었다. 아까 엘리베이터를 열었을 때 눌렀던 버튼도 「▼」은 없었던 것 같다…….

그때였다. 댕 댕 댕, 마치 교회 종소리 같은 음이 울렸다.

—최하층에 있는 그녀는 제물이 되었습니다.

—모두 각층에서 준비하시길.

—이 앞은 플레이 구역. 게이트가 열립니다.

기계음 같은 여자의 갈라진 목소리가 엘리베이터 안에 울려 퍼졌다.

she is to be
the sacrifice
on the bottom layer

FLOOR B6

덜컹하고 둔중한 소리가 나더니 엘리베이터가 멈췄다.

'엘리베이터, 멈춰 버렸어…….'

—조금 전 방송은 뭐였을까……? 잘 알아듣지 못했다…….

레이는 아직 꿈속에 있는 것처럼 멍한 머리로 엘리베이터에서 내렸다. 그 층에는 악몽 속에 그대로 잡혀간 것처럼 메스꺼운 이상한 냄새가 감돌고 있었다.

'지독한 냄새가 나…….'

—여긴 정말로 건물 내부인가……?

눈앞에 펼쳐진 것은 조금 전 병원 같은 느낌의 층과는 전혀 다른 모습으로, 아무도 없는 황폐한 지하 주차장 같은 장소였다. 빌딩 내부일 텐데 마치 바깥처럼 아스팔트 도로가 이어지고 있었다. 바닥에는 아무 데나 쓰레기가 산을 이루고 있었는데 그것이 쓰레기가 되기 전에는 무엇이었는지 원형조차 알 수 없었다. 아마도 그것은 상당히 오랫동안 방치된 것 같았다. 음식물 쓰레기가 썩어 버린 냄새가 가득했다. 쓰레기산에는 대량으로 발생한 초파리와 본 적도 없는 벌레, 검게 윤이 나는 수많은 바퀴벌레가 우글우글 꾀어 있었다. 그것은 구역질이 나는 불결한 광경이었다.

—기분 나빠. 이곳은 정말로 낯선 장소야…….

'……아무튼 출구를 찾아야 해.'

레이는 득실거리는 곤충 대군에서 눈을 돌리고, 입을 닫아 숨을 참으면서 쓰레기 사이를 나아갔다.

조금 걷자 콘크리트가 드러난 벽에 확대 복사된 신문 스크랩이 붙어 있는 것이 레이의 눈에 들어왔다.

『무차별 살인?』

—××년 ××월 ××일 ××주 ××의 도로에서 남성의 변사체가 발견되었다.

시신에는 예리한 날붙이로 벤 듯한 상처가 크게 남아 있어서 살인 사건으로 조사 중이다.

저번 달부터 이 주에서는 비슷한 방법의 살인 사건이 계속되고 있다.

피해자들에게서 상관관계나 공통점은 보이지 않으므로 근처 주민들은 주의할 필요가 있다.

레이는 자다 일어난 듯한 공허한 표정으로 멍하니 그 섬뜩한 기사를 읽었다.

—캉…….

그때, 벽 너머에서 불온한 소리가 들려왔다. 그것은 빈 깡통을 땅에 떨어뜨렸을 때 나는 소리와 비슷했다.

'누군가 있어……?'

레이는 작게 숨을 삼키고 주변을 둘러보았다. 하지만 주위에는 아무도 없었다. 그러나 뭔가 묘한 기척 같은 것은 공기를 통해 피부로 선명하게 전해졌다.

'어서 가자…….'

그 불온한 소리에서 멀어지고자 레이는 출구를 찾아 층 안을 헤매기 시작했다.

그로부터 몇 분이나 미로 같은 길을 돌아다녔을까. 주위에는 벌레가 기어 다닐 뿐, 출구는 전혀 보이지 않았다. 조금 지친 레이는 배터리가 다 된 것처럼 우뚝 멈춰 서서 천장에 둘러쳐진 거미줄을 멍하니 바라보았다.

'……저건.'

순간 레이의 눈이 살짝 크게 뜨였다. 겹겹이 포개진 그 거미줄 틈으로 비상구 표시가 깜빡이는 것이 보였기 때문이다. 비상구 표시 옆에는 『EV(엘리베이터)통로』라는 글자가 적혀 있었다.

'엘리베이터……. 출구?'

레이는 희미한 초록빛에 이끌려 비상구로 달려갔고 문 앞에 섰다. 하지만 문에는 손잡이가 없었으며 밀어 보아도 열릴 기미는 없었다.

'어떻게 하면 열릴까…….'

고개를 갸웃했을 때, 문득 어떤 기척이 느껴져서 레이는 뒤돌아보았다. 시선 끝에는 빛이 없는 뒷골목 같은 통로가 이어지고 있었다. 들여다보니 안쪽에서 더욱 이상한 냄새가 풍겨 왔다.

"……."

여기에 들어가는 것은 조금 무섭다는 막연한 느낌이 들었다.

—자, 레이도 이쪽으로 오렴.

움직이지 못한 채 주저하는 레이에게 마치 하늘에서 내려온 것처럼 상냥한 목소리가 속삭였다.

'그래……. 얼른 아빠랑 엄마한테 돌아가야 해…….'

레이는 물속에 잠수라도 하듯이 가볍게 숨을 참고, 본 적도 없는 벌레가 들끓는 통로를 비틀비틀 나아갔다.

▲
▼

발걸음을 옮길 때마다 부츠에 벌레가 밟히는 불쾌한 소리가 났다.

뒷골목 같은 통로를 빠져나가니 작은 공터가 있었다. 마치 밤이 오기 직전처럼 어두웠다. 그러나 점차 눈이 익숙해지자 검붉은 흔적이 여기저기 튀어 있는 것이 보였다. 그것은 어떤 잔혹한 사건이 여기서 일어났음을 연상시키는 불온한 흔적이었다.

'이거, 피야…….'

—하지만 왜 빌딩 안에 피가……?

이상하게 여기면서도 주위를 둘러보니 노란 전구 빛을 받은 벽돌 무늬 벽에 B7에서 봤던 것과 비슷한 문장이 하얀 분필로 적혀 있는 모습이 눈에 비쳤다.

「—이곳에는 층별로 그 층에 걸맞은 자들이 있다.」

「그자는 자신의 층 밖으로는 나갈 수 없다는 규칙이 있다.」

「그 층 사람에게 살해당하고 싶지 않다면 다른 층으로 올라갈 수밖에 없다.」

'낙서일까……?'

읽으면서 레이는 멍하니 그 문장을 기억했다. 외우려고 생각한 것은 아니었다. 자각 없이 외우고 있었다. 언제나 그랬다. 선천적으로 레이는 머리가 매우 좋았다. 한 번 읽은 책의 내용도, 그것이 아무리 시시한 내용이더라도 잊어버리지 않았다.

낙서 옆에는 또 신문 스크랩이 붙어 있었다. 신문에도 벽과 마찬가지로 피가 튄 것 같은 흔적이 섬뜩하게 배어 있었다.

『뒷골목 살인』

—××년 ××월 ××일 ××주 ××에서 또다시 변사체가 발견되었다.

마을 뒷골목에서 근처 주민이 발견했으며, 10대 소년으로 보이나 신원은 불명.

시신에는 크게 베인 흔적이 있어서 연쇄살인으로 조사가 진행되고 있다.

레이는 거의 무감정하게 그 기사를 읽었다.

'10대 소년…….'

비슷한 연령이기 때문일까, 어쩐지 그것만이 마음에 걸렸다. 그러나 지금은 이런 기분 나쁜 곳에 서 있을 때가 아니었다.

'어서 돌아가야 해…….'

레이는 작게 한숨을 쉬고 다시 걸으려고 했다. 하지만 그때, 「삐이삐이—」 하고 그리운 느낌이 드는 울음소리가 천장에서 들렸다.

레이는 얼굴을 들어 울음소리 쪽으로 시선을 주었다. 천장 근처 벽에 부자연스럽게 뚫린 구멍 안에서 하얗고 작은 새가 무언가를 호소하듯 울고 있었다.

'왜 이런 곳에 새가……?'

레이는 고개를 갸웃했다. 그 B6이라는 표기가 옳다면 이곳은 굉장히 깊은 지하일 것이다.

'……새, 귀엽다.'

하지만 깊이 생각하기도 전에 새를 만져 보고 싶다는 감정이 솟아났다. 이런 생기 없고 불결한 장소에 불쑥 나타난 그 귀여운 생물체는 갑자기 이런 곳에 와서 동요를 감출 수 없는 레이의 마음에 안심과 기쁨을 가져왔다.

"이리로 오렴."

레이는 다정한 목소리로 새를 부르며 작게 손짓해 보았다. 하지만 새는 레이가 그랬던 것처럼 고개를 갸웃할 뿐, 구멍 속에서 움직이려 하지 않았다. 구멍 속이 어두워서 잘 보이지 않았지만 새는 조금 쇠약해진 것처럼 보였다.

'어쩌면 배가 고픈 걸지도…….'

"잠깐만 기다려…… 뭔가 먹을 걸 찾아올 테니까."

레이는 부드럽게 미소 지으며 새에게 말한 뒤, 뛰다시피 뒷골목을 걸어갔다.

Floor B6

▲
▼

뭔가 먹을 만한 게 떨어져 있지 않을까 둘러보면서 레이는 더욱 안쪽으로 나아갔다. 막다른 곳까지 걸어가니 차고의 셔터 같은 것이 어중간하게 열려 있는 모습이 보였다. 셔터 너머에는 누군가 발로 찬 것처럼 찌그러진 로커가 늘어서 있었다.

'뭔가 먹을 수 있는 게 있을지도…….'

레이는 마침 자신의 키만큼 열려 있는 셔터 아래로 들어갔다.

그곳은 공장 같은 모습이 남아 있는 장소였다. 입구 바로 옆에 검붉은 액체가 들러붙은 세면대가 있었다. 하지만 수도꼭지를 돌려도 물은 나오지 않았다.

'목말라…….'

잘은 떠올릴 수 없지만 한동안 아무것도 먹지 않은 느낌이 들었다.

실내라고는 여겨지지 않는 꺼끌꺼끌한 감촉의 아스팔트 바닥에는 더러워진 작업복이 흩어져 있었고, 다양한 크기의 수많은 나무 상자가 아무렇게나 놓여 있었다. 나무 상자 중에는 레이 정도라면 여유롭게 들어갈 만한 크기도 있었다.

'이곳은 공장이었던 걸까…….'

희미하게 생각하면서, 뭔가 먹을 만한 것이 들어있지 않을까 찾기 위해 레이는 그 나무 상자를 하나씩 열었다. 하지만 상자 안은 전부 텅 비어 있었다.

"아……."

그러나 마지막으로 가장 작은 나무 상자를 여니 그곳에는 먹다만 팝콘 봉지가 들어 있었다.

'다행이다…… 살짝 눅눅해졌지만 아직 먹을 수 있을 것 같아. 새는 팝콘, 먹으려나……?'

레이는 안도하여 가슴을 쓸어내리면서, 팝콘을 흘리지 않도록 신중하게 그 과자 봉지를 어깨에 멘 검은 포셰트 안에 넣었다. 그리고 자리에서 일어나 새에게 돌아가려고 했을 때, 벌레를 밟았을 때와는 다른 감촉이 부츠 밑으로 느껴졌다. 부츠를 치우고 밟아 버린 무언가를 주워 올렸다. 그것은 누군가 구겨서 버린 것인지 꾸깃꾸깃해진 신문 기사였다.

『연쇄살인마』

—××년 ××월 ××일 ××주 ××의 공장에서 존 스미시(26)의 변사체가 발견되었다.

베인 상처로 추정컨대 이 마을을 떠들썩하게 한 연쇄살인마의 소행으로 보인다.

이 공장에서 일하던 존 스미시는 근면하고 성실한 청년이었다.

사건이 일어난 것은 「내일 새 차가 도착한다」며 동료에게 기쁘게 이야기한 다음 날이었다.

—맥락 없는 살인은 마을을 공포에 빠뜨리고 있다.

—살인마…….

'아까부터 이런 기사뿐이야……. 이 빌딩과 뭔가 관계가 있는 걸까……?'

그 꺼림칙한 기사를 읽으니 문득 그런 불길한 예감이 머릿속을 맴돌았다.

그때 「삐이삐이」 하고 레이를 부르는 것같은 새소리가 멀리서 들렸다.

—맞아…… 어서 새에게 돌아가야 해…….

레이는 순식간에 흥미를 잃은 신문 기사를 바닥에 떨어뜨리고 잔달음질 쳐 뒷골목으로 돌아갔다.

▲
▼

「삐이삐이」…… 뒷골목에서는 자신의 위치를 알리는 것처럼 새가 계속 울고 있었다.

'기다려 준 걸까……?'

새가 같은 장소에 있는 것에 살짝 안도하며 레이는 포셰트에서 과자 봉지를 꺼냈고, 양쪽 손바닥에 팝콘을 두세 개씩 올려서 새에게 내밀었다. 새는 음식 냄새에 이끌려 조심조심 구멍에서 나오더니 레이의 손바닥 위로 올라와 기쁘게 팝콘을 쪼았다.

"전부 먹어도 돼."

'……귀여워라.'

작은 새가 열심히 팝콘을 먹는 사랑스러운 모습을 레이는 흐뭇하게 바라보았다. 옛날부터 귀여운 것을 좋아했다. 귀여운 것과 함께 있으면 어째선지 신기하게도 마음이 평온해졌다.

'그 강아지도…… 귀여웠지…….'

레이는 새를 바라보며 문득 키우던 강아지를 떠올렸다.

'아아, 맞아…… 그러고 보니 나는 강아지를 키우고 있었어…….'

―어쩌면 조금씩 기억이 돌아오고 있을지도 몰라…….

하지만 아직 왜 여기에 왔는지도, 자신이 대체 어떤 인간인지도, 레이는 잘 생각나지 않았다. 떠올릴 수 있는 것은 자신의 이름, 나이, 카운슬링을 받으러 왔다는 것…… 그리고 모르는 사람의 살인 현장을 봤다는 사실뿐이었다.

떠오르는 싫은 기억을 떨쳐 내듯 레이는 새에게 손을 뻗었다.

"어라, 다쳤어……?"

그러나 새를 쓰다듬으려던 순간, 새의 한쪽 날개가 마치 조금 전 예리한 날붙이에 베인 것처럼 피로 물들어 있음을 알아차렸다.

'아파 보여…… 그리고 이래서는 날 수 없어.'

—치료해 줘야겠어.

레이는 작은 두 손으로 상냥하게 새를 감싸서 자신의 무릎 위로 올렸다.

"괜찮아, 가만히 있어."

그리고 포셰트 안에 들어 있던 구급 상자에서 붕대를 꺼내 소중한 선물을 포장하듯 새의 몸에 감았다.

"……이걸로 괜찮아."

깔끔하게 붕대를 다 감았을 때, 캉…… 하고 또 그 섬뜩한 소리가 이번에는 바로 근처에서 들렸다. 그 순간 레이의 손안에서 무언가를 깨달은 것처럼 새가 바들바들 떨기 시작했다.

"……괜찮아, 무섭지 않아. 같이 여기서 나가자. ……응?"

레이는 그 불온한 소리의 접근을 신경도 쓰지 않고 새의 따뜻한 몸을 쓰다듬으며 부드럽게 웃어 보였다. 그러나 작은 새는 부자연스러우리만큼 두려워하면서 레이의 손안에서 쑥 빠져나갔다.

"도망가면 안 돼."

제대로 날지도 못하면서 소리가 난 쪽으로 나아가는 새를 레이는 쫓아갔다.

"자, 이쪽으로 오렴."

그리고 미소 지으며 새에게 손을 뻗은 그때였다―.

새하얀 새의 몸이 눈앞에서 두 동강 나더니 날아갔다.

빨간 액체가 포물선을 그리며 레이의 뺨에 튀었다. 아직 따뜻한 그 혈액이 하얀 뺨을 타고 바닥에 똑 떨어졌다. 한순간 정적이 흐른 후, 떠들썩한 웃음소리가 레이의 고막을 흔들었다.

"햣하하하하하!"

갑작스러운 일에 그저 망연한 레이의 눈앞에는 키 크고 마른 남자가 광기 어린 미소를 지으며 서 있었다. 남자는 살짝 지저분한 빨간 바지를 입고, 큰 화살표 무늬가 그려진 검은 후드티의 후드를 쓰고 있었다. 그리고 왼손에는 인간 따위 간단히 죽일 수 있을 만한, 사신이 들고 다닐 것 같은 커다란 낫을 쥐고 있었다.

그러나 남자의 얼굴은 잘 보이지 않았다. 왜냐하면 남자의 얼굴과 피부는 무언가를 감추듯이 두꺼운 붕대로 둘둘 말려 있었기 때문이다.

—누구?

남자의 그 이상한 모습에 레이는 무심코 뒷걸음질 쳤다.

"지금 너는 충만한 얼굴을 했지?"

그런 레이를 보고 남자는 불량하게 히죽 웃었다.

그리고 자신보다 훨씬 키가 작은 레이를 내려다보았다.

"하지만 지금은 절망이야……!"

고막이 찢어질 듯한 큰 목소리로 그렇게 말하고서 한 걸음씩 레이에게 다가왔다. 참을 수 없이 즐거워 보이는 남자의 머릿속에는 새에게 미소 짓던 레이의 얼굴이 떠올라 있었다. 그것은 그야말로 남자가 생각하는 충만한 얼굴이었고, 또한 동시에 제물인 레이의 존재를 분명하게 인식한 순간이었다.

—뭐지?

절망이라는 말을 듣고 레이의 마음에 문득 살인 현장의 모습이 되살아나서 몸이 굳었다. 그 광경은…… 분명 절망 이외의 다른 무엇도 아니었다.

—하지만 모르는 사람이 죽는다고 절망을 느낄까……?

'모르겠어…… 떠올릴 수 없어.'

무언가를 생각해 내려고 하자 어디서 샘솟는지 알 수 없는 정체 모를 공포가 레이의 마음을 지배해 갔다.

"너한테 앞으로 3초 주지. 그러니 도망쳐 봐. 그리고 울부짖으며 목숨을 구걸해! 더 보이라고, 절망한 얼굴을!"

남자는 그 말갛고 파란 눈을 지그시 바라보면서, 확연하게 혼란스러운 모습인 레이를 향해 크게 웃으며 외쳤다.

레이는 무슨 일이 벌어졌는지, 무슨 일이 벌어지고 있는지 알 수 없었다. 그저 작은 새가 둘로 찢긴 영상만이 눈에 새겨져 사라지지 않았다.

"3……."

하지만 무슨 일이 벌어졌는지 생각하고 있을 여유는 없었다.

'도망쳐야 해……!'

레이는 퍼뜩 정신을 차리고, 숫자를 세기 시작한 남자에게 등을 돌려 도망쳤다.

그리고 순간적으로 숨을 만한 유일한 장소를 떠올려 그곳을 향해 전속력으로 달려갔다.

▲▼

"……어? 그 녀석, 어디로 내뺀 거야……?"

쾅, 쾅, 남자가 짜증 내며 나무 상자를 발로 차는 소리가 층에 울렸다.

'분명 저건 기사에 적혀 있던 살인귀…….'

레이는 아까 새에게 줄 먹이를 찾았던 공장 같은 방의 커다란 나무 상자 속에 숨어서, 고양이처럼 작게 몸을 웅크린 채 눈을 질끈 감고 있었다.

'……어딘가에 숨어 있다는 건 알겠는데…….'

"이딴 상자, 전부 부숴 버릴까."

'……!'

그 혼잣말에 레이는 무심코 눈을 부릅떴다.

'……제발—.'

이렇게 된 이상, 남자에게 들키지 않기를 기도할 수밖에 없었다.

그러나 그렇게 기도한 보람도 없이 남자는 자신이 한 말대로 쾅쾅 호쾌한 소리를 내며 눈에 보이는 상자를 차례로 부쉈다. 물론 지금 레이가 몸을 숨기고 있는 상자도 예외가 아니리라는 것은 무서우리만큼 잘 알 수 있었다.

'……읏.'

남자가 이쪽으로 오는 기척을 느끼고 레이는 목소리가 새어 나오지 않도록 입을 막으면서 반사적으로 상자 측면에 몸을 붙였다. 하지만 사각지대에 있었는지— 남자는 레이가 숨어 있는 나무 상자를 베지 않았다.

"젠장, 아무 데도 없잖아! ……찾으면 용서 안 해!"

나무 상자 속에서 바들바들 떠는 레이를 내버려 둔 채 남자는 무작위로 상자를 베며 날뛴 뒤, 그렇게 말을 내뱉고 어딘가로 돌아갔다.

점점 멀어지는 발소리를 듣고 살짝 떨면서도 레이는 상자에서 슬쩍 얼굴을 내밀어 주위를 확인했다.

'간 걸까……?'

남자의 모습은 보이지 않았다.

'저거한테 들키기 전에 여기서 나가야 해…….'

—잡히면 아마도…… 죽는다.

레이의 머릿속에는 검붉은 피가 사방으로 튀는 모습이 되살아났다. 그때 삐이삐이…… 하고, 더는 지저귈 리 없는 새소리— 환청이 들렸다.

'맞아, 새…….'

—새한테 가자…….

▲
▼

"……."

그 무서운 남자에게 들키지 않도록 경계하며 조심조심 뒷골목으로 돌아가니 그곳에는 둘로 찢긴 작은 새가 피 웅덩이 속에 굴러다니고 있었다. 조금 전까지 살아 있던 것이 거짓말처럼 더는 숨을 쉬고 있지 않았다.

'너무해…….'

"……이리 오렴. 데려가 줄게."

레이는 둘로 찢긴 새를 살며시 손바닥으로 안아 올렸다. 작은 새의 몸은 살짝 굳어 가고 있었지만 아직 부드러웠으며 희미하게 따뜻했다. 그것은 마치 약간 식은 빵 같았다.

'적어도 묻어 주고 싶어…….'

주변을 둘러보니 누군가 준비해 둔 것처럼 커다란 삽이 벽에 기대져 있는 모습이 시야에 들어왔다. 레이는 일단 새를 내려놓고, 그 무거운 삽으로 새가 들어갈 만한 구덩이를 바쁘게 팠다.

하지만 새를 다시 안아 올려서 구덩이 안에 매장하려고 했을 때, 마음속에서 무언가 기묘하게 술렁이는 위화감이 치밀었다.

—아니야.

그리고 순식간에 레이의 눈은 세계의 끝을 비추는 듯한 투명한 푸른색으로 바뀌어 갔다.

'……아니야— 이 새는 달라…….'

이렇지 않았어. 이런 모습이 아니야. 이렇게 가엾지 않았어.

마음속으로 그렇게 외치며 레이는 투명한 푸른 눈을 크게 뜨고서 둘로 찢긴 작은 새의 몸을 바라보았다. 그 잔학한 모습은 레이가 귀엽다고 여겼던 작은 새가 아니었다.

'……원래 작은 새로 고쳐 줘야 해.'

레이는 잘게 손끝을 떨며, 즉시 어깨에 멘 포셰트에서 재봉 도구를 꺼냈다. 그것은 인형을 만들 때 레이가 항상 사용하는 재봉 도구였다.

"괜찮아, 이제 아프지 않으니까……."

레이는 입꼬리만 올려 미소 짓고서 찢긴 부분을 맞추고, 달래듯이 새의 몸을 몇 번이고 쓰다듬었다.

'……이대로는 천국에 가더라도 날 수 없어.'

그리고 그 작은 새는 더 귀여웠다.

—그러니까.

"내 작은 새로…… **고쳐** 줄게—."

그렇게 중얼거리고 레이는 다시 입꼬리만 올려 작게 웃었다. 그런 뒤 커다란 바늘로 날개와 같은 하얀 실을 이용해 둘로 찢긴 새의 몸을 원래 모습으로 돌아가도록 정성스럽게 꿰맸다. 누군가에게 배운 것은 아니지만 어릴 때부터 재봉은 특기였다. 레이는 눈을 크게 뜨고, 지금 자신이 놓인 위험한 상황을 잊어버릴 만큼 집중하여 새의 갈라진 몸을 솜씨 좋게 꿰맸다. 그리하여 새의 몸은 불과 몇 분 만에, 바느질 자국이 있긴 해도 원형을 되찾았다.

"……봐, 예쁘게 붙었어."

레이는 아까보다도 조금 더 온도가 낮아진 새를 쓰다듬은 뒤, 그 몸을 살며시 구덩이 속에 묻었다. 그러자 그 옆에 반짝이며 빛나는 것이 보였다.

뭘까 싶어서 흙을 털어 내며 주워 보니 그것은 차표 정도 크기의 작은 카드였다.

'누군가 떨어뜨린 걸까……?'

만약 그 남자가 떨어뜨렸다면 엘리베이터 카드일지도 몰라……. 문득 그렇게 생각했을 때 또다시 캉, 하고 빈 깡통을 걷어찬 것 같은 불길한 소리가 울려 퍼졌다.

'……! 어서 출구를 찾아야 해……!'

이제 이 소리가 무엇을 나타내는지 바로 이해가 갔다. 레이는 걸치고 있는 하얀 상의 주머니에 새가 토해 낸 카드를 넣고 재빨리 일어났다. 하지만 그 순간, 머리 위에서 고조된 웃음소리가 들려왔다. 올려다보니 층 여기저기로 뻗은 굵은 배수관 위에 그 남자가 서 있었다. 후드를 깊숙이 눌러쓴 아까 그 남자는 배수관 위에서 울썩 뛰어내리더니 출구를 막아섰다.

"드디어 찾았다……."

남자는 겁먹은 레이를 바라보고, 처음 만났을 때와 마찬가지로 피부를 둘러싼 붕대 안쪽에서 불량하게 히죽 웃었다. 그리고 붕대 틈으로 보이는 눈을 번쩍 뜨더니 레이를 향해 그 커다란 낫을 치켜들고 악마처럼 크게 웃으며 소리쳤다.

"이번에는…… 1초도 기다려 주지 않겠어—!!"

「—그 층 사람에게 살해당하고 싶지 않다면 다른 층으로 올라갈 수밖에 없다.」

그때 레이의 머릿속에 그 낙서의 마지막 문장이 선명하게 떠올랐다.

'……도망쳐야 해. 빨리 여기서 나가서…… 집에 돌아가야 해.'

—아빠와 엄마가 날 기다리고 있을 거야…….

그렇게 생각했지만 발이 굳어서 움직일 수 없었다. 레이의 머릿속에는 아빠와 엄마, 두 사람이 소파에 앉아 사이좋게 손을 잡고 있는 광경이 떠올랐다가 사라졌다.

"자, 절망한 얼굴을 보이라고!!"

섬뜩하게 느껴지는 표정으로 새를 꿰매던 아까 그 소녀는 이제 그곳에 없었다. 그 자리에 못 박힌 레이를 향해 남자는 가차 없이 낫을 치켜들었다.

'어쩌지……!'

절체절명의 위기를 느낀 그때, 등 뒤 벽에 달린 차단기 같은 것이 눈에 들어왔다.

'저거, 혹시…….'

순간적인 판단으로 레이는 차단기 쪽으로 잽싸게 달려가 주저 없이 모든 스위치를 내렸다. 그러자 생각한 대로 조명이 꺼져서 새까만 어둠에 휩싸였다.

"어?! 이게 뭐야, 아무것도 안 보여!"

죽이려고 생각한 순간 벌어진 사태에 남자는 짜증 내면서 언성을 높였다.

'이 틈에 위층으로 올라가자……!'

마침내 의식을 되찾은 레이는 어둠 속에서 EV(엘리베이터)통로라고 적혀 있던 문…… 비상구까지, 희미한 초록빛을 의지해 달렸다.

"어이, 어디 간 거야!"

남자의 호통이 어둠 속에 울려 퍼졌다.

'따라잡히겠어……!'

레이는 그 목소리로부터 도망치고자 작게 숨을 헐떡이며 온 힘을 다해 달렸다.

그러는 중에 세포가 죽어 가는 것처럼 머릿속이 새하얘졌다. 한창 달리면서 레이는 무의식적으로 가족을 떠올렸다. 하지만 정신없이 손발을 움직이는 동안 그 기억은 마치 달에 구름이 끼듯이 희미해져 갔다.

어떻게든 비상구에 도착하니 EV(엘리베이터)통로라고 적힌 그 문에는 카드를 넣는 입구가 있었다.

'—역시.'

레이는 새가 뱉어낸 카드를 서둘러 주머니에서 꺼내 투입구에 집어넣었다.

문이 열려 앞으로 나아가니 표기대로 통로 안쪽에 엘리베이터가 보였다. 가벼운 현기증을 느끼면서도 레이는 엘리베이터에 뛰어들어 깊이 생각하기도 전에 B5라고 적힌 버튼을 눌렀다.

"하아…… 하아."

남자에게 따라잡히는 일 없이 무사히 엘리베이터 문이 닫혔다. 레이는 거칠게 숨을 내쉬면서 그 자리에 주저앉아 눈을 질끈 감았다.

'—그건 대체 뭐였지……?'

신문에 적혀 있던 연쇄살인마— 라는 단어가 레이의 머릿속에 떠올라 번져 갔다.

FLOOR B5

레이는 심한 현기증을 느끼며 엘리베이터에서 내렸다. 호흡을 정돈하고자 숨을 들이쉬니 소독약 냄새가 코를 찔렀다.

'여긴, 병원……?'

희미한 시야에 펼쳐진 것은 그 남자가 있던 층과는 정반대로 무척 청결하고, 깨어났던 장소가 떠오르는 병원 같은 모습이었다. 하지만 깨어났을 때 있던 층과는 분위기가 조금 달랐다. 그 층에서는 생기가 조금도 느껴지지 않았었다. 하지만 이곳에는 누군가 조금 전까지 일했던 것 같은 생생함이 감돌았다. 왜냐하면 바닥을 봐도 먼지 하나 없이 반짝반짝하게 닦여져 있었는데 그것은 명백하게 누군가 청소한 뒤 같았기 때문이다.

그러나 불이 들어와 있지 않아서 매우 어두웠다.

접수처로 여겨지는 곳에 놓여 있는 커다란 컴퓨터만이 유일하게 푸르스름한 빛을 내고 있었다.

그 푸르스름한 빛에 이끌려 레이는 접수처 안으로 성큼성큼 들어갔다.

접수처 안쪽에 놓인 큰 유리 선반에는 약병이 무서우리만큼 정연하게 늘어서 있었다. 그것들은 마치 진열된 상품처럼 작은 전구

빛을 받아 반짝반짝 빛났다.

빛을 내는 컴퓨터 화면에는 사실적인 안구 이미지가 차례차례 표시되고 있었다.

'기분 나빠…….'

컴퓨터 옆에 세워져 있는 작은 아날로그시계는 낮인지 밤인지는 모르겠지만 여덟 시 근처에서 멈춘 모습이었다.

'여덟 시…….'

문득 레이의 머릿속에 그 시계와 똑같은 시각을 나타내는 시계 영상이 떠올랐다. 하지만 그것은 눈앞의 아날로그시계와는 달리 귀여운 새 모양이 들어간 벽걸이 시계였다.

'내 방에 있던 시계……?'

—그런 느낌이 들지만 떠올릴 수 없어…….

그리고 어째선지 문득 떠올리는 것이 무섭다는 기분이 들었다.

'아무튼 지금은 그것한테 들키기 전에 얼른 여기서 나갈 방법을 찾아야 해…….'

들키면 분명 죽는다. 지금 다시 한 번 그 살인귀에게 쫓긴다면 도망칠 자신이 없었다.

'이 빌딩의 지도 같은 건 없을까…….'

레이는 숨을 꼴깍 삼키고 눈에 들어오는 서랍을 열어 가며 살폈다.

하지만 이 빌딩에 관한 것은 찾을 수 없었고, 서랍에 들어 있던 것은 전부 진료기록부였다. 차트에는 아마도 환자의 정보와 증상 등이 기록되어 있을 것이다. 그러나 꼬부랑거리는 필기체로 쓰여 있어서 내용은 도저히 해독할 수 없었다.

'여기에는 아무것도 없는 것 같아…….'

살짝 낙담하며 레이가 접수처에서 나온 그 순간이었다.

진찰실이라고 적힌 문이 열리더니 키 큰 누군가가 명백하게 레이를 향해 걸어왔다.

'……!'

그 사람이 누구인지 알 수 없었다. 하지만 그 순간, 레이는 반사적으로 도망쳐야 한다고 느꼈다. 그러나 레이가 달리려고 하자 그 사람은 곧장 레이의 이름을 부르며 그 가냘픈 팔을 붙잡아 저지했다.

"기다려, 레이첼! 나란다."

그리고 조금 강하게 팔을 잡아당겨 레이의 몸을 자신 쪽으로 돌렸다.

'내 이름?'

"레이첼, 날 잊어버렸니?"

"……어?"

그 말에 레이의 눈이 살짝 크게 뜨였다. 자신의 이름을 부르는 그 남성은 아까 쫓아오던 남자와는 달리 자상한 얼굴을 하고 있었다.

"……내가 널 진찰했었잖아. 잘 떠올려 보렴."

'—진찰?'

"나는 너의 카운슬링 선생님이었잖아!"

그 순간, 레이의 귓가에 딸랑— 하고 맑은 방울 소리가 울렸다. 그 방울 소리는 분명 깨어났을 때 귓가에 울렸던 것과 똑같은 소리였다.

"……나를 진찰해 주던 선생님……?"

"그래, 맞아. 나는 네 담당인 대니 선생님이야."

'대니…… 선생님…….'

그것은 확실히 들은 적 있는 이름이었다. 그리고 레이는 상담받으러 다니던 때를 어렴풋이 떠올렸다.

—맞아…… 항상…… 상담실에서 날 진찰해 주던 의사 선생님은 새하얀 가운을 입고…… 안경을 쓰고 있었어…….

희미하게 되살아난 모습은 눈앞에 있는 인물과 일치했다.

"……대니, 선생님……. 내, 카운슬링 선생님……."

레이는 어떻게든 기억을 상기시키려는 것처럼 복창했다. 하지만 상담실 풍경은 떠올릴 수 있어도 진찰해 주던 정신과 의사의 얼굴은 확실하게 기억나지 않았다.

—하지만 그건 분명 대니 선생님……이었다.

"레이첼, 살짝 혼란스럽나 보구나. 그럴만도 하지……. 여긴 무서운 곳이니까. 하지만 안심해. 나는 틀림없는 너의 선생님이야. ……그렇지?"

아직 약간 겁먹은 모습의 레이를 안심시키듯 대니는 생긋 미소 지었다.

'……선생님은 카운슬링할 때 항상 이렇게 웃었던 것 같아…….'

"……네, 선생님."

어렴풋이 그 자상한 미소를 떠올리자 순식간에 힘이 빠져나가는 감각이 들어서 레이는 겨우 잠에서 깬 것처럼 멍한 눈으로 대니를 보았다.

"아아, 떠올려 줘서 다행이야. 그리고…… 무사했구나. 너는 똑똑하니 여기까지 올 수 있을 거라고 생각했어."

그렇게 말하고 대니는 갑자기 입을 다물었다. 그리고 레이의 말간 푸른 눈을 바라보며 생각에 잠긴 표정을 지었다.

"……선생님은 왜 여기에 있어?"

레이는 그 표정을 조금 수상하게 바라보며 물었다.

"나는…… 정신이 드니 여기 있었어. 출구가 어딨는지 몰라서 오랫동안 여기 있었지만, 이 층에는 나 말고 아무도 없어."

대니는 약간 생각하는 동작을 하고서 주변을 둘러보며 대답했다.

'아무도 없어…….'

생각해 보면 확실히 B7에는 아무도 없었고, B6에 있던 것도 그 사신 같은 남자뿐이었다.

"저기 선생님, 나 너무 무서워……. 아까도 쫓겼었어……. 여긴 뭐야……?"

레이는 작게 어깨를 떨며 물었다. 언젠가 봤던 무서운 영화에 나올 듯한, 살인귀로 추측되는 그 남자의 광기 어린 웃음소리가 귓속에 메아리쳤다.

"레이첼, 너를 쫓아왔던 건 아마도…… 살인귀야. 무서운 일이지만, 이곳은 마치 게임 속 같은 곳일지도 몰라. 살인귀에게 쫓기다가 잡히면 죽어……. 쫓기는 건 **제물**이지만 말이야."

"……제물?"

레이는 문득 B7에서 B6으로 올라가는 엘리베이터 안에서 들었던 방송을 떠올렸다. 그때 잘은 듣지 못했으나 제물이라는 단어가 포함되어 있던 것 같았다.

"자세한 건 나도 몰라. 아무튼 같이 가자. 가능하다면 나는 너와 함께 살아남고 싶어."

대니는 살짝 차가워진 레이의 손을 잡고 온화하게 웃어 보였다.

"응……."

'—선생님도 제물……일까?'

—천사인가, 제물인가.

어쩐지 그리운 느낌을 주는 대니의 미소를 바라보며 레이의 마음에는 그 주문 같은 물음이 희미하게 떠올랐다.

▲
▼

그 후, 두 사람은 심해 밑바닥 같은 정적 속을 나아갔다.

대니는 끝이 보이지 않는 복도를 응시하며 마치 잘 아는 곳을 걸어가듯이 성큼성큼 전진했다. 그 모습에서는 조금의 망설임도 느껴지지 않았다.

"선생님은 여기에 오래 갇혀 있었어……?"

갇혀 있는 사람이라고는 여겨지지 않는 그 우아한 모습에 위화감을 느끼며 레이는 대니의 얼굴을 올려다보고 물었다.

"그렇게 되네……. 레이첼, 나갈 수 있을지 없을지 불안하니?"

"선생님이랑 같이 있으니까 괜찮아……."

레이는 숨 쉬듯이 말했다. 하지만 사실은 그렇게 생각하지 않았을지도 모른다. 무의식중에 그렇게 말해야 한다는 기분이 들었던 것이다.

"응, 그러네. 설령 나가지 못하더라도 둘이서 느긋하게 지내다 보면 뭔가 좋은 일이 생길지도 몰라. 레이첼에게도 내게도 좋은 일이 말이야. 아아, 나는 네가 와 줘서 정말로 기뻐."

대니는 무언가를 떠올리는 표정으로 레이에게 시선을 보냈다.

"……? 응."

그 시선에 레이는 아주 살짝 두려움 같은 것을 느꼈다.

'선생님…… 이런 모습이었던가?'

카운슬링을 받았던 것은 어렴풋이 떠올릴 수 있었다. 하지만 레이는 대니와 무슨 이야기를 했는지, 무슨 이유로 상담받으러 다녔는지 기억의 파편조차 되찾지 못한 채였다.

한동안 어두컴컴한 복도를 걸어가니 갑자기 두꺼운 유리벽이 앞을 가로막았다.

"……막다른 곳."

레이는 한숨처럼 중얼거렸다. 마치 신기한 그림을 보고 있는 것처럼 유리벽 너머로도 긴 복도가 이어져 있었다.

"응, 이 너머로는 갈 수 없어……. 이 유리는 아주 튼튼하니까."

살짝 난처한 표정을 짓고 대니는 유리벽을 손등으로 콩콩 두드렸다.

"그렇구나……."

'……그래서 오랫동안 갇혀 있던 걸까?'

문득 그런 생각이 떠올랐을 때.

"어쩐지 너와 나 둘이 갇혀 있는 것 같지 않니?"

유리벽 너머를 바라보며 대니가 즐겁게 말했다.

"……어?"

긴장을 풀기 위한 농담일지도 모른다. 하지만 그 발언은 너무나도 부자연스럽게 여겨졌다.

—그치만 선생님은 아까 나한테 함께 여기서 나가고 싶다고 했는데…….

"……자, 레이첼, 저 방을 안내할게. 문은 잠겨 있지 않으니까 열어 보렴."

대니는 살짝 눈썹을 찡그리는 레이에게서 시선을 돌리고 왔던 길을 돌아보며, 지나쳐 온 문을 가리키고 그렇게 속삭였다.

▲
▼

“이곳은 특별한 환자의 방이었단다.”

그 방에는 새하얀 철제 침대 하나가 높은 울타리에 둘러싸인 형태로 놓여 있었다. 침대는 깔끔하게 정돈되어 있었지만 어쩐지 피비린내 같은 냄새를 풍겼다. 침대 옆에 배치된 링거에는 아직 어떤 액체가 남아 있었다.

‘이건……?’

베갯머리에는 긴급용이라고 적힌 버튼이 설치되어 있었다. 하지만 자세히 보니 그 버튼은 이미 눌려 있었고 중앙에 작게 금이 간 모습이었다.

“선생님은 그 환자랑 만난 적 있어?”

레이는 그 기묘한 금을 바라보면서 물었다.

“응. 하지만 내가 오고 바로 죽었어.”

“왜?”

“병 때문에.”

“치료해 주지 않은 거야?”

“나는…… 정신과 의사니까. 마음의 병을 고치는 일밖에 도와줄 수 없어.”

‘마음의 병……?’

―나는 마음의 병을 앓았던 거야……?

분명 그렇겠지만, 여기 오기 전의 일은 아무것도 떠올릴 수 없었다. 그래서 레이는 지금 자신이 그저 평범한 소녀라고만 여겨졌다.

"……선생님은 내 무엇을 카운슬링했었어?"

"정말로 생각 안 나니? 레이첼."

마치 소중한 것을 잃어버릴 위기에 처한 것처럼 불안한 표정으로 대니는 레이의 눈을 응시했다.

"……응."

"그런가, 하지만 곧 생각날 거야……. 자, 그보다 이걸 읽어 보렴."

대니는 레이의 그 대답에 살짝 안타까운 표정을 보인 뒤, 문장이 적힌 벽을 가리켰다.

「자신의 소망을 알고 있는가.」

「욕망을 알고 있는가.」

「그것이 본능이라면 저항할 의미 따위 없는 것이나 다름없다.」

「왜냐하면 그런 의미조차 여기 있는 너는 가지고 있지 않으니까.」

「단, 소망에는 대가가 필요하다.」

「룰은 깨지 말도록.」

"벽에 적힌 글자에는 뭔가 의미가 있는 거야……?"

레이는 아래층에서 지금까지 읽었던 문장을 떠올렸다. 그것들은 전부 이 문장과 마찬가지로 흰 분필 같은 것으로 적혀 있었다.

"응, 그럴지도 몰라. 최근 눈치챘는데 이곳에는 분명 룰이 있는 거야. 예를 들면 너를 공격했던 녀석은 여기까지는 쫓아오지 않았어."

'……룰.'

그 말을 듣자 살짝 정신이 또렷해졌다. 생각해 보면 B5층으로 오는 엘리베이터 통로 문은 이미 열려 있으므로 그 남자가 쫓아왔다면 벌써 따라잡혔을 터였다. 하지만 그 남자가 쫓아오는 모습은 전혀 없었다.

'그건 룰이 있기 때문일까……?'

"그럼 이 소망이란 건?"

생각하면서 레이는 물었다.

"글쎄. 그건 사람마다 다르겠지. 하지만…… 그러네. 나라면…… 예쁜 눈을 원해. 나는 오른쪽 눈이 안 좋거든……. 색깔도 싫어. 너 같은 눈이 내 것이었다면 그건 정말로 멋지겠지."

대니는 아직 소녀의 앳된 모습이 남은 레이의 반듯한 얼굴을 바라보면서 조용히 대답했다.

'눈 색깔이 싫다고……?'

레이의 눈에 비치는 대니의 오른쪽 눈은 확실히 그다지 반짝이지는 않지만 평범한 눈과 다름없는 느낌이었다.

—예쁜 눈을 원한다니 무슨 의미일까…….

의문이 떠오른 그때, 시야 한구석에 문득 작은 창문이 비쳤다. 레이는 정체를 알 수 없는 어떤 불안을 느끼면서도 창문으로 달려갔다. 빛은 비쳐들지 않았다. 들여다보아도 평평한 창문의 바깥쪽에는 아무것도 보이지 않았다. 그리고 창문에는 손톱으로 힘껏 할퀸 듯한 상처가 몇 개나 남아 있었다.

"레이첼, 이게 뭔지 아니?"

대니는 살며시 레이에게 다가와 그렇게 물으면서 그 창문의 상처를 천천히 덧그렸다.

레이는 작게 고개를 저었다.

"……힌트. 이것을 남긴 건 환자. —자, 이 상처의 의미는?"

'상처의 의미……?'

"……모르겠어."

레이는 작은 목소리로 대답했다. 그런 문제는 아무리 생각해도 알 턱이 없었다.

의아한 표정을 짓는 레이를 보며 어째선지 대니는 만족스러운 얼굴을 했다. 그것은 마치 레이가 그 대답을 모른다는 사실을 기뻐하는 것처럼도 보였다.

"그걸로 좋아. 그런 환자가 남긴 것의 의미 따위, 너는 몰라도 돼."

그리고서 대니는 평소처럼 부드러운 표정으로 말하며 타일렀다.

"선생님은 답을 알고 있어……?"

레이는 조용히 물었다. 대니의 말투는 마치 그 답을 알고 있다는 것처럼 들렸기 때문이다.

"글쎄, 알고 싶지도 않아. 그보다 출구를 찾으러 가자."

그러나 대니는 얼버무리며 생긋 웃고서 레이의 손을 잡고 이끌었다.

'……아.'

하지만 그때, 벽에 무언가 또 적혀 있는 것이 레이의 눈에 날아들었다.

"선생님, 저 벽에도 뭔가 적혀 있는 것 같아."

레이는 즉각 대니의 손을 뿌리치고 그 글자로 달려갔다.

—……줘, 살려……, ……워, 무서…….

—세 명 ……는데 여…… 있는…… 나쁜.

—……이리 와, 죽……. ……중에 ……만 ……당해.

집중하여 살펴보았지만 먼지가 덮여 있어서 뭐라고 적혀 있는지 거의 읽을 수 없었다. 레이는 순간적으로 벽에 손을 뻗어 쌓여 있는 먼지를 닦으려고 했다.

—하지만 그 찰나.

"그만둬! 눈에 먼지가 들어가!"

대니는 지금까지의 온화한 표정을 바꾸며 그렇게 고함쳤다. 그리고 뒤에서 레이의 팔을 거칠게 붙잡아 그 벽에서 재빨리 떨어뜨렸다.

'……?!'

—선생님, 아파.

레이는 순간 그렇게 말할 뻔했으나 퍼뜩 놀라 입을 다물었다. 어쩐지 그 말을 꺼낼 분위기가 아니었다. 대니의 모습은 조금 전까지와 확연하게 다른 기이함을 내포하고 있었다.

"레이첼, 너는 눈을 소중히 하렴. 내가 가지고 싶다고 바랄 만큼 무척 예쁜 눈이니까."

대니는 그렇게 타이르면서 마치 보석의 원석을 바라보듯 레이의 파란 눈동자를 자신의 눈 속에 비추었다.

"하지만 벽에 뭔가 적혀 있어……."

대니의 그 조금 과한 언동에 당황하면서도 레이는 다시 벽에 눈길을 주었다.

"그건 분명 환자의 시시한 넋두리일 거야. 평범한 인간의 푸념이지."

"선생님은 읽을 수 있어……?"

"아니, 나는 한쪽 눈이 안 좋으니까……. 하지만 분명 하찮은 걸 거야. 자 레이첼, 눈이 조금 피곤하지? 내 방에서 낮잠이라도 자는 게 어떨까."

"지금 낮이야?"

레이는 낮잠이라는 말에 정신이 번쩍 들어서 중얼거리는 목소리로 물었다.

"……정말이네! 그런 걸 알아차리다니, 레이첼은 똑똑하구나."

그러나 대니는 또다시 레이의 질문을 얼버무리고 생긋 웃었다.

"……낮이야?"

그 태도에 어쩐지 불신감이 들어서 레이는 다시 한 번 물었다.

"그러네, 레이첼 네가 낮이라고 생각한다면 낮일지도 모르지."

"무슨 뜻이야?"

"글쎄, 나도 모르겠어. 오랫동안 여기 있었기에 그다지 시간 감각이 없거든. 자 레이첼, 아무튼 내 방으로 가자."

▲
▼

대니는 반쯤 강제로 레이의 손을 잡아끌어 병실을 나간 뒤, 복도를 꺾고 막다른 곳의 가장 안쪽에 있는 문 앞으로 데려갔다.

"이곳 열쇠는 여기 와서 바로 발견했어."

그리고 가운 주머니에서 작은 카드를 꺼내 문을 열었다.

'아까 그 카드랑 닮았어…….'

레이는 새를 묻었을 때 주웠던 카드를 떠올렸다. 엘리베이터로 가는 통로 문은 그것으로 열렸었다.

―특별한 환자의 병실도 이 열쇠로 연 걸까……?

"여긴 수술실……?"

생각하며, 입구에 서서 안을 둘러보니 그곳은 본격적인 수술실 같은 방이었다. 벽에 놓인 무기질적인 스테인리스 선반 위에 다양한 기구가 흩어져 있었는데 자세히 보니 기구에는 혈흔 같은 것이 들러붙어 있었다.

'더는 쓰이고 있지 않을 거야…….'

레이는 살짝 얼굴을 굳히면서도 수술실 안으로 들어갔다.

"나는 항상 여기서 지내고 있어."

누군가 할퀸 듯한 흔적이 남은 연두색 수술대를 어루만지며 대니는 생긋 미소 지었다.

"……조금, 무서워."

코를 찌르는 냄새와 주변 풍경에 레이는 생리적으로 그렇게 느꼈다.

"그래? 무서워할 것 없어, 평범한 방과 다르지 않으니까. 그보다…… 레이첼, 너의 눈…… 자세히 보여 주지 않을래?"

대니는 잘게 떠는 레이에게 웃으며 다가와 그 작은 턱을 붙잡고 파란 눈 속을 응시했다. 그리고 안타까워하는 목소리로 시를 낭독하듯이 말했다.

"아아, 레이첼…… 정말로 예쁜 눈이야……. 그런데 완전히 공포에 질려서…… 마치 평범한 눈 같아서…… **나는 슬퍼**. 너의 정말로 예쁜 눈을 보고 싶어……. 이 악몽에서 깨어나면 네 눈동자에 비치는 저 푸른 달 같은 아름다운 고요함은 돌아올까……?"

'악몽……? 평범한 눈……?'

레이는 대니의 말을 이해할 수 없었다.

"레이첼…… 나는 말이지, 그 눈동자 곁에서 살고 싶다고 항상 생각해."

레이의 눈가를 살며시 쓰다듬으며 대니는 살짝 울 것 같은 눈으로 미소 지었다.

"선생님……?"

'선생님은 왜 내 눈이 평범하면 슬픈 거야……?'

알 수 없다…… 그리고 선생님의 모습이 조금 전까지와 다른 느낌이 든다…….

갑자기 무성한 불안이 엄습했다. 레이는 본능적으로 대니에게서 떨어지고자 뒷걸음질 쳤다.

"아아, 미안. 줄곧 혼자 지내서 이상한 혼잣말을 하는 버릇이 생긴 걸까."

대니는 담담히 말하며 수술 용구가 늘어선 선반으로 다가갔다. 선반 위에 놓인 커피메이커에 새까만 커피가 남아 있었는데 그것을 컵에 따르고 가만히 입으로 가져갔다.

"아아, 그러고 보니…… 안쪽 방에서 물건을 잃어버린 것 같아."

그리고 약지로 입가를 닦으며 문득 생각난 것처럼 말했다.

"잃어버린 물건……?"

그 갑작스러운 말에 레이는 어리둥절한 얼굴로, 살짝 구부정한 대니의 뒷모습을 바라보았다.

"하지만 안쪽 방은 아주 어둡거든……. 나는 눈이 안 좋으니까 분명 못 찾을 거야……. 레이첼, 안쪽에 가서 내가 잃어버린 걸 가져와 주지 않을래?"

"뭘 잃어버렸는데……?"

"기억 안 나니?"

대니는 부드럽게 웃으며 되물었다.

"……모르겠어."

레이는 고개를 가로저었다.

"그렇구나…… 힌트를 줄게."

―『내 눈동자는 알렉산드라이트.』

대니는 살짝 눈을 내리뜨고, 즐거운 얼굴로 입가에 검지를 대더니 주문을 외우듯이 말했다.

▲
▼

'선생님은 뭘 잃어버린 거야……?'

―알렉산드라이트……라는 건 보석?

불충분한 힌트에 정체 모를 불안이 심해지는 것을 느끼며 레이는 수술실에서 이어지는 짧은 복도를 나아갔다.

수술실 안쪽에는 병적일 만큼 정돈된 진열실 같은 공간이 어둑하게 펼쳐져 있었다. 파랗게 빛나는 작은 전구만이 흔들거리며 주변을 비추었다.

완전히 잠기지 않은 수도꼭지에서 똑, 똑…… 하고 물방울이 규칙적으로 떨어졌다. 이 방에는 물이 들어오는 모양이었다. 어쩐지 물에서 녹슨 냄새가 났다.

'그 커피는 여기 물로 만든 걸까…….'

길고 큰 철제 선반에는 투명한 병에 담긴 다양한 종류의 표본이 늘어서 있었다. 그중에서도 한층 크고, 배양액 같은 것이 든 병 속에 무수한 동그란 물체가 떠오르고 가라앉길 반복하고 있었다.

'이거, 눈이야……'

"전부 파란 눈……."

그 섬뜩한 모습에 레이는 무심코 뒷걸음질 쳤다. 그러다가 커다란 흰 상자에 발이 걸렸다. 쿠당탕하는 큰 소리와 함께 상자가 넘어졌고, 그 흰 상자 안에서는 수많은 의안 — 안구의 색은 빨강, 초록, 파랑…… 세 가지가 혼재해 있었다 — 이 데굴데굴 굴러떨어졌다.

"……레이첼, 내 눈을 찾았니?"

그 광경에 마음이 술렁였을 때, 등 뒤에서 대니의 목소리가 들렸다.

"선생님……, 이건 뭐야……?"

레이는 그것이 의안이라고 이해하면서도 확인차 물었다. 대니가 잃어버린 것이 눈이라니, 생각조차 못 했다. 그도 그럴 것이 어둠 속에서 반짝이며 빛나는 대니의 눈은 안경 너머로 분명하게 자신을 바라보고 있었다.

"그건 눈이야. 레이첼, 이 중에 어느 게 내 눈일 것 같니?"

'선생님의 눈……?'

명백하게 평범하지 않은 대니의 그 질문을 듣고, 레이는 바닥에 흩어진 의안에 곤혹스러워하면서도 자신과 똑같은 파란색 의안을 가리켰다.

「—나라면…… 예쁜 눈을 원해. 너 같은 눈이 내 것이었다면 그건 정말로 멋지겠지.」

'선생님은 그렇게 말했어…….'

문득 그 말이 생각났기 때문이다.

"아하하, 레이첼, 기쁜데. 이건 파란 눈이구나. 물론 파란 눈은 아주 좋아해. 너도 파란 눈이지. 하지만 나는…… 이 파란색은 필요 없어. 네 눈에 비하면…… 이건 가짜야. 파란 눈동자는 너만으로 충분해."

대니는 레이가 가리킨 파란 인조 눈을 한순간 노려본 뒤, 그렇게 말하면서 레이의 눈을 생글거리며 바라보았다. 하지만 사실은 웃고 있지 않았다. 지금 레이의 눈은 대니가 원하는 눈이 아니었기 때문이다. 원래 레이의 눈이 어떤 모습이었는지 대니는 누구보다도 잘 알고 있었다.

"자, 레이첼. 그 예쁜 눈으로 나를 자세히 봐. 나는 어떤 얼굴이었지? 상담실 밖에서 밀회했을 때를 떠올려 보렴."

'상담실 밖에서……?'

하지만 레이는 여기 오기 전의 자신을 떠올릴 수 없었다. 대니와 상담실에서 만나던 것조차 어렴풋이 생각날 뿐이었다.

"……선생님이랑 병원 밖에서 만났던 기억은 없어."

"……그렇구나. 아직 레이첼 너는 나에 관해 완전히 떠올리지 못했구나."

대니는 레이를 향해 살짝 과장되게 안타까운 표정을 지었다.

"……아아, 그래. 생각났다. 내 눈은 거기 있는 서랍 안에 들어 있어. 열어 봐 주지 않을래? 어두워서 잘 안 보이거든."

그러다 태도를 바꾸어 갑자기 키득키득 웃으며 장식장의 작은 서랍을 가리켰다.

"응……."

왠지 거스르면 안 될 것 같아서 레이는 재촉하는 대로 서랍을 열었다. 안쪽에는 의안이 딱 하나 들어 있었다. 그리고 그 의안을 집어 든 순간, 레이는 저도 모르게 그것을 바닥에 떨어뜨릴 뻔했다.

'……! 이 의안…… 눈동자가 두 개야.'

반질반질하게 관리된 새하얀 안구의 빨간색과 초록색 눈동자가 레이를 노려보고 있었다.

"레이첼, 그게 내 눈이야. 그걸 봐도 너는 아무것도 안 떠올라?"

대니는 살며시 레이에게 다가와 그렇게 귓가에 속삭였다.

"……모르겠어."

레이는 고개만 살짝 뒤로 돌려서 대니의 얼굴을 조심조심 바라보았다.

“너는…… 여전히 꿈속이구나. 자 레이첼, 그걸 빌려주겠니? 그걸 착용하지 않으면 역시 나는 기운이 안 나. 너와 날 위해 그걸 착용해야 한단다.”

‘—네가 기억을 되찾기 위해…….’

대니는 생긋 미소 짓고서 손바닥을 내밀었다.

‘선생님과 날 위해……?’

그 말에 레이는 눈썹을 찡그리면서도 의안을 대니에게 넘겼다.

“고마워, 레이첼. 나는 지금부터 이걸 착용할 테니 잠시…… 저쪽 방에서 기다리고 있으렴.”

대니는 의안을 받더니 앞머리를 살짝 쓸어 올리고 착용하고 있던 오른쪽 의안을 천천히 뺐다.

‘눈이, 없어…….’

그때 레이의 눈에 분명하게 비친 대니의 그 오른쪽 눈구멍은 마치 블랙홀처럼 까맸고 텅 비어 있었다.

“도망치면 용서 안 해.”

대니는 안구가 없는 그 오른쪽 눈으로 레이를 쏘아보듯이 응시했다.

thanks Rachel,
and then I'm gonna put in this, so...

수술실로 돌아온 레이는 이 층에서 대니를 만난 뒤로 그가 자신에게 했던 행동들을 하나하나 되짚어 보았다.

'이상해…….'

—아무것도 떠올릴 수 없지만…… 나를 카운슬링했을 때 선생님은 분명 저렇지 않았어……. 그것만큼은 알 수 있었다.

'이대로 여기서 기다려도 괜찮을까……?'

—어쩐지 무서워…….

지금 당장에라도 이곳에서 벗어나고 싶었다. 섬뜩한 기분이 강하게 치밀어서 레이는 일단 수술실에서 나가려고 문을 밀었다. 그러나 문은 잠겨 있었다.

'……선생님이 잠근 거야?'

이 층에는 선생님밖에 없다……. 선생님밖에 없었다. 그 병실에 입원해 있던 환자는 죽었다. 선생님이 온 뒤로…….

—도망쳐야, 도망쳐야만 해……!

"도망쳐야 해……."

무심코 목소리가 흘러나왔을 때, 누군가 레이의 어깨에 살며시 손을 올렸다. 다정하게 툭 놓인 그 손은 놓치지 않겠다는 듯이 레이의 어깨를 단단하게 붙잡았다.

"레이첼, 어디 가려고 했니……?"

그리고 대니는 레이의 귓가에 낮게 속삭였다.

"……선, 생님."

'어쩌지—.'

그 목소리에 몸이 오싹했다.

"아까 도망치면 안 된다고 했지? 여기는…… **내 층**이야."

"……선생님의 층……?"

"그래, 맞아. 그래서 이 층 밖으로 네가 도망치면 내 손으로 널 어떻게 할 수 없게 돼."

「—이곳에는 층별로 그 층에 걸맞은 자들이 있다.」

「그자는 자신의 층 밖으로는 나갈 수 없다는 규칙이 있다.」

「그 층 사람에게 살해당하고 싶지 않다면 다른 층으로 올라갈 수밖에 없다.」

레이의 뇌리에 그 문장이 되살아났다. 그것은 분명 대니가 말했던 룰임이 틀림없었다.

'……선생님은 제물이 아니야…….'

그렇다면……?

—선생님은 나를…… 죽일 거야.

그 순간, 레이는 무의식적으로 언성을 높였다.

"……싫어, 선생님…… 놔 줘!"

죽으면 더는 집에 돌아갈 수 없게 된다. 그리고 아직 레이는 죽고 싶지 않았다.

하지만 대니는 그 목소리를 무시하고 레이의 가냘픈 손목을 강한 힘으로 잡아당기면서 수술대 위로 데려갔다.

"레이첼, 나는……, 너의 살아 있는 눈을 곁에서 계속 보는 게 내 소망이었어……. 하지만 어쩔 수 없이 이렇게 해야 해. 왜냐하면 너는 이제 나의 이상적인 「살아 있는 푸른 눈」이 아니게 됐으니까……."

그리고 대니는 탄식하면서 그 하얀 양손으로 수술대 위에 레이를 내리눌렀다.

"그러니 레이첼…… 그 눈을 내게 주겠니?"

그 가짜 눈 속에서 빨간색과 초록색 눈동자가 레이를 내려다보았다.

'눈을 달라고……? 싫어…… 무서워!'

—집에 돌아가고 싶어……!

악몽 같은 그 기분 나쁜 눈을 바라보며 맹렬히 그렇게 바람과 동시에 레이는 깜빡 정신을 잃었다.

▲
▼

기절한 동안 레이는 짧은 꿈을 꾸었다.

꿈속에서 레이는 거실에 놓인 소파에 앉아 좋아하는 오르골을 들으면서 정신없이 인형을 꿰매고 있었다. 오르골 소리가 그쳤을 때 인형이 완성되었다. 그 인형은 레이보다도 훨씬 키가 컸다.

'다행이야. 모두 나았어…….'

그리고 꿈속에서 인형을 꼭 끌어안은 순간, 레이는 퍼뜩 의식을 되찾았다.

'—꿈…….'

현실 세계로 돌아왔음을 깨달은 레이는 조심조심 눈을 떴다. 레이의 가냘픈 몸은 손발을 움직일 수 없을 만큼 튼튼한 구속구로 고정되어 수술대 위에 묶여 있었다.

"……아아, 레이첼, 깨어났구나."

대니는 두 가지 색을 띤 눈으로 레이의 푸른 눈을 쏘아보았다.

'레이첼…… 그런 연약한 소녀 같은 얼굴로 나를 보다니…….'

—정말로 평범한 파란 눈이 되어 버렸구나. 레이첼, 나는 슬퍼…….

"정말로 기억 안 나니? 왜 네가 여기 있는지. 이런 일을 겪고 있는지……. 그러면 너는 너를 되찾을 텐데. 그 근사한 눈으로 돌아와서 나와 함께 살자, 레이첼……."

대니는 움직이지 못하는 레이의 손을 꽉 쥐고서 기도하듯이 레이를 보았다. 그것은 흡사 레이가 살아 돌아오기를 기다리는 표정이었다.

"……."

대니의 그 표정에 레이는 순간 마치 자신이 이미 죽어 버린 듯한 기분이 들었다. 조금 전 꿈속에서 바느질하던 것과 마찬가지로 단순한 인형이 되어 버린 느낌이었다.

"……틀렸나."

아무 대답도 없는 레이를 보고 대니는 난처한 얼굴을 하더니 분한지 손가락을 잘근거렸다.

'……나는 눈을 떴더니 여기 있었어……. 왜 여기에 있는지는 기억나지 않아…… 그만 집에 가고 싶어.'

"선생님, 부탁이야. 여기서 내보내 줘. 나는 아빠랑 엄마한테 돌아갈래……!"

레이는 평범한 소녀처럼 애절한 눈으로 대니를 바라보았다.

"……레이첼, 그건 불가능해. 너의 눈은 확실히 평범한 파란 눈이 되어 버렸지만, 그래도 네 눈은 지금껏 봤던 어떤 인간의 안구보다도 훨씬 더 아름다우니까…….”

대니는 레이의 뺨을 살며시 쓰다듬었다.

“그리고 너는 곧 아빠와 엄마를 만날 수 있을 거야…….”

키득키득 웃으며 그렇게 말했다.

“……어째서?”

“내가 지금부터 널 죽일 테니까.”

“……죽으면 만날 수 없어…….”

“그렇지 않단다. 왜냐하면 너희 아빠와 엄마는…… 너를, 지옥에서 기다리고 있어.”

딸랑……. 그때 레이의 고막에 또 방울 소리가 울렸다.

“자 레이첼, 날 보렴…….”

딸랑……. 대니의 말에 반응하여 다시 똑같은 소리가 울렸다. 소리는 아까보다도 크고 맑았다.

소리가 다 울리자 레이의 머릿속에 문득 보름달 영상이 떠올랐다…….

‘저 달은…….’

—그것은 푸른 달이었다.

—섬뜩할 만큼 푸른 보름달이었다…….

"레이첼……?"

그래…… 그 밤에는…… 또 다른 세계를 보는 것처럼 크고 파란 보름달이 창밖에 떠올라 있었다.

'……나는…….'

"……."

소리가 사라지고, 레이는 긴 속눈썹을 떨며 천천히 눈을 깜박였다. 그리고 기억을 잃기 전과 마찬가지로 세계의 끝을 바라보는 듯한 푸른 눈으로 대니를 응시했다.

"……대니 선생님."

그리고 레이는 작은 목소리였지만 분명하게 그 이름을 불렀다. 여태까지의 소녀다운 불안한 음색은 이제 거기에 없었다. 그것은 거짓 없는 기억을 떠올림과 동시에 본래 자신을 되찾았음을 알리는, 온도가 느껴지지 않는 목소리였다.

"아아…… 레이첼! 나를 떠올려 줬구나?! 아아…… 너는…… 너는 어쩜 이렇게나 멋진 눈을 하는지!"

대니는 황홀한 표정을 짓고서, 단순한 파란 눈이 아니게 된 레이의 눈동자를 바라보았다.

'그래— 이게 내가 바라던 눈이야……. 절망도 희망도 비추지 않고 오로지 아름다운 눈…….'

"……선생님, 나, ……살아 있으면 안 돼……."

레이는 그 무감정한 눈동자로 대니를 응시한 채 조용히 중얼거렸다.

—나는…… 떠올리고 말았어. 매일같이 선생님한테 카운슬링을 받았던 것도…… 그리고 달빛 아래에서 읽었던 책도…… 전부 떠올리고 말았다.

'어쩜 이렇게나 멋진 눈을 하는지……!'

순식간에 절망으로 가라앉아 가는 레이의 눈을 집어삼킬 듯이 바라보며 대니는 기쁨에 떨었다.

"그렇지 않아! 자, 지금 당장 이걸 풀어 줄게. 그리고 앞으로 쭉 나와 함께 살자, 레이첼!"

대니는 거칠게 숨을 내쉬며 말하고서, 레이를 얽매고 있던 구속구를 철컹철컹 요란한 소리를 내며 바쁘게 풀었다. 그리고 아주 크게 외치면서 온몸으로 그 감정을 표현했다.

"아아…… 나는 정말이지 행복한 놈이야!!"

▲
▼

검은 후드티의 소매 밖으로 뻗은 손에는 난잡하지만 빈틈없이 붕대가 감겨 있었다. 번뜩이며 빛나는 커다란 낫을 그 손에 든 남자— 잭은 자신이 사는 B6과는 달리 청결하게 닦인 복도를 나아갔다.

'정말이지…… 어디로 간 거야.'

이유는 알 수 없었다. 그 후 잭은 충동이 이끄는 대로 레이를 쫓아 이 층까지 올라왔다. 평소에는 제물을 놓치더라도 굳이 자신의 담당이 아닌 층까지 가지 않았다. 하지만 그런 소녀를 놓친 채로는 화가 나서 참을 수가 없었다.

'반드시 죽여 버리겠어.'

잭은 작게 혀를 차고 낫을 꽉 움켜쥐었다.

마침 지나가던 벽 너머에서 이 층의 주민인 대니의 목소리가 들린 것은 그때였다.

—아아…… 나는 정말이지 행복한 놈이야!!

'……행복이라고.'

그 충만한 외침을 들은 순간, 잭은 끓어오르는 짜증을 느꼈다. 그것은 잭이 어릴 때부터 알고 있는 유일한 감정일지도 모른다.

'—행복 따위 엿이나 먹으라지.'

잭은 들고 있는 낫으로 수술실 문을 부수며 그 흉악한 분노를 내뿜었다. 쾅— 무시무시한 소리가 울리더니 눈 깜짝할 사이에 문은 파괴되었다. 예사롭지 않은 그 소리에 대니는 순식간에 뒤돌았다. 입구를 가로막고 선 잭의 모습을 보고 한순간 험악한 표정을 짓는 대니를 향해 잭은 붕대 틈으로 이를 보이며 히죽 웃었다.

"햣하하하하하!"

그리고 긴장된 분위기의 수술실에는 잭의 광기 어린 웃음소리가 울렸다. 딱히 재미있지는 않았다. 그저 행복이라는 말이, 그 감정을 품고 있는 인간이 마음에 들지 않았다.

레이는 수술대 위에서 그 웃음소리를 향해 멍하니 시선만을 돌렸다.

'저 남자…….'

그리고 레이가 웃음소리의 주인을 B6에서 만났던 그 살인귀라고 인식한 순간이었다.

잭은 아무런 망설임도 없이 그저 본능을 따라 그 커다란 낫으로 대니의 복부를 벴다. 절망만을 비추는 레이의 눈 속에는 새가 죽었을 때와는 달리, 지저분하게 튀는 피가 되찾은 기억의 잔상처럼 흩날렸다.

"네, 놈이……."

—어째서.

'모처럼…… 모처럼 레이첼의 눈이 내 것이 될 뻔했는데—. 이대로…… 이대로 죽을 수는 없어……!'

그렇게 생각하지만, 깊이 베인 복부로 느껴지는 격통과 함께 시야가 급속도로 희게 흐려져 갔다. 그 사후 세계와 현실의 갈림길 같은 곳에서 대니는 잭을 올려다보았다.

"어이어이 대니…… 네 녀석이 행복한 목소리를 내니까 못 참고 널 베어 버렸잖아!"

의식이 멀어지는 것이 눈에 보이는 대니의 절망한 표정을 바라보면서 잭은 만족스럽게 비웃었다.

"……윽."

뭐라고 되받아치고 싶었으나 생각대로 목소리를 낼 수 없었다. 눈이 감기면서 희뿌연 풍경조차 보이지 않게 되었다. 순간 대니의 눈앞에는 레이의 생기 잃은 푸른 눈이 마치 자신의 눈이 된 것처럼 떠올랐다가 사라졌다.

'예쁜 눈이야…….'

꿈같은 환상을 보고 그렇게 느낌과 동시에 대니는 깊은 잠에 빠지듯 조용히 눈을 감았다.

잭은 대니가 움직이지 않는 것을 확인하자마자 흥이 깨진 얼굴을 하고서 휙 뒤돌았다.

"……야, 널 쫓아왔더니 터무니없는 일이 되어 버렸어."

그리고 수술대 위에 누운 레이를 내려다보고 즐겁게 웃었다.

"자, 너도 살고 싶다면 지금 당장 도망쳐. 도망치고 발버둥 쳐! 희망을 품고 말이야! 그걸 마음껏 썰어 주지!"

잭은 이상하게 흥분한 모습으로 사신처럼 낫을 치켜들고서 큰 목소리로 그렇게 위협했다.

하지만 잭의 말은 레이의 귀에 전혀 들어오지 않았다. 레이는 지금 절망의 밑바닥에 있었다. 마음속은 잇따라 되살아나는 그 푸른 보름달이 뜬 날의 일로 가득 찬 상태였다.

"……아?"

훌륭하리만큼 반응이 없는 레이를 보고 잭은 불만스러운 목소리를 흘렸다.

'……뭐야?'

기분 나쁘도록 무표정하게 침대에 누운 레이는 처음 만났을 때와는 다른 사람처럼 보였다.

"어이, 뭘 그렇게 재미없는 얼굴이야. 모처럼 내가 이렇게 칼끝을 들이대 줬는데 살고 싶다는 생각도 안 들어?"

어딘가를 보는 것도, 무언가를 비추지도 않는, 마치 죽은 듯한 눈빛의 레이를 향해 잭이 물었다.

"……."

—안 들어.

레이는 반사적으로 그렇게 말하려 했지만 목소리가 잘 나오지 않았다.

"하아…… 재미없어. 나는 멀쩡한 성인 남성이라 인형을 찢어발기는 취미는 없다고."

도마 위에서 토막 나길 기다릴 뿐인 죽은 물고기 같은 그 모습에 잭은 한숨을 쉰 뒤, 치켜들고 있던 낫을 내렸다. 죽음이 임박해도 삶에 집착하지 않은 인간을 죽이고 싶다는 생각은 어째선지 들지 않았다.

'밑으로 돌아갈까…….'

—댕 댕 댕.

완전히 의욕을 잃고 잭이 그 자리를 떠나려 했을 때, 어딘가에 설치되어 있을 스피커에서 또다시 교회 종소리 같은 음이 울려 퍼졌다.

「—배신자 출현—.」

「—6층 담당자가 5층 담당자를 공격했다—.」

「—이것은 룰 위반—.」

「—이하 레이첼에 이어 배신자가 제물이 되었습니다—.」

그 방송은 잭이 새롭게 제물이 되었음을 알리고 있었다.

"……아아~ 웃기지 말라고. 젠장, 도망칠까."

'—하지만 출구는 어디지?'

잭은 살짝 얼빠진 표정을 지으며, 수술대 위에서 인형처럼 누운 레이를 쳐다보지도 않고 방을 나갔다. 딱히 살고 싶은 이유도 없지만 살해당하는 것은 딱 질색이었다.

'제물…….'

홀로 수술실에 남겨진 레이는 천장을 올려다본 채 마음속으로 중얼거렸다.

—맞아……. 나는 살아있어선 안 돼…….

잭이 없어진 뒤, 레이는 누워 있던 수술대에서 힘없이 일어섰다.

바닥에는 피투성이가 된 대니의 아직 따뜻한 몸이 꼴사납게 뒹굴고 있었다.

'선생님의 눈동자…… 이제 닫혀서 안 보여.'

레이는 모든 것이 퇴색되어 보이는 슬픈 눈으로, 그저 잠들어 있을 뿐인 것 같은 대니의 그 얼굴을 무표정하게 바라보며, 마치 장난감을 만지듯이 볼을 콕콕 찔렀다.

'죽어 버린 걸까…….'

"……."

그러나 대니의 몸은 꿈쩍도 하지 않았다.

그때, 물감을 흘린 것처럼 빨갛게 물든 대니의 가운 주머니 속에 수술실 문을 열었던 카드키가 들어있는 모습이 보였다.

'이거…… 다른 문에도 쓸 수 있을지도 몰라…….'

레이는 주저 없이 가운 주머니에 손을 찔러 넣어서 그 작은 카드를 꺼내 자신의 주머니로 옮겼다.

▲
▼

—행복한 꿈에서 깨어나 버렸다.

그것만을 확실하게 알 수 있는 세계에서 레이는 이제 움직이지 않게 된 대니를 수술실에 남겨 두고 복도로 나갔다. 되돌아오는 절망의 기억을 되새기며 복도를 걸어갔다.

도중에 특별한 환자의 병실 앞을 지나치려던 순간, 문득 레이는 대니가 먼지 닦는 것을 저지했던 벽의 글자를 떠올렸다.

'그러고 보니, 뭐라고 적혀 있었을까…….'

신경 쓰여서 그 문 앞에 멈춰 선 레이는 문을 열려고 했다. 하지만 잠겨 있었다. 그것은 즉 대니가 잠갔다는 뜻이었다. 그렇다면 아까 대니의 가운에서 꺼낸 카드로 열릴 터였다.

레이는 문에 설치된 삽입구에 카드를 넣어 보았다. 그러자 역시 찰칵하는 소리를 내며 문이 열렸다.

'역시 이 층에서는 이 열쇠를 쓸 수 있구나…….'

그렇게 확신하며 레이는 다시 그 카드를 주머니에 갈무리했다.

'……먼지, 닦아 보자…….'

눈에 먼지가 들어가든 말든 개의치 않고 대량의 먼지를 닦으니 벽에는 실성한 것 같은 비통한 문장이 붉은 글씨로 적혀 있었다.

—살려 줘, 살려 줘, 무서워, 무서워.

—세 명 있었는데 여기 있는 건 나뿐.

—죽이러 와, 죽이러 와. 세 명 중에 나만 살해당해.

—마치 그것이 당연한 일처럼 여기 녀석들은 나를 죽이러 와.

—그 녀석들을 해방한 건 누구?

—살려 줘, 살려 주세요, 신이시여.

'역시 환자는 선생님한테 살해당했구나…….'

"……신."

문장 마지막에 적혀 있던 그 단어를 레이는 신묘한 목소리로 중얼거리고서 병실을 뒤로했다.

▲
▼

레이는 악몽 속에 있는 기분으로 다시 복도를 나아갔다.

그러자 바닥에 반짝반짝 빛나는 것이 무수히 흩어져 있는 모습이 눈에 비쳤다. 퍼뜩 놀라 앞을 보니 그 튼튼한 유리벽이 산산이 깨져 있었다. 그것이 대니 선생님을 죽인 그 남자— 잭의 소행임은 곧장 이해할 수 있었다.

—그 남자는 이렇게 유리를 깨듯이 간단하게 대니 선생님을 죽였다……. 순식간에 이 세상에서 지워 버렸다.

'신…… 신은 살해당하는 건 용서해 주시나요……?'

"……."

—죽여 줬으면…… 좋겠어…… 그 사람이…….

본능에 휘둘려 레이는 깨진 유리 위를 달려서 잭에게 향했다.

"……안 열리잖아! 때려도 안 부서지고…… 정말이지, 어떻게 해야……."

잔달음질 쳐 안쪽으로 나아가니 열리지 않는 문과 분투하는 잭의 모습이 보였다. 아마도 문 너머에는 엘리베이터가 있을 것이다.

"……뭐 하고 있어?"

지금부터 잭에게 바랄 소원에 작은 희망을 느끼고 살짝 기력을 되찾은 레이는 그 등 뒤에서 말을 걸었다.

"아아? ……뭐야, 너. 태연히 나타나서 어쩌려고?"

잭은 반사적으로 뒤돌아 위협하며 레이를 노려보았다. 하지만 그것은 레이에게 더 이상 공포가 아니었다.

"……있지……, 부탁이 있어."

그리고 레이는 작게 심호흡한 뒤, 지저분한 붕대로 둘둘 감긴 얼굴 틈으로 보이는 잭의 길게 찢어진 눈을, 그 속에 자리 잡은 예쁜 노란색 눈동자를 바라보며 말했다.

"……부탁이야. —나를, 죽여 줘."

잭은 눈을 동그랗게 뜨고서, 열셋이라고는 여겨지지 않는 레이의 어른스러운 표정에 순간 매료되었다.

'……죽여……달라고?'

—기분 나빠……!

그러나 곧 그 부탁의 의미를 이해함과 동시에 잭은 오늘 먹은 모든 것을 토해 내듯이, 혹은 치밀어 오르는 정체 모를 오싹한 감정을 지우려는 듯이 힘껏 구토했다.

"……우웨에에에에에엑!"

지금껏 이런 식으로 누군가에게 무언가를 부탁받은 적 따위 없었다. 무언가를 요구받은 적 따위 없었다. 그것도 아무런 조짐도 없이, 방금 막 만난 소녀가 「나를 죽여 줘.」―라는 정신 나간 부탁을 자신에게 하다니, 도저히 의미를 알 수 없었다.

"아아아아! 기분 나쁜 부탁 하지 마! 나는 너처럼 정신 나간 녀석이랑 놀고 있을 시간 없어!"

잭은 역겨운 느낌을 진정시키고자 토사물로 더러워진 입가를 후드티 소매로 닦으며 호통쳤다.

"……안 돼?"

바닥에 흩뿌려진 토사물에는 눈길도 주지 않고 레이는 안타까운 표정으로 물었다. 왜 자신의 부탁에 잭이 이렇게나 혐오감을 품는 것인지 레이는 이해할 수 없었다. 대니 같은 성인 남성을 순식간에 없애 버린 이 남자, 잭이라면 자신을 죽이는 일 따위 손쉬울 터였다.

"안 되고 자시고 할 문제가 아니잖아! 애초에 너 같은 어린애가 왜 이런 곳에 있는 거야!"

"……나는 정신이 드니 여기 있었어."

레이는 대답했다. 거짓말은 아니었다. 이곳에 오기 전 일은 싫을 만큼 떠올렸다. 하지만 레이는 아직 왜 자신이 이곳에 왔는지는 모르는 채였다.

"아아? 여기에 어떻게 왔는지는 기억 못 하는 거야?"

"……기억 안 나."

잠시 침묵한 후, 레이는 말했다. 기억나지 않는다고도, 기억한다고도 대답할 수 있었다. **하지만 기억나지 않는다고 말하는 편이 분명 좋았다.**

"뭐, 어찌 되든 좋지만. 그런 기분 나쁜 소리 할 여유가 있다면 여길 어떻게든 하라고!"

잭은 엘리베이터 앞의 문을 쾅쾅 차면서 다시 고함쳤다.

"거긴 이 카드로 열려."

레이는 대니에게서 훔친 카드를 상의 주머니에서 꺼내고 문에 설치된 판독기에 긁었다. 조금 전 병실도, 수술실도, 이 카드로 열렸다—. 분명 이 엘리베이터 문도 열릴 터였다.

삑— 소리가 나고 카드 판독이 완료되자 레이의 추측대로 문은 열렸다. B4로 올라가는 엘리베이터가 두 사람의 눈앞에 나타났다.

"……하하!"

B4라고 적힌 버튼이 빛나는 엘리베이터를 보자마자, 지금껏 짜

승 내던 모습이 거짓말이었던 것처럼 잭은 유쾌하게 웃었다.

"그러고 보니 너, 혼자 여기까지 올라왔지?"

그리고 잭은 마치 어린아이가 좋은 생각을 떠올린 듯한 얼굴로 레이에게 물었다.

"응."

"나, 바보거든. 그러니까…… 같이 여기서 나가게 도와 달라고."

"같이……?"

잭은 눈높이를 맞추고자 약간 몸을 구부리고, 살짝 놀람을 나타내는 레이의 눈을 지그시 바라보았다.

"너 아까 나한테 죽여 달라고 했지?"

"……했어."

레이는 진지한 표정으로 수긍했다.

"죽이는 건 간단하지만, 확실히 말해서 그런 더럽게 시시한 얼굴, 죽일 마음이 안 들어. 밖으로 나가게 되면 너도 조금은 괜찮은 얼굴을 할지도 모르잖아."

마치 인형 같은 레이의 무표정을 응시하며 잭은 그렇게 제안하더니 장난꾸러기 아이처럼 히죽 웃고서 말했다.

"그러니까 같이 밖으로 나가면, 그러면 너를…… 죽여 줄게."

그 순간, 레이의 귓속에는 또다시 어디선가 울려 퍼지는 딸랑— 하는 방울 소리가 들렸다. 그것은 환청일지도 모른다. 하지만 그 소리는 지금까지 울렸던 것 중에서 가장 투명한 소리였다.

"……정말?"

레이는 기도하는 눈으로 잭을 올려다보았다.

"그래. 하지만 허튼수작 부리지 마. 그리고 너무 들떠서 설치지 말고. ……나는 행복해 보이는 녀석이나 기뻐하는 녀석을 보면…… 무심코 죽여 버리거든."

"……알겠어."

'……행복한 얼굴 따위, 나한테는 분명 불가능해.'

그렇게 생각하면서도 레이는 고개를 끄덕였다.

"뭐, 그 죽은 눈을 보면 걱정할 필요 없나. 그럼 냉큼 이런 데서 나가자고."

"응."

맹세하는 것처럼 한순간 서로 마주 본 뒤, 두 사람은 나타난 엘리베이터 안으로 나아갔다.

「너를…… 죽여 줄게.」

움직이기 시작한 엘리베이터 안에서 레이는 잭이 내뱉은 그 대사를 몇 번이고 곱씹었다. 그 말은 아무런 색도 띠지 않는 절망뿐인 이 슬픈 세계에 마치 하늘에서 내려온 눈부신 빛 같았다.

FLOOR B4

"여긴 뭐야…… 춥네."

"응."

엘리베이터에서 내리자 벽에 B4라고 표시된 공간이 나타났다. 초겨울처럼 싸늘한 냉기가 감도는 곳이었다. 숨을 들이쉬니 머리가 어지러워지는 약내가 코를 찔렀다. 물에서 나는 냄새였다.

공간 양옆에는 통로를 사이에 두고 작은 수영장 같은 것이 두 개 있었고 푸르스름한 물이 채워져 있었다. 문득 레이는 그 수조 바닥에 사람 그림자 같은 검은 물체가 가라앉아 있는 것을 발견했다.

'저건 뭘까?'

물속으로 시선을 집중해 보았다. 그러나 수조는 생각보다 깊었고 투명도가 낮아서 무엇이 가라앉아 있는지는 잘 보이지 않았다. 자세히 보려고 물에 얼굴을 가까이 가져가니 약내가 한층 역해져서 숨이 막혔다.

"어이, 뭘 보는 거야?"

갑자기 웅크려 앉은 레이를 보고 잭은 살짝 의아한 표정을 지었다.

"물속에 뭔가 있어……."

"뭐가 있는데?"

"뭔지는 몰라."

"아아? 모르는 거냐. 그럼 나도 모르겠네. 그보다 너 말이야, 그런 얄팍한 옷 입고 춥지도 않아?"

아마도 현재 기온은 10도 안팎일 것이다. 레이가 걸치고 있는 하얀 칠부 상의와 검은 반바지 밑으로 노출된 다리를 보고 잭이 물었다.

"춥지만 괜찮아."

레이는 툭 대답했다. 춥지 않다고 하면 거짓말이었다. 아니, 사실은 추웠다. 하지만 춥다고 말해 봤자 따로 입을 옷이 없으니 어떻게 할 수도 없었다.

"흐응~. 뭐, 모르는 걸 계속 보고 있어 봤자 별수 없으니 얼른 가자고."

"응. 저 문 너머에서 어쩐지 흙냄새가 나……."

민감하게 그 냄새를 감지하며, 레이는 수로 위에 만들어진 짧은 다리 앞의 문을 바라보았다. 문에는 〈제2묘지〉라고 적힌 간판이 걸려 있었다.

"가 볼까."

잭은 그 문으로 이어지는 다리 위를 걷기 시작했다.

"응."

레이도 그 뒤를 따랐다.

▲
▼

'이곳은 정말로 빌딩 내부……?'

제2묘지에 들어가자 널찍한 공간이 나왔다. 낡은 벽돌로 만들어진 벽이 방 전체를 감쌌고, 바닥에는 물을 흡수한 뒤처럼 부드럽고 축축한 흙이 빈틈없이 깔려 있었다.

"……무덤……."

그리고 흙 위에는 누군가의 이름이 새겨진 작은 묘비가 잔뜩 늘어서 있었다.

"그래서 흙냄새가 나는 거군. 정말이지, 이게 다 몇 개야. 이런 무덤만 잔뜩 만들어서 어쩌자고."

잭은 어이없어하며 주위를 둘러보았다.

—흙냄새는 싫다.

그 냄새를 맡으면 떠올리고 싶지도 않은 어릴 적의 짜증스런 기억이 머릿속을 스쳤다.

"파내 볼까?"

선명하게 되살아나는 기억을 떨쳐 버리려고 잭은 살짝 장난쳐 보았다.

"마음대로."

그러나 레이는 무뚝뚝하게 대답하고서 제2묘지 안을 빠릿빠릿하게 돌아다니기 시작했다. 지금 자신의 사명은 잭과 함께 이 빌딩에서 탈출하는 것, 그뿐이었다. 그 밖의 일은 잭 마음대로 하면 됐다.

'칫…… 재미없는 녀석.'

잭은 그 반응에 재미없어하면서도 층 안쪽으로 나아가는 레이의 뒤를 따라갔다.

'춥네…….'

어디선가 불어오는 냉기를 느끼며 레이는 눈썹을 찡그렸다. 그때, 늘어선 묘비 중에서 한층 큰 것이 있음을 알아차렸다. 다가가니 그것은 묘비가 아니라 비석이었다.

'뭔가 적혀 있어…….'

그리고 비석 표면에는 또 이해할 수 없는 문장이 새겨져 있었다.

「정결해지지 못한 자의 무덤.」

「주께서도 천사도 바라지 않는 불쌍한 자들.」

「흙에 묻히고, 땅에 떨어져, 정화되길 기다리라.」

'천사…….'

「—천사인가, 제물인가.」

레이의 머릿속에 그 문장이 되살아났다. 반복되는 그 말에는 어떤 깊은 의미가 있는 것 같다는 기분을 지울 수 없었다. 하지만 레이는 아직 그것이 무엇을 나타내는지 알지 못했다.

비석에서 조금 떨어진 곳에 커다란 구덩이— 아마도 무덤구덩이가 파여 있었다. 들여다보니 구덩이 안에 무언가가 조용히 웅크리고 있는 것이 보였다.

"……."

레이는 그 무언가를 빤히 응시했다.

"그렇게 들어가고 싶어?"

구덩이 안을 응시한 채 꿈쩍도 하지 않는 레이를 보며 잭의 목소리는 조금 차가워졌다.

"아니…… 안 될 것 같아."

레이는 작게 고개를 흔들고, 그 커다란 구덩이 안에 웅크리고 있는 방금 죽은 듯한 남자의 생생한 시체를 바라보며 툭 중얼거렸다.

"이 구덩이, 이미 들어 있으니까."

'—또 시체냐…….'

"아아, 시체투성이라 기분 나빠! 이쪽 쳐다보지 말라고!"

잭은 짜증 내며 구덩이로 다가가더니 그 안에 있는 시체를 가차 없이 몇 번이고 밟았다. 남자의 시체는 며칠 전까지 살아 있었다고는 생각할 수 없을 만큼 엉망이 되어 갔다. 뭔가 원한이라도 푸는 것처럼 시체를 걷어차는 잭의 모습은 조금 기이했다.

"아……."

엉망이 되어, 이제는 썩을 일만 남은 지방 덩어리로 변해 가는 그것과 순간 눈이 마주친 느낌이 들어서 레이는 시선을 돌렸다.

그때, 레이의 눈에 〈보존실〉이라는 팻말이 붙은 문이 보였다. 그 문에 다가가 보니 한층 더 차가운 공기가 피부로 전해졌다. 냉기는 그곳에서 흘러나오고 있는 것 같았다.

▲▼

보존실이라고 적힌 문을 열자 그곳은 마치 밤처럼 고요한 방이었다. 사후 세계 같은 느낌도 들었다. 안으로 들어가니 아까와는 차원이 다른 냉기가 가득했다.

'냉장고 안에 있는 것 같아…….'

레이는 외투 위로 가볍게 팔을 문질렀다.

방 안쪽에는 엘리베이터 앞에 있던 방과 마찬가지로 약품 냄새가 나는 물이 채워져 있었다. 그 밑바닥에 사람으로 보이는 것이 가라앉아 있었고 세정 중이라는 팻말이 걸려 있었다. 확실하게는 안 보였지만 아마도 그것은 시체였다. 물 위에는 목제 다리가 만들어져 있었다. 레이는 담담히 그 다리 위를 건너갔다. 막다른 벽은 습기 때문인지 약해져서 금이 간 모습이었다.

"벽이 너덜너덜……."

"눅눅하지, 낡았지, 변변찮은 곳이네."

잭은 얼굴을 찡그리면서도 방 안을 돌아다녔다.

방 안에는 업무용으로 보이는 커다란 냉장고가 늘어서 있었다. 그것을 보고 잭은 오늘 아침 먹어 치운 대량의 스낵과자를 레이의 생각지도 못한『부탁』때문에 토해 버렸다는 것을 떠올렸다.

'애초에 느닷없이 죽여 달라니, 영문을 모르겠단 말이지……. 덕분에 배도 고프고.'

"아~ 뭔가 안 들어 있으려나."

한숨 섞어 중얼거린 잭은 아무 생각도 없이 늘어서 있는 냉장고 중에서 하나를 열었다. 하지만 문을 연 순간, 식욕이 싹 가시는 것을 느꼈다.

"우오. 시체잖아……."

냉장고 안에 들어 있던 것은 음식이 아니라, 또다시 구역질을 일으키는— 손이든 발이든 목이든 만지기만 해도 간단히 떨어질 듯한 그로테스크한 남자의 시체였기 때문이다.

얇고 투명한 비닐을 씌운 시체에는 포스트잇 메모가 붙어 있었다.

왓킨 베케트(36) 사망 장소 — B3 사인 — 총탄에 의한 과다 출혈 ※신체 손상이 심하므로 취급 시 주의

"이 사람도 제물……이었어?"

냉장고 안에서 부패한 채 얼어 가고 있는 시체를 보고 레이가 물었다.

"그런 걸 내가 알겠냐."

잭은 관심 없다는 얼굴로 대답했다. 시체는 만지고 싶지도 않고, 가능하다면 보고 싶지도 않았다. 썩어 가는 시체 냄새가 제일 싫었다.

"메모에는 B3이라고 적혀 있어……. 여긴 B4니까 아직 위층이 더 있는 거구나."

"하아, 귀찮네."

잭은 고양이처럼 호쾌하게 하품했다.

"당신은 이곳에 관해 잘 알아?"

레이는 나른해 보이는 잭의 얼굴을 올려다보고 물었다.

"글쎄. 나는 죽이고 싶은 녀석을 죽여도 된다고 해서 여기 왔을 뿐이니까. 다른 층 녀석들도 그렇지 않을까? 자세한 건 나도 몰라."

잭은 이 빌딩에 초대받았을 때를 어렴풋이 떠올렸다. 하지만 이미 몇 년이 지났는지도 확실하지 않았다. 잊어버렸다.

"……그래."

레이는 그런 잭의 모습을 보고 툭 중얼거렸다.

「—죽이고 싶은 녀석을 죽여도 된다.」

잭의 그 말이 마음에 걸렸다. 동시에 선명하게 떠오르는 자신의 과거를 떨쳐 내고자 레이는 다시 물어보았다.

"여기 오기 전에는 어디 있었어?"

"가르쳐 줘도 상관없지만, 그런 걸 안다고 뭐가 달라져?"

"그냥…… 물어봤을 뿐이야."

"그게 뭐야. 그보다 너야말로 여기 오기 전 일을 기억해 내는 편이 낫지 않아? 무사히 나가더라도 집에 못 돌아갈걸."

'집……?'

레이의 머리 위에 커다란 물음표가 떠올랐다.

"……여기서 나가면 죽여 준다고 했어."

"아아, 그랬지 참."

잭은 마치 깜빡했다는 말투로 말했다.

"……잊어버리지 말아 줘."

"안 잊어버렸어!"

그렇게 말하며 잭은 레이에게서 시선을 홱 돌렸다. 약속은 했지만, 인형 같은 레이를 죽이고 싶다는 갈망은 솟아나지 않았다. 솔직히 지금은 자신이 무사히 이 빌딩에서 나가는 일 말고는 생각할 겨를이 없었다.

'뭐, 나갈 무렵에는 저 죽은 눈도 어떻게든 되겠지…….'

"추우니까 다음 방으로 가자고!"

"……응."

레이는 우울한 표정으로 고개를 끄덕였다. 약속은 했으나, 여기서 나가면 잭이 자신을 죽여 줄 것이라는 확증은 없었다. 만약 죽여 주지 않는다면 필사적으로 이곳을 나갈 의미가 레이에게는 없었다.

어색한 침묵 속에서 두 사람은 보존실을 나가 이번에는 반대쪽 통로로 나아갔다. 그곳에는 벽돌 무늬 문이 있었고 〈제1묘지〉라고 적힌 간판이 걸려 있었다.

▲
▼

제1묘지에 들어간 순간— 레이의 그 파란 눈 속에 반짝반짝하게 닦인 새 묘비가 비쳤다.

레이는 무덤이 늘어선 축축한 흙 위를 가로질러 그 묘비로 다가갔다.

"……."

생명의 기운이 전혀 느껴지지 않는 탁한 공간 속에서 이상하리만큼 반짝이는 그 새로 만든 묘비에는 자잘한 글씨로 이름이 새겨져 있었다.

"아? 왜 그래. 뭐라고 적혀 있는데."

"……이름이 적혀 있어."

중얼거리면서, 레이는 아름답게 조각된 그 이름을 굳은 표정으로 바라보았다.

"묘비니까 당연하지. 뭘 놀라?"

잭은 태연하게 말하고, 살짝 창백해진 레이의 얼굴을 들여다보았다.

"……내, 이름. 내 이름이 적혀 있어."

잭의 시선을 느끼면서도 레이는 묘비를 응시한 채 긴장된 목소리로 말했다. 그 새로 만든 묘비에는 「레이첼 가드너」라는 이름이 또렷하게 새겨져 있었다.

"……그러냐."

잭은 작게 중얼거렸다. 글자를 못 읽는 잭은 그 이름을 읽을 수 없었다. 그리고 무엇보다 아직 레이의 이름도 몰랐다. 그러니 글자를 읽을 줄 알았더라도 거기에 적힌 것이 레이의 이름인지는 알 수 없었다.

"그럼 이건 내 건가?"

레이의 이름이 새겨진 묘비 정면에는 깎다가 만 커다란 바위가 방치된 것처럼 굴러다니고 있었다. 아마도 잭이 제물이 된 뒤에 급하게 만들었을 것이다. 오랫동안 이 빌딩에서 산 잭은 그것이 이 층의 주민이 만든 것임을 바로 이해할 수 있었다.

"……정말이지, 아직 죽지도 않았는데 무덤 따위를 만들고, 최고로 짜증 나네. 박살 내고 싶어."

레이의 묘비와는 대조적으로 대충 깎여서 그냥 바위 같은 그 무덤을 노려보며, 잭은 어깨에 걸치고 있는 낫을 더러워진 손으로 꽉 움켜쥐었다.

'……이런 기분 나쁜 무덤, 만들지 말라고.'

"그러면 낫이 먼저 망가질 거야."

레이는 냉정하게 주의하면서도, 보석처럼 반짝반짝 빛나는 자신의 묘비를 계속 바라보았다.

"시끄럽네, 나도 알아. 그보다 언제까지 자기 묘비를 바보처럼 쳐다보고 있을 거야."

"딱히, 쳐다보고 있지 않아."

"흐응, 그럼 상관없지만. 미안한데 나는 너랑 같이 죽을 생각은 없으니까."

말하고서 잭은 방 안쪽으로 나아갔다. 그러자 약해져 있었는지 벽돌 벽에 커다란 균열이 생긴 것이 눈에 들어왔다.

"어이어이…… 얼마나 낡은 거야."

그 목소리에 반응하여 레이는 뒤돌아보더니 잭에게 달려와 똑같이 균열 안쪽을 들여다보았다. 그 균열은 마치 안으로 들어오라고 유도하는 것 같았다.

'어딘가로 이어져 있어……. 안쪽에는 뭐가 있을까?'

"꽤 안쪽까지 이어져 있네……."

"내가 갔다 올까?"

크기가 이래서야 아마도 잭은 들어갈 수 없을 것이다. 그렇게 생각하고 레이가 제안했다.

"아아? 그렇게 말하고 너만 도망칠 생각인 건 아니겠지?"

그러나 잭은 불신감을 나타내며 위협하는 목소리를 흘렸다.

"나는 도망치지 않아. ……살해당하지 않았으니까."

레이는 그 목소리에 겁먹는 일 없이 똑바로 잭의 눈을 바라보았다.

'이 녀석 진짜, 대니가 뭔가 이상한 약이라도 주입한 거 아니야……?'

그 모습을 보고 잭은 무심코 얼굴을 찡그렸다.

처음 자신의 층에서 만났을 때 레이는 확실히 다른 인간보다 반응이 희미했지만 그래도 소녀다운 절망의 표정을 보였었다. 이렇게 뻗대는 태도가 아니었다. 잭은 갑작스러운 레이의 변화에 기묘한 위화감을 느꼈다.

"너…… 아까부터 진짜 기분 나쁘네."

'기분 나쁘다?'

생각지도 못한 잭의 감상을 듣고 레이는 작게 고개를 갸웃했다. 자신이 기분 나쁜 발언을 했다는 의식 따위 털끝만큼도 없었다.

"……뭐, 좋아. 어차피 아무것도 안 할 수도 없어. 갔다 와."

잭은 반쯤 될 대로 되라는 심정으로 말했다. 지금은 뭔가를 생각하기보다 한시라도 빨리 이 빌딩에서 탈출할 방법을 찾아내는 것이 먼저였다.

"응."

"그리고 도중에 죽으면 『죽었다!』 하고 대답해."

'……도중에 죽으면……?'

"……죽으면 대답 못 해."

레이는 잠시 생각하고서 평소와 같은 진지한 얼굴로 말했다.

"……."

"……."

침묵이 내려앉은 동안 잭은 자신이 뱉은 대사의 모순을 깨달았다.

"……그, 그럼 적어도 도움이 된 다음에 죽어!!"

붕대 밑으로 아주 살짝 얼굴을 붉히며, 창피한 마음에 레이의 엉덩이를 가볍게 찼다.

—도움이 된 다음에…….

"……알겠어."

레이는 차인 충격에 비틀거리면서도 잭의 얼굴을 보고 분명하게 고개를 끄덕였다. 하지만 균열 앞에서 들어가기를 주저하고 말았다. 어쩐지 자신의 이름이 새겨진 묘비를 좀 더 바라보고 싶다는 기분이 들었기 때문이다.

"어이, 얼른 가라고! 나는 참을성이 없어."

잭은 그런 레이를 보다 못해 짜증스럽게 외치며 재촉했다.

"응. 그리고 이쪽에서도 카드 같은 게 없는지 찾아 줬으면 해."

퍼뜩 정신이 들어 작게 고개를 끄덕인 뒤, 레이는 문득 떠올리고 부탁했다. B7도 B6도 B5에서도, 엘리베이터에 타려면 카드가 필요했다.

"그래, 알았어."

"……그리고."

"아아?! 아직도 할 말이 남았어?"

"되도록…… 내 무덤은 부수지 말아 줘."

그렇게 말하는 레이의 얼굴은 살짝 근심을 띠고 있었다.

저 무덤을 누가 만들었는지는 모른다. 하지만 자신의 무덤이 이 세상에 준비되어 있다…… 그 사실이 어째선지 레이를 안심시켰다. 그리고 동시에 아주 조금 가슴이 뛰는 것을 느꼈다.

그리고서 레이는 잭의 대답을 기다리지 않고 균열 안으로 그 가냘픈 몸을 감추었다.

"……알게 뭐야."

묘지에 홀로 남은 잭은 한숨을 쉬듯이 중얼거렸다.

▲▼

레이는 좁은 균열 안을 나아갔다.

동굴처럼 어두워서 앞이 잘 보이지 않았다. 걸을 때마다 흙이 일어나 호흡하기 힘들었다. 어떻게든 숨을 쉬지 않도록 조심하며 나아가니 갑자기 시야가 트였고, 좁지도 넓지도 않은 지하 기지 같은 방이 눈앞에 나타났다. 쌀쌀함을 몰아내고 따뜻한 느낌을 주는 오렌지색 전구가 흔들거리며 공간을 비추고 있었다.

'무덤을 만드는 곳……?'

방 중앙에는 커다란 작업대가 있었는데 그 위에는 묘비의 목록이나 디자인이 아무렇게나 방치되어 있었다.

'……이건?'

그리고 뭔가가 적힌 파란색 노트가 펼쳐진 채로 놓여 있었다.

'뭐라고 적혀 있을까?'

어쩌면 이 빌딩과 관련된 내용이 쓰여 있을지도 모른다……. 그렇게 생각하고 레이는 펼쳐져 있는 노트를 들여다보았다. 그러자 거기에는 어린아이가 썼는지 앳된 글자로 기묘한 내용이 기록되어 있었다.

나는 그 아이를 처음 알았어.

예전부터 줄곧 신경 쓰였어. 그런데 나는 줄곧 그 아이를 몰랐어!

만나고 싶은데 그 녀석이 방해하니까. 그 아이는 아주 예쁜 목소리를 냈어.

분명, 분명 멋진 아이겠지. 틀림없어!
왜냐하면 이렇게나 순식간에 그녀를 좋아하게 됐으니까!
아아, 큰일이야……. 그 아이에게는 특별한 걸 준비해야 해!
내가 생각한, 그 아이만의 특별한― 영원히 잠들 장소를.

레이는 그 기분 나쁜 문장을 의아한 표정으로 읽었다.

'누군가의 일기……? ……이곳은 누군가의 방인 걸까?'

방 안쪽에는 문이 하나 더 있어서 길을 가로막고 있었다. 레이는 살며시 다가가 손잡이를 돌려 보았다. 하지만 열리지 않았다.

'잠겨 있어……. 이 문은 어떻게 해야 열릴까?'

문득 작업대 위에 흩어져 있는 무덤 설계도가 눈에 들어왔다.

'―뭔가 단서가 있을지도…….'

그렇게 레이가 번뜩 떠올렸을 때, 잭이 기다리는 제1묘지 쪽에서 무언가 파괴되고 있는지 쾅쾅 시끄러운 소리가 났다.

'……굉장한 소리. 그 사람, 뭐 하는 걸까?'

▲
▼

레이가 없어지고 혼자 남은 묘지는 더욱 으스스했다. 흡사 이 세상에 홀로 남겨진 기분이었다.

"정말이지, 카드를 찾으라고 해도 여기엔 묘비밖에 없잖아."

'그보다 진짜 이 무덤 짜증 나네.'

자신을 위해 만들어졌을 터인 그 조잡한 무덤을 바라보고 잭은 쯧 혀를 찼다.

'박살 내고 싶어…….'

그러나 레이가 말한 대로, 튼튼한 묘비를 부수려고 하면 낫의 날이 먼저 망가지리라는 것은 잭이라도 알 수 있는 사실이었다.

'뭔가 없을까.'

주위를 둘러보니 가지런히 늘어선 묘비 중 하나에 곡괭이가 기대져 있는 것이 눈에 날아들었다. 아마도 흙을 파내려고 놓아둔 것이리라.

'곡괭이인가…….'

잭은 히죽 미소 짓고서 곡괭이를 들었다. 자신의 무기가 아니라면 망가져도 전혀 지장 없었다.

—이딴 하찮은 무덤…….

"부숴 주지—."

그렇게 결정하자 웃음이 터져 나왔다. 딱히 즐겁지는 않았다. 다만, 자신의 무덤이 이 세상에 있다니 속이 뒤틀리지 않는가.

'나는 아직 죽을 생각 따위 없다고!'

잭은 자신의 묘비를 곡괭이로 캉 내리쳤다. 그러나 묘비는 잭의 일격을 튕겨 냈다.

'단단하네…….'

이 튼튼한 묘비는 가볍게 내려치는 정도로는 부서지지 않는 모양이었다. 날이 닿은 부분이 살짝 깨졌을 뿐이었다.

"하…… 조잡한 묘비 주제에 바보같이 튼튼하게 만들지 말라고!"

왜일까. 자신의 층에서 그저 제물을 쫓아다녔을 때와는 다른, 마음 깊숙한 곳에 잠들어 있던 감정이 차례차례 흘러넘쳤다. 잭은 묘비를 만든 인물에게 증오를 담아 거칠게 말하고서 그 투박한 묘비를 내리찍었다.

한번 스위치가 켜지면 멈추지 않는다. 자신도 멈출 수 없었다. 잭은 자신을 위해 만들었을 그 무덤을 몇 번이고 내리쳤다.

내리찍을 때마다 묘비가 부서지며 단순한 돌멩이가 된 파편이 튀었다.

그건 그렇고 무덤을 부수는 것은 생각보다 기분이 좋았다.

무덤은 1분도 채 지나지 않아 그 원형을 잃었다.

'—부쉈다.'

하지만 왜일까. 여전히 참을 수 없이 짜증 났다. 잭은 혀를 차고 주위를 둘러보았다. 묘지라고 표시되어 있었으니 당연하지만

CLUNK!!
?

어디를 둘러봐도 무덤뿐이었다. 무덤 밑에는 물론 시체가 있을 것이다. 그것은 잭에게 유쾌한 상황이 아니었다.

'그러네…… 이렇게 된 이상 전부 박살 내도록 할까……!'

—애초에 이런 무덤만 잔뜩 만들다니, 악취미라고. 게다가 무덤 따위 있어 봤자 의미가 없다. 아무리 기도해도 죽은 사람은 살아 돌아오지 않는다. 시체는 그저 기분 나쁜 물체였다. 내가 그걸 알려 주겠어.

"핫하하하하하하—!"

망설일 필요는 조금도 없다. 그렇게 생각하자 목에서 또다시 광기 어린 웃음이 터져 나왔다.

'아아…… 전부, 전부, 박살 내주겠어!'

잭은 붕대 사이로 보이는 그 길게 찢어진 눈을 번뜩였다.

그리고서 곡괭이를 치켜들고, 쌓이고 쌓인 울분을 푸는 것처럼 눈에 띄는 묘비를 차례차례 내리치며 그저 볼품없는 돌로 바꿔 갔다.

'아아, 그래— 저쪽에도 무덤이 있었지.'

제1묘지에 있는 마지막 묘비를 때려 부순 후, 잭은 문득 그 사실을 떠올리고 제2묘지를 향해 전속력으로 달려갔다. 부술 수 있는 것은 전부 부숴야 속이 시원했다.

'무덤 따위, 의미 없으니까—!'

"핫하하하하!!"

잭은 참을 수 없이 즐겁다는 듯 웃으며, 늘어선 묘비에 마음 가는 대로 곡괭이를 부딪쳐 갔다. 이렇게 본능에 따라 날뛸 때는 아무 생각도 할 필요가 없었고 아무것도 떠올리지 않아도 됐다. 그저 정체 모를 흥분만이 마음을 지배해 갔다.

그리고 불과 몇 분 만에 모든 묘비는 무참하리만큼 부서져 버렸다.

도중에 찰칵— 하고 스위치 같은 것이 망가지는 소리가 났지만 잭은 마음에 두지 않았다.

'전부 부쉈나?'

무덤을 모두 부수는 것으로 무언가 충족되어 살짝 냉정해지면서 잭은 성큼성큼 제1묘지로 돌아갔다.

자신이 파괴한 묘비들을 약간 멍한 상태로 둘러보니 문득 잭의 눈에 레이의 이름이 새겨져 있다는 무덤이 비쳤다. 다른 무덤과 너무 다르게 만들어져 있어서 부수는 걸 깜빡했다.

「되도록…… 내 무덤은 부수지 말아 줘.」

머릿속에 그 충고가 되살아났다. 그 순간, 전원이 뚝 꺼진 것처럼 몸에서 힘이 빠져나가는 것이 느껴졌다.

'……그 녀석, 부수지 말라고 했지…….'

레이의 충고 따위 관계없다—.

그렇게 생각하면서도 어째선지 거스를 수 없었다. 부수면 안 될 것 같았다.

"……."

잭은 곡괭이를 땅에 떨어뜨리고 레이의 무덤 앞에 대자로 누워 지친 몸을 쉬게 했다.

—이런 무덤에 매달려서 어쩌겠다고…….

▲
▼

쾅쾅, 요란한 소리가 울려 퍼지는 가운데 레이는 무덤 설계도와 눈싸움하며 고개를 갸웃하고 있었다. 설계도에는 정체불명의 계산식이 적혀 있었다. 그것은 무언가의 위치를 나타내는 것 같았지만 그것이 무엇인지 구체적으로 적혀 있지는 않았다.

'혹시…… 무덤 밑에 문을 여는 스위치가 있는 걸까?'

묘비의 배열을 떠올려 보니 그것은 확실히 계산식의 숫자와 일치했다. 그러나 그것을 깨달은 순간, 안쪽 문에서 삐빅 하고 전자음이 들렸다.

'……?!'

그 소리에 반응하여 레이는 문으로 다가갔다. 살며시 손잡이를 돌리자 아무것도 하지 않았는데 잠금이 풀려 있었다.

'조금 전까지 분명 잠겨 있었을 텐데……. 그 사람이 연 거야? 어떻게……?'

레이는 의문을 느끼면서도 열린 문을 지나 앞으로 나아갔다. 문 너머에 있던 것은 널찍한 방이었다. 자료실로 쓰이고 있는지 책장이 벽을 가득 메우고 있었는데 그 책장에는 빈틈없이 책이 꽂혀 있었다.

레이는 책장에 꽂혀 있는 책 중에서 적당히 한 권을 골라 꺼냈다. 오랜만에 책을 만진 탓일까, 그 종이 감촉에 아주 조금 기뻐졌다. 레이는 어릴 때부터 책을 좋아했다. 마음을 흔드는 책과 만나면 한 글자도 빠짐없이 외워 버릴 만큼 반복해서 읽었다.

―그 책도 그랬다……. 적혀 있는 모든 내용이 마치 자신의 일부인 것처럼 레이의 마음속으로 파고들었다.

그날 밤, 레이가 읽었던 그 책에는 **신**의 말씀이 쓰여 있었다.

'하지만 그 책은 여기에 없어…….'

그 책의 내용을 떠올리면서 레이는 집어 든 책을 훌훌 넘기며 내용을 확인해 갔다. 종교 관련 책인 것 같았다.

'……내가 아는 신과는 달라…….'

레이는 차가운 눈으로 그 책을 책장에 되돌렸다. 가짜 신에게 흥미는 없었다.

'저건 뭘까?'

레이는 책장 하단에 두꺼운 파일이 끼어 있는 것을 발견했다. 슬며시 꺼내서 펼쳐 보았다. 그러자 거기에는 대량의 이력서가 파일링되어 있었다. 제일 첫 페이지에 있던 것은 왓킨 베케트(36)라는 사람의 이력서였다.

'왓킨 베케트…….'

레이는 퍼뜩 놀랐다. 그것은 보존실 냉장고 속에서 발견했던, 썩은 채 얼어 가던 시체의 이름과 똑같았기 때문이다.

이력서에는 사진이 붙어 있었다. 생전에 촬영했을 그 사진에는 검은색과 흰색의 가로 줄무늬 배경 앞에서 어색하게 웃는 청년이 찍혀 있었다.

다음 페이지로 넘기니 그곳에는 아까 무덤구덩이 안에서 보았던 생생한 남자의 시체와 아주 닮은 얼굴 사진이 붙어 있었다.

'여기 온 사람의 리스트일까……?'

생각하면서 레이는 더러움 따위 모를 듯한 그 투명하고 하얀 손으로 팔락팔락 페이지를 넘겨 갔다. 그리고 어떤 페이지에 다다른 순간, 심장이 두근거려서 레이는 눈을 크게 떴다. 왜냐하면 자신에 관해 상세하게 기록된 이력서가 거기에 있었기 때문이다.

—레이첼 가드너.

그 이름이 적힌 이력서 상부에는 물론 레이의 사진이 붙어 있었다. 어렴풋한 기억이지만 그것은 처음 카운슬링을 받았던 날, 대니가 찍은 사진이었다.

'……흐응…….'

레이는 남의 일처럼 그것을 읽었다. 그때 수술대 위에서 모든 것을 떠올리고 만 순간부터 자신의 과거는 자신이 가장 잘 알고 있었다. 하지만 이 빌딩에 온 경위만큼은 도저히 생각나지 않았다.

'……나는 왜 여기에 끌려왔을까…….'

작은 한숨이 흘러나왔다.

—하지만 그런 것은 떠올리지 않는 편이 좋을지도 모른다……. 이런 과거는 잊어버리는 편이 분명 좋았을 테니까…….

레이는 우울한 기분으로 페이지를 계속 넘겨 갔다. 그리고 마지막 페이지에 다다랐을 때, 무심코 손이 멈췄다.

'이거…… 그 사람의……?'

시선 끝에는 틀림없는 잭의 얼굴 사진이 붙어 있었다.

CURRICULUM VITAE

№

NAME
아이작 포스터
ISAAC FOSTER

ADDRESS	–
PHONE	–
BIRTH	불명
AGE	추정 20세 전후
HEIGHT	–
WEIGHT	–
FAMILY	–

유년기, 고아원에 재적해 있던 흔적이 있음.

무허가 불법 시설이었기에 경위 등의 자세한 사항은 불명.

매매 가능성이 있음.

열악한 환경이었던 시설은 후에 적발되나,

그 시점에 아이작 포스터는 행방불명.

동시에 시설 마당에서 수많은 아동의 뼈가 발견되었다.

또한 시설 안에는 경영자 부부로 보이는 인물이

끔찍하게 살해된 채로 있었다.

마당의 뼈와 시설 안의 시신은 사망 시기가 크게 차이 났다.

—시설 안 시신의 사인이 날붙이에 의한 것임을 볼 때

부부 살해는 아이작 포스터의 범행으로 추정된다.

아이작 포스터의 소식은 끊어진다.

—그러나 그로부터 몇 년 후, ××주에서 일어난

연쇄 엽기 살인 사건의 일부는 그가 관여한 것이다.

살해 현장은 여럿 존재한다.

범행 시, 의식을 치르는 등의 취향은 특별히 없다.

단, 타인의 감정에 심하게 반응하는 경향이 있다.

신체 능력은 높지만 계획성이 부족하다.

교양 · 지능은 그다지 높지 않다.

또한 붕대로 상반신을 가리고 있다.

상반신에는 화상 자국이 있으며, 유년기의

시설 체재 전후에 입은 것으로 여겨진다.

비 고

추가
B6 소속이었으나 룰을 위반하여 표적으로 변경 완료.

살해자 **사 인**

'살던 시설에서 사람을 죽인 거야? 그 밖에도 연쇄살인을 했고…… 그 후에 여기서 사람을 죽이고 있던 걸까…….'

—지금은 도망치는 쪽이지만…… 몇 명을 죽였을까……?

레이는 무의식적으로 다시 한 번 그 이력서에 시선을 떨어뜨렸다. 잭의 과거를 알고 싶다고 생각한 것은 아니었다. 하지만 본능적으로 알아야 한다는 느낌은 들었다.

이력서에는「타인의 감정에 심하게 반응하는 경향이 있다」고 적혀 있었다.

'……타인의 감정…….'

「너무 들떠서 설치지 말고. ……나는 행복해 보이는 녀석이나 기뻐하는 녀석을 보면…… 무심코 죽여 버리거든.」

레이는 문득 그 말을 떠올렸다.

'—나는…… 행복해 보이지 않아. 그래서 잭은 나를 죽이고 싶어 하지 않는 걸까…….'

갑자기 우울해져서 파일을 덮었을 때, 누군가의 목소리가 귓속에 울렸다.

……있지, 나는 네 소망을 알고 있어. 그러니까 그 소망을 이루어 주기 위해 널 만나러 갈게.

그것은 인위적인 어린아이의 웃음소리처럼 섬뜩한 목소리였다.

"……누가 있어……?"

레이는 무서움을 불식하고자 물어보면서 주변을 둘러보았다. 하지만 아무도 없었고 대답도 없었다.

'……귀신?'

—그건 싫다. 불확실한 존재에 살짝 겁을 먹으면서도 레이는 목소리가 들린 쪽…… 방의 더욱 안쪽으로 나아갔다.

그러나 방 안쪽은 이곳에 오면서 지났던 길과 마찬가지로 어두운 통로가 이어져 있을 뿐이었다. 게다가 그 통로는 도중에 길이 막혀 있었다. 막다른 곳의 바닥은 어째선지 크고 둥근 형태로 움푹 들어간 모습이었다.

'뭘까……?'

레이는 살며시 그 위에 올라가 보았다. 하지만 아무 일도 일어나지 않았다.

—어떤 장치……려나?

'아무튼 아까 그 이력서를 가지고 돌아가자.'

레이는 파일에서 자신과 잭에 관해 적혀 있는 이력서를 꺼내 품에 안고서 제1묘지로 되돌아갔다.

'……무덤이 전부 부서졌어.'

레이가 제1묘지로 돌아오니 처음 이 방에 왔을 때의 정적은 흔적도 없이 사라진 상태였다.

"저기……."

의아한 표정을 지으면서도 레이는 자신의 무덤 앞에서 마치 토라진 것처럼 누워 있는 잭의 얼굴을 들여다보았다.

"아? 뭐 하고 있었어! 느려 터졌다고!!"

그 목소리에 반응하여 잭이 벌떡 일어났다.

"……내가 묻고 싶어."

레이는 무참하게 망가진 묘지를 보며 중얼거렸다. 하지만 굳이 물어보지 않아도 기다리다 못한 잭이 엉망으로 만들었으리라는 것은 쉽게 이해가 갔다.

—그래도…… 내 무덤은 부서지지 않았어.

'남겨 준 걸까?'

"안에 뭔가 있었어?"

이 참상과 자신은 전혀 관계없다는 얼굴로 잭이 물었다.

"그게, 자료실 같은 곳이 있었고, 거기에 이력서가 놓여 있었어."

"아아? 이력써?"

'이력써가 뭐지……?'

"응. 레이첼 가드너……. 이건 나에 관해 적혀 있는 종이."

레이는 담담히 말하고 — 그것은 자신의 이름을 처음으로 잭에게 알린 순간이었다 — 안고 있던 이력서를 건넸다.

'레이……첼 가드너……?'

그러나 잭은 처음 듣는 그 이름을 잘 기억할 수 없었다. 이력서를 봐도 아무것도 읽을 수 없었다.

'이런 걸 건네도 모른다고…….'

잭이 분명하게 인식할 수 있는 것은 종이에 붙어 있는 레이의 얼굴 사진뿐이었다. 사진 속 레이는 아무런 불편도 없어 보이는 평범한 소녀로 보였다. 죽고 싶어 하는 이유 따위 없는 것 같았다.

"이력써인지 뭔지 모르겠지만, 미안한데 난 글자를 못 읽어."

잭은 시원스레 털어놓았다. 앞으로 계속 글자가 적힌 자료를 가져오더라도 자신은 이해할 수 없었다. 일일이 대응하는 것도 귀찮았다.

"그래……."

'글자를 못 읽어…….'

레이는 그것을 조금 이상하게 느꼈다. 지금껏 글자를 못 읽는 어른은 만난 적이 없었다. 그래서 잭에게는 글자가 어떻게 보이는

지, 그림처럼 보이는지 살짝 신경 쓰였다.

"그럼 그 이력서는 이제 필요 없어?"

레이는 적혀 있는 내용을 떠올리면서 물었다.

"그래, 어차피 못 읽으니까. ……그리고 너에 관해 알아봤자 그 이상도 이하도 아니야."

잭은 레이의 이력서를 바닥에 휙 버리고 단언했다.

"응……."

'그 이상도 이하도 아니야…….'

그 말은 어째선지 레이의 마음을 술렁이게 했다.

"그래서, 그 종이는 누구에 관해 적혀 있는 거야?"

잭은 레이가 안고 있는 또 다른 이력서를 턱으로 가리켰다.

"이건…… 아이작……이라는 사람에 관해 적혀 있었어. ……당신이야?"

레이는 이력서를 제시하며 잭을 지그시 바라보았다.

"……그래, 맞아. 아이작 포스터는 나야."

잭은 레이의 눈을 살짝 노려보면서 조금 어른스러운 표정으로 말했다.

"그걸 읽고 넌 어떻게 생각했지?"

'어떻게 생각했냐고……?'

레이는 순간 말문이 막혔다.

—나는 어떻게 생각했을까. 이 사람의 과거는 나랑…… 상관없어. 나는 그저 나를 죽여 주길 바랄 뿐인걸…….

이곳을 나가면 잭이 자신을 죽여 준다. 그 약속이 레이에게는 전부였다.

"……딱히. 이건 당신에 관해 적힌 종이. 그 이상도 이하도 아니야."

레이는 이력서를 바라본 채 차갑게 말했다.

굳이 조금 전 잭과 똑같은 말을 사용한 것은 무의식중에 그 말이 마음에 들었기 때문일지도 모른다.

하지만 잭은 자신의 말을 모방한 레이의 그 말투가 묘하게 거슬렸다.

'어차피 아무 생각도 없이 적당히 말한 거겠지……?'

"너는 내가 무섭지 않아?"

그러나 잭은 일부러 냉정하게 응수했다.

"……무섭다니? 무섭지는 않아."

레이는 아무렇지도 않게 담담히 대답했다. 모든 것을 떠올린 그 순간부터 무섭다는 감정은 더 이상 없었다. 이렇게 살아 있다는 것이 무서웠다.

"흐응……."

잭은 무슨 생각을 하는지 알 수 없는 레이의 파란 눈을 날카롭게 쏘아보았다.

—무섭지 않다라…….

"아아, 그러고 보니 예전에 너랑 똑같은 말을 했던 여자가 있었어……."

그리고 잭은 낫을 꽉 움켜잡고서, 그 여자에게 레이를 겹치며 그다지 떠올리고 싶지 않은 옛일을 이야기하기 시작했다.

▲
▼

—그것은 몇 년 전이었을까.

〈당신, 아이작 포스터? 뉴스를 봤을 때부터 완전 팬이었어!〉

그 여자는 내 얼굴을 보자마자 눈을 반짝이며 그렇게 말했다. 그런 말을 하는 녀석은 처음이었다.

〈뭐……? 팬?〉

잡으면 바로 죽이려고 했는데……, 마음이 조금 해이해졌던 것일지도 모른다.

〈그래, 그러니까 당신은 무섭지 않아.〉

여자는 생긋 웃고서 말했다.

그 드센 태도가 재미있었기에 도망칠 시간을 3초에서 5초로 늘려 주었다.

하지만 결국 도망칠 수 있을 리가 없었고, 뒷골목 안쪽에서 여자를 붙잡았다. 그랬더니 여자는 창백한 얼굴로 미친 듯이 날뛰었다.

'아…… 어쩔까…….'

—놔 줄까…….

순간 그런 멍청한 생각이 들어서 나는 여자를 시험하는 것처럼 말했다.

〈팬이잖아? 무섭지 않다면 날뛰지 마.〉

그랬더니 여자는 이렇게 소리치기 시작했다.

〈바보 아니야? 팬 따위 아니라고! 너한테 살해당하고 싶지 않아서 그렇게 말한 거야! 이 괴물!〉

▲
▼

"나는…… 거짓말이 싫어. 그래서 죽여 버렸지."

잭은 냉혹한 목소리로 그때 상황을, 마치 조금 전 일어났던 일처럼 생생하게 떠올리며 이야기했다. 왜일까, 잊고 싶은 기억일수록 언제까지고 지워지지 않는다.

그건 그렇고, 그저 레이를 겁주겠다는 마음 하나로 갑자기 이런 말을 꺼낸 자신이 놀라웠다. 동시에 짜증이 났다.

'거짓말이 싫다…….'

"……그 이야기는 나를 죽이는 것과 상관있는 거야?"

레이는 조금 생각하는 모습을 보인 뒤, 매우 진지하게 물었다.

"……뭐?"

"그 순서를 밟으면 죽여 주는 거야? 아, 나도 팬이 되면 되는 건가?"

'나 때는 3초였고…….'

"뭐……? 무슨 소리야?"

반쯤 광기 어린 레이의 그 사고 회로에 잭은 맥이 빠져서 입을 쩍 벌렸다. 약속하기는 했지만, 자신에게 언제 살해당해도 이상하지 않을 상황에서 그런 얼빠진 말을 꺼내는 인간은 지금껏 없었다.

"……아니야?"

레이는 눈썹을 찡그렸다. 자신이 이상한 말을 했다는 자각은 전무했다.

—아~ 맞다……. 이 녀석은 나한테 「살해당하길」 원했어!

'왜 그런 얘기를 해 버린 거야…….'

죽여 달라— 그런 소녀답지 않은 레이의 부탁을 떠올린 순간, 잭은 전부 바보 같다는 생각이 들었다. 스스로 죽음을 바라는 인간을 겁주려 했던 것부터가 잘못된 일이었다.

"……이제 됐어. 그보다 너는 왜 내가 안 무서운 거야."

잭은 쓸데없는 옛날이야기를 펼쳐 보인 것을 조금 후회하면서도, 아무것도 두려워하지 않는 레이의 그 일관된 태도에 다소 탈력하며 물어보았다.

"그치만 나는 당신에 관해 모르니까."

"하아? 모른다니 너…… 그 종이, 읽었을 거 아니야."

"읽었어. 하지만 당신과는 아까 만났으니까……. 아직 당신에 관해서는 잘 몰라."

—듣고 보니 그랬다. 그 묘한 약속 때문에 감각이 약간 이상해져 버렸지만 나와 이 녀석은 만난 지 얼마 안 된 사이였다.

단조로운 목소리로 대답하는 레이를 보고 잭은 묘하게 납득하고 말았다.

"……그러냐. 그 밖에 이상한 건 없었어?"

어쩐지 어이없어져서, 잭은 낫을 움켜쥔 손에서 힘을 빼고 화제를 바꾸었다.

"으음, 목소리가 들렸어."

"목소리?"

"응, 어린아이 목소리였어. 내 소망을 알고 있다고……."

말하면서 레이는 그 목소리를 선명하게 떠올렸다.

"뭐?! 그게 뭐야, 기분 나빠!!"

"응, 하지만 모습은 안 보였어. 그리고 막다른 곳 바닥이 이상하게 움푹했어. 분명 어떤 장치일 거야……."

레이는 생각보다 과한 잭의 반응에 놀라서, 그 후에 의문의 목소리가 「소망을 이루어 주기 위해 만나러 가겠다.」고 했다는 것은 깜빡 전하지 못한 채 보고를 계속했다.

"무슨 장친데?"

"아마도 어딘가의 문이 열리지 않을까. 더는 갈 곳도 없고."

통로 안쪽, 그 움푹한 바닥에 올라가도 아무 일도 일어나지 않았다. 그러니 그 장치는 아마도 무언가 짝이 되는 것과 연동되어 있지 않을까, 레이는 생각하고 있었다.

"그러고 보니 그러네."

"응. 그러니 장치를 찾으러 가고 싶어."

레이에게는 짚이는 곳이 있었다. 엘리베이터 앞의 그 물속에 가라앉아 있던 것…… 그것은 시체가 아니라는 기분이 들었다. 그리고 곰곰이 생각해 보면 아무것도 물 위에 떠 있지 않은데 사람 그림자가 바닥에 생길 리 없었다.

"그래, 알겠어. 하지만 그 전에 할 일이 있어."

그렇게 말하면서 잭은 똑바로 앞을 응시했다. 그것은 뭔가에 짜증이 난 어조였다.

"뭔데……?"

잭의 시선 끝에는 레이의 무덤이 우뚝 서 있었다. 레이의 가슴이 불안함에 술렁였다. 잭이 무엇을 할 생각인지 예감할 수 있었기 때문이다.

"이 무덤—."

중얼거리면서 잭은 레이의 이름이 새겨진 묘비로 다가갔다. 그리고 그 기분 나쁠 만큼 반짝거리는 묘비를 응시하더니 바닥에 떨어뜨린 곡괭이를 천천히 주웠다. 그 행동은 레이의 불길한 예감이 적중할 것을 시사하고 있었다.

"이 무덤을 박살 내지 않으면 짜증 나서 견딜 수가 없어……!!"

잭은 불량하게 히죽 웃고 혼신의 힘을 담아, 반짝반짝 빛나는 레이의 묘비를 향해 곡괭이를 내리찍었다.

"……기다려!!"

그 순간 레이는 자신도 모르는 사이에 작게 외쳤다. 하지만 그 무덤을 만든 인물을 떠올리며 캉, 캉, 묘비를 내려치는 잭의 손은 멈출 줄을 몰랐고, 반짝이던 묘비는 보기에도 무참하게 부서졌다.

"……."

레이는 원형을 잃은 그 묘비를 망연히 바라보았다. 조건 없이 슬펐다. 마치 자신이 있을 곳이 없어져 버린 기분이 들었다. 멍하니 무덤을 바라보는 레이에게 잭은 강한 어조로 말했다.

"어이, 네가 들어갈 무덤은 여기에 없어. 네가 죽는 건 내가 지하에서 나간 뒤야."

레이는 그 말에 퍼뜩 놀라서 눈을 크게 떴다.

"……응."

그리고 망설임 없는 잭의 얼굴을 올려다보고 시무룩한 표정을 하면서도, 그 말을 음미하듯 작게 고개를 끄덕였다.

—잭은 나를…… 정말로 죽여 줄까……?

하지만 레이는 아직 그 말을 진심으로 믿을 수 없었다. 잭은 그저 여기서 나가고 싶을 뿐일지도 모른다. 하지만 거짓말이 싫다고 한 잭의 눈은 무서우리만큼 진지했다.

'어서 죽여 줬으면 좋겠어…….'

이러고 있는 동안에도 문득 그렇게 생각하는 순간이 몇 번이나 있었다. 이럴 줄 알았다면 전부 기억해 내기 전에, 잭과 처음 대치했을 때 도망치지 말고 죽었어야 했는데. 얼어붙은 마음속으로 레이는 그런 생각을 했다.

▲
▼

그 후 레이는 그다지 가볍지 않은 발걸음으로, 만족스러워 보이는 잭을 이끌고서 엘리베이터 앞 공간으로 돌아갔다. 그 물속에 있던 것이 장치인지 아닌지 확인해야 했다. 레이는 물로 달려가 가라앉은 것에 시선을 집중했다. 그것은 역시 그 움푹한 바닥과 똑같은 크기의 둥근 스위치였다.

"저기."

"뭐야?"

"있지, 장치인지 아닌지는 모르겠지만 저쪽에 가서 저 스위치 위에 서 있었으면 좋겠어."

레이는 물속 스위치를 가리켰다.

"아?! 이 물속에? 내가?"

잭은 저도 모르게 눈썹을 찌푸렸다. 안 그래도 추운 층인데 이렇게 독한 약품 냄새가 나는 물속에 들어가고 싶지는 않았다.

"……싫다면 됐어."

확연하게 싫어하는 얼굴인 잭을 보고 레이는 스위치를 가리키던 손을 거두어들였다.

"어이, 싫다고는 안 했어!"

"하지만 싫다는 얼굴이었어."

"어이?! 싫어하는 얼굴 정도는 할 수도 있지! 말해 두는데, 나는 너랑 달리 여기서 죽는 건 딱 질색이야."

"그럼 협력해 줬으면 좋겠어……."

"아아, 굳이 말 안 해도 알고 있다고. 들어가면 되잖아, 들어가면!"

잭은 욕하면서도 레이의 지시에 따라 물속으로 들어갔다. 깊이는 1m 정도일까. 하반신은 전부 물에 잠겨 버렸다.

"열 받을 만큼 차갑네……."

물속은 예상보다 더 차가워서 오래 들어가 있으면 몸이 얼어붙을 것 같은 온도였다.

"괜찮아?"

"안 괜찮지만 어쩔 수 없잖아! 여기 올라가 있으면 되는 거지?"

잭은 불평을 늘어놓으면서도 스위치 위로 올라갔다. 그 순간 스위치는 찰칵하고 시원스러운 소리를 내며 눌렸다.

"응."

깊이 고개를 끄덕인 그때, 발밑에 메모지 한 장이 떨어져 있는 모습이 레이의 눈에 비쳤다.

'……뭘까.'

레이는 살며시 메모를 주웠다. 메모는 누군가 먼저 만졌는지 물에 살짝 젖어 있었다.

내가 도와줄게.
고통을 원한다면 고통스럽게, 편안한 게 좋다면 상냥하게.
—네가 좋아하는 방법을 골라 줄게.
어떤 방법으로 죽고 싶어?

그 문장은 아까 노트에서 읽었던 것과 똑같은 필적인 앳된 글자로 적혀 있었다. 그것을 누가 썼는지는 알 수 없었다. 하지만 이것은 분명 자신에게 보낸 것이라고 레이는 직감했다.

'아까 그 노트에 적혀 있던 것도…….'

「**—영원히 잠들 장소를.**」

레이는 그 한 문장을 떠올리고 조금 생각에 잠겼다. 잭이 아니라면 바로 죽을 수 있을지도 모른다……. 그렇게 생각하자 마음속이 술렁였다.

"어이, 뭐 해?"

잭은 어째선지 가만히 멈춰 선 레이를 차가운 물속에서 올려다보았다.

"메모가 떨어져 있었어…… 〈죽여 주겠다〉고 적혀 있어……."

표정으로 나타내지는 않았지만, 다른 누군가의 손에 죽는 것을 생각하고 말았다는 사실에 약간 동요하며 레이는 잭의 얼굴을 보았다. 그러자 잭은 짜증스러운 표정을 지었다.

“뭐? 죽여 주겠다고?”

잭은 레이의 그 말을 듣자 어쩐지 피가 거꾸로 솟았다.

―얕보지 말라고.

“내놔.”

잭은 작게 혀를 차고 일단 스위치에서 내려와 물가로 다가간 뒤, 레이의 손에서 억지로 메모를 빼앗아 쫙쫙 찢어 물속에 뿌렸다.

“너 말이야, 다른 사람한테 죽을 생각 따위 하지 마. 내가 여기서 못 나가게 되는 건 곤란하다고.”

“응…… 하지만 당신은 정말로 날 죽여 줄 거야? 나, 재미없으니까…….”

레이는 사그라질 듯한 목소리로 물었다. 이곳을 나가면 정말로 죽을 수 있을지 불안했다. 레이는 한시라도 빨리 이 불행한 세계에서 사라져 버리고 싶었다.

그러나 어딘가 대답을 시험하는 것 같은 그 말에 잭은 넌더리를 내며 되물었다.

“그보다 죽고 싶으면 왜 스스로 안 죽는데……?”

다른 사람이 죽이는 것은 어쩐지 아니꼬웠다. 하지만 그 잔잔한 호수 표면 같은 레이의 눈을 보고 있으면 죽이고 싶다는 의욕이 점점 없어졌다.

"……자살은 용서받지 못하니까."

레이는 잠시 침묵했다가 하늘에서 내려오는 첫 빗방울처럼 툭 대답했다.

"아아? 왜?"

"……신께서……, 그렇게 말씀하셨으니까."

레이는 말하면서 살짝 아득한 눈을 하며, 달빛 속에서 정신없이 읽었던 책을 떠올렸다. 하지만 잭은 그런 레이의 진지한 말을 비웃었다.

"헹…… 신이 말이지. 그럼 나한테 살해당할 노력을 좀 더 하라고."

'살해당할 노력……?'

그런 것은 생각조차 못 했다. 그도 그럴 것이 이 남자에게 사람을 죽이는 일은 과자를 먹는 것만큼이나 손쉬울 터였다. 대니 선생님 때도 그랬다. 주저 없이 벴었다. 그런데 자신은 죽여 달라고 부탁해도 곧장 죽여 주지 않았다. 그 이유가 무엇인지 레이는 알 수 없었다.

"어떻게 하면 돼……?"

"도움이 되란 소리야. 그리고 내 손에 죽고 싶으면 그런 재미없는 얼굴로만 있지 말고. 인간이라면…… 화내거나 울거나 할 수 있잖아."

"화내거나 울거나……?"

표정이 없는 게 마음에 들지 않는 걸까. 그렇게 생각하며 레이는 잭이 말한 대로 표정을 바꾸었다. 하지만 그렇게 어린아이처럼 행동하고 있는데도 그 눈은 훌륭하게 죽어 있었다.

"표정을 만드는 근육이 굳었달까…… 너 이미 귀신이라거나 죽은 거 아니야?"

그렇게 생각하자 잭도 조금 납득이 갔다. 하지만 유령이 자신을 죽여 달라고 부탁하지는 않을 것이다.

'귀신…….'

레이는 아주 살짝 눈썹을 찌푸렸다. 귀신이라고 불리는 것은 불만스러웠다.

"……살아 있으니까 죽여 주길 바라는 거야."

"아~ 알겠어, 알겠어. 그럼 웃어 봐."

잭은 무서우리만큼 진지한 모습인 레이를 가볍게 응대하며 지시를 내렸다.

'—웃는다.'

그것이 살아 있다는 증거가 될까.

"……어때?"

레이는 입가만 움직여 희미하게 미소 지었다. 본인은 최대한 웃고 있는 것이었다. 그러나 잭이 지적한 대로 얼굴 근육이 반응하고 있지 않았다.

"눈이 죽어 있어."

그렇기에 그것은 잭에게 도저히 웃는 모습으로 보이지 않았다.

"그래…… 안 되는구나."

레이는 낙담하며 중얼거렸다. 하지만 그것도 잭의 귀에는 아무런 감정도 담기지 않은 것처럼 들렸다.

'……진짜, 살아 있는지 모르겠네.'

"하지만…… 나는 귀신이 아니야."

잭의 마음을 읽은 듯이 레이는 이어서 말했다. 아무리 무서운 인간을 보더라도 더는 무섭지 않다고 레이는 생각했다. 그러나 귀신이라는 존재는 도저히 받아들일 수 없었다. 잭이 자신을 그런 존재로 여긴다는 것도, 무심코 반론하고 말 정도로는 불쾌했다.

"어이! 그런 건 나도 알아! 우선 귀신 같은 게 있을 리가 없잖아, 바보냐!"

"어……? 귀신은 없어?"

잠들 수 없는 밤, 어두운 방에서 혼자 봤던 호러 프로그램을 떠올리며 레이는 놀란 표정을 보였다. 그것이 만들어 낸 가짜였다고 하더라도, 정체를 알 수 없는 심령 영상을 본 뒤에는 그 존재가 있다고 생각하면 때때로 무서워서 잠들지 못할 때도 있을 만큼 귀신은 질색이었다.

"당연하지. 네가 이상하니까 귀신이라고 말했을 뿐이야! 그런 게 있다면 주변에 득실댔겠지."

귀신의 존재 유무를 진심으로 묻는 레이에게 잭은 드물게도 정확한 태클을 걸었다.

'흐응…….'

확실히, 이 빌딩 안에는 귀신이 있어도 이상하지 않았다. 하지만 본 적이 없는 것을 보면 잭의 말대로 귀신은 정말로 없을지도 모른다…….

'이 녀석, 귀신 따위를 믿었던 건가…….'

"그보다 너, 몇 살이야?"

잭은 문득 신경 쓰여서 물었다. 겉모습을 보면 연하임은 알 수 있지만, 똑똑한 것에 비해 귀신을 믿거나 죽여 달라고 부탁하거나— 완전히 연령 미상이었다.

"열셋……."

레이는 솔직하게 대답했다. 딱히 거짓말할 필요도 없었다. 게다가 잭은 거짓말을 싫어한다고 했다.

'열셋인가. 아직 꼬맹이네.'

"당신은?"

"난 성인이라고 했잖아."

잭이 대답했다. 스무 살이라고 하기보다 성인이라고 대답하는 편이 멋있어서 마음에 들었다.

"……성인?"

'스무 살?'

숫자만 따지자면 열셋인 레이에게 그것은 상당히 연상으로 여겨졌다. 하지만 눈앞에 있는 잭은 그다지 연상이라는 느낌이 들지 않았다. 나이 차이를 느끼는 것은 키가 크다는 부분 정도일까.

"그래, 그보다 그런 건 어찌 돼도 좋잖아. 장치인지 뭔지는 모르겠지만 얼른 갔다 와."

'쓸데없는 얘기에 시간을 써 버렸네…….'

줄곧 이렇게 물속에 있는 것도 한계가 있다. 잭은 몸이 차가워지는 것을 느끼며 다소 짜증스럽게 내뱉었다.

"그러네. 균열 너머에 있던 움푹한 바닥을 보고 올게."

나이는 잭이 먼저 물어봤는데…… 하고 조금 떨떠름해 하면서도 레이는 문으로 향했다. 이 이상 이야기를 질질 끌어 봤자 별수 없었다.

"냉큼 돌아오라고!"

"알겠어."

이번에는 힘 있게 고개를 끄덕이고 레이는 그 자리를 떠났다.

제1묘지로 향하는 도중, 메모에 적혀 있던 「죽여 주겠다」는 내용이 작게 마음에 소용돌이치는 것을 느꼈다.

▲
▼

레이는 서둘러 제1묘지로 돌아가 다시 균열 속으로 들어가려고 했다.

그러나 균열 속은 아까와는 달리 매우 어두워서 나아가려고 해도 앞이 보이지 않는 상태가 되어 있었다. 안쪽 방의 전기가 나가 버렸을지도 모르겠다고 레이는 예상했다. 하지만 그 대신 균열 입구에 마치 누군가 준비한 것처럼 비상용 전등이라고 적힌 상자가 놓여 있었다.

'이런 상자, 아까까지는 없었던 것 같은데…….'

레이는 수상하게 여기면서도 상자를 열어 보았다. 안에 들어 있던 것은 낡은 손전등이었다. 상자 바닥에는 작은 메모도 들어 있었다.

『망설일 필요 없어. 나와 너의 소망은 일치하니까.』

이것도 역시 자신에게 보낸 메모일 것이라고 레이는 생각했다. 왜냐하면 조금 전, 층 입구에 떨어져 있던 메모와 필적이 똑같았기 때문이다.

무섭다. 그렇게 느끼는 반면, 어째선지 이 이상한 말에 이끌려 가는 감각도 들었다.

'아무튼 앞으로 가자…….'

레이는 메모를 상의 주머니에 넣고 약한 손전등 빛만을 의지하며 균열 안쪽 통로를 걷기 시작했다. 조금 나아가니 자료실 입구에 마치 레이가 여기 올 것을 예측한 것처럼 또 작은 메모가 떨어져 있었다.

『네 소망을 이루어 줄게. 하지만 내게도 소망이 있어.』

'……내 소망…….'

레이는 작게 숨을 삼키고 눈을 감아 세계를 차단했다. 그때 한순간, 누군가 등 뒤로 바싹 다가오는 기척이 분명하게 있었다. 그러나 눈을 뜨고 뒤돌아보아도 아무도 없었다.

'뭐지……?'

귀신은 없다. 그렇게 잭이 방금 가르쳐 준 참이지만, 그래도 그 존재의 가능성에 살짝 두려움을 느끼며 레이는 얼른 장치를 풀고 잭에게 돌아가고자 그 움푹한 바닥으로 서둘렀다.

막다른 곳에 도착하니 예상대로 움푹한 부분이 바닥에서 올라와 커다란 스위치가 되어 있었다.

'역시 연동되어 있었어…….'

스위치 위에 또 작은 메모가 놓여 있는 것이 보였다.

『가능하다면 네 쪽에서 몸을 맡겨 줬으면 좋겠어. 「사랑하는 사이」라니 멋지잖아.』

'사랑하는 사이……?'

그 생소한 말을 보고 머리 위에 물음표를 띄우면서도 레이의 마음은 조금 술렁였다. 하지만 지금은 이 메모를 신경 쓰고 있을 때가 아니었다. 잭이 차가운 물속에서 자신을 기다리고 있었다. 망설이면서도 레이는 그 메모를 털어 내고 스위치 위에 섰다.

그 순간, 철컥하는 시원스러운 소리가 나더니 막혀 있던 벽이 갑자기 움직이며 셔터가 올라가는 것처럼 천장으로 빨려 들어갔다.

'……이거 벽이 아니었구나.'

레이는 놀라면서도 통로 안쪽을 둘러보았다. 그곳에는 긴 복도가 이어져 있었고 복도 끝에는 〈전원실·제3묘지〉라는 팻말이 붙은 문이 보였다.

'전원실…… 저 문 너머에 엘리베이터가 있을지도 몰라……. 가 보자.'

레이는 주먹을 말아 쥐었다. 그러나 걸음을 떼려던 그때, 마치 꽃잎이 내려오는 것처럼 눈앞에 팔랑팔랑 메모가 떨어졌다.

『나는 너를 잘 알아. 너는 죽고 싶은 거지? 그러니까―「yes」라고 대답해 줘.』

▲
▼

'그 녀석, 늦어…….'

—이대로 도망친다거나…… 아니, 도망치진 않으려나. 자살은 안 된다고 했고…….

그 무렵 잭은 차가운 물속에서 홀로 고민하며 레이가 돌아오길 기다리고 있었다.

「—하지만 당신은 정말로 날 죽여 줄 거야? 나, 재미없으니까…….」

문득 조금 전 레이가 불안한 얼굴로 했던 말이 뇌리를 스쳤다.

'죽이려고 해도 그렇게 시시한 얼굴이어서야…….'

잭은 작게 한숨을 쉬었다.

왜일까. 레이에게는 살의가 전혀 솟아나지 않았다. 지금까지 이런 적은 없었다. 하지만 그 죽은 듯한 시선을 받으면 죽이고 싶다는 기분이 시들어 버렸다. 죽여 달라고 부탁받은 것도 원인일지도 모르지만 그뿐만이 아닌 것 같았다. 그러나 그것이 무엇인지 자신도 알 수 없었다.

"……나를 죽여 줘, 라고."

잭은 레이가 만들었던 어색한 미소를 떠올렸다.

'뭐…… 아까 그건 눈이 죽어 있지 않았다면 나쁘지 않은 얼굴이었지만…….'

"하암~."

잭은 크게 하품하며 일단 머릿속을 리셋했다.

'그보다 이 이상 물속에 있으면 몸이 얼어버리겠어. 이제 됐겠지.'

몸이 차가워지기도 했기에 잭은 물속에서 훌쩍 나왔다.

'다 젖었네…….'

입고 있던 빨간 바지를 벗고 흡수된 차가운 수분을 양손으로 꽉 짰다. 한번 수분을 머금은 바지는 그렇게 간단히 마르지 않지만 갈아입을 것도 없기에 다시 그것을 입을 수밖에 없었다.

'그보다 그 녀석, 진짜 뭐 하고 있는 거야……?'

잭은 마지못해 젖은 바지를 입으며 레이가 향한 제1묘지로 걸어갔다. 도중에 머릿속에서는 어째선지 레이의 말이 유난히 또렷하게 떠올랐다.

「신께서 그렇게 말씀하셨으니까.」

—신 말이지……. 그 녀석, 그런 걸 믿는 건가…….

"신 따위…… 없어……."

제1묘지에 도착하여 작게 중얼거리면서 잭은 자신이 부순 묘비들을 바라보았다. 이 무덤 밑에 자신이 아래층에서 죽인 제물은 몇 명이나 있을까. 죽인 인간이 어떻게 생겼었는지도 떠올릴 수 없었다. 문득 잭의 뇌리에 역겨운 과거 기억이 되살아나려 했다.

"아아……!"

그것을 저지하고자 목소리를 낸 그 순간— 타닥타닥, 무언가 튀는 듯한 불온한 소리가 갑자기 층에 울려 퍼졌다.

'뭐, 뭐야……?!'

그러더니 이내 모든 조명이 꺼지며 눈앞이 칠흑 같은 어둠에 휩싸였다.

《이 무덤 파괴범.》

아직 앳된 느낌이 남은 목소리가 어디선가 들려왔다.

"뭐……?"

아무것도 보이지 않았지만 잭은 곧장 그 목소리가 이 층의 주민인 소년— 에디의 것임을 알았다. 에디는 언제나 자신이 죽인 시체를 회수하러 왔다. 그때 몇 번인가 얼굴을 마주한 적이 있었다.

"안녕, 잭. 오랜만이네."

전기가 확 들어오자 잭의 눈앞에는 예상대로 에디가 서 있었다. 여전히 감자처럼 생긴 마대를 뒤집어쓴 모습이었다.

"무슨 짓이지, 에디."

잭은 무언가에 들떠서 미소 짓고 있는 에디를 노려보았다.

"그건 내가 묻고 싶어. 모처럼 네 무덤까지 준비해 줬는데 자기 무덤마저 부수다니 제정신이 아니야."

에디는 즐거운 표정에서 돌변하여 잭을 마주 노려보았다. 서로 붕대와 복면으로 얼굴을 가리고 있는 탓에 표정을 읽기 힘들었지만 무슨 생각을 하고 있는지는 훤히 알았다.

"흐응, 그런 것치고 내 무덤은 상당히 조잡하던데? 안 그래?"

잭은 에디를 향해 낫을 겨눴다. 그러나 다시 전기가 나가고 에디의 모습은 어디에도 보이지 않게 되었다.

《미안, 네 것은 갑작스러웠으니까. 하지만 묘비는 그걸로 됐지? 너한테는 그 정도로 조잡한 게 딱 맞아!》

"어이, 먼저 네 무덤을 만들어 줄까?"

어둠 속, 바로 옆에서 들려오는 도발에 짜증을 내며 잭은 소리가 나는 방향으로 낫을 휘둘렀다.

'칫…… 어두워.'

하지만 모습이 보이지 않아서 스치지도 않았다.

허공을 공격하는 잭을 보며 에디는 키득키득 웃었다.

《나 말이지, 한눈에 반했어…….》

그리고 그 한밤중 같은 어둠에 섞여서 에디는 반쯤 자신에게 도취하여 이상을 이야기하기 시작했다.

《항상 다른 사람이 죽인 시체의 무덤만 만들어서 최근 살짝 재미없었어. 무덤을 만드는 건 좋아하지만 안에 들어가는 인간이 사랑스럽지 않다니…… 그런 건 아름답지 않아. 하지만 그 아이에

게는 이상적인 무덤을 만들어 주고 싶어!》

'그 아이란 건 그 녀석인가?'

당황하는 잭을 내버려 둔 채 에디는 어둠 속에서 발랄하게 폴짝폴짝 뛰며 이야기를 계속했다.

《아마 나이도 비슷할 거고, 무엇보다 그녀의 기분을 이해할 수 있어. 서로가 서로를 사랑하는 사이……! 엉망이 된 일방적인 시체보다도 훨씬 예쁘겠지. 뭐, 그녀가 바란다면…… 엉망이어도 좋지만.》

그 이상에서는 레이를 죽이고 싶다는 갈망과 함께 이제 갓 싹튼 레이를 향한 연심이 분명하게 읽혔다.

"기분 나쁜 소리 하지 마."

무엇보다 한눈에 반한다는 말은 자신의 사전에 없었다. 잭은 위협적인 목소리로 말했다.

《기분 나쁘다고……? 뭐가? 나보다 훨씬 연상이면서 여자를 향한 연심도 모르다니 정말로 야만적이구나. 아아, 너 따위보다도 분명…… 나와 그녀의 미학은 일치해! 그러니까 내가 그 아이를 죽일 거야. 방해하지 마!》

앳된 웃음을 머금은 의기양양한 에디의 목소리가 점점 멀어져 갔다.

그리고 그 기척이 완전히 없어지자 타닥타닥 소리가 울리더니 조명이 켜졌다. 잭은 눈부심을 느끼면서 주변을 확인했다. 하지만 에디의 모습은 어디에도 없었다.

'그 매장꾼 녀석, 날 앞지를 생각인가…….'

—그 녀석한테 한눈에 반했다고?

—자신이 죽이고 싶다고?

"뭐가 연심이야…… 애송이가 여자나 밝히고, 기분 나빠!"

레이를 향한 에디의 일방적인 감정과 자신을 비하하는 말에 아무 생각도 할 수 없을 만큼 단숨에 피가 거꾸로 솟았다.

—그런 망할 애송이가 죽이게 둘까 보냐!

잭은 곧장 레이가 들어갔던 균열 안을 들여다보았다.

'그 녀석, 여기로 들어갔었지…….'

"어이! 돌아와!"

잭은 살짝 초조해하면서 균열 안을 향해 외쳤다.

"돌아오라고 하잖아!"

그러나 그 목소리는 균열 안쪽에 있는 레이에게 도저히 닿지 않았다.

"아아, 젠장…… 안 들려!"

'그 녀석, 얼마나 안쪽까지 간 거야……!'

그때 문득 잭은 이 균열 안쪽에 방이 있다면 그것은 아마도 보존실 뒤편이지 않을까 하는 생각이 들었다.

'가 볼까…….'

—지금 죽어 버리면 곤란하다고!

▲
▼

갑자기 눈앞에 내려온 기괴한 메모를 손에 들고 레이는 무심코 멈춰 섰다.

『나는 너를 잘 알아. 너는 죽고 싶은 거지? 그러니까—「yes」라고 대답해 줘.』

그 메모는 지금까지와는 달리 구체적인 내용을 담고 있어서 불길한 예감이 마음을 스쳤다. 하지만 동시에 어쩐지 묘하게 가슴이 설레는 것도 느꼈다.

그러나 그때, 들고 있던 손전등 빛이 바쁘게 깜빡깜빡 점멸하기 시작했다.

'손전등이……. 건전지가 다 된 걸까. 일단 돌아가자.'

그리고 잭을 언제까지고 차가운 물속에서 기다리게 할 수는 없었다. 그렇게 생각하고 제1묘지로 돌아가려 한 그때, 손전등 빛이 완전히 꺼졌다. 레이의 시야는 어둠에 휩싸였다.

—레이첼, 내가 너의 소망을 이루어 줄게.

'어……?'

귀 바로 근처에서 섬뜩한 어린아이의 목소리가 들렸다.

레이는 오싹하여 뒤돌아보았다. 그 순간, 다시 손전등 빛이 켜졌다. 배후를 비추자 그곳에는 기묘한 복면을 쓴 키 작은 남자아이— 에디가 서 있었다.

에디는 복면 안쪽에서 관찰하는 눈길로 레이를 바라보며 그 아름다움에 한층 더 반하였다. 레이의 얼굴은 멀리서 봤을 때보다도 훨씬 아름다웠다. 그래…… 그것은 분명 귀엽다기보다 아름답다고 표현해야 했다.

"아하하, 그렇게 놀라지 않아도 되는데. 레이첼, 내 러브레터 전부 읽었어?"

에디는 어린아이처럼 폴짝폴짝 뛰며 레이에게 다가왔다.

그 기묘한 움직임에 레이는 무심코 뒷걸음질 쳤다. 그 남자아이가 이 층의 주민이라는 것은 굳이 말하지 않아도 즉각 이해할 수 있었다. 머릿속에 잭의 모습이 어른거렸다.

분명 잭은 자신을 기다리고 있을 터였다.

PLEASE...
SAY YES...?

'돌아가야 해…….'

그러나 그렇게 생각하고 에디에게 등을 돌린 순간, 위로 올라갔던 벽이 다시 쾅 닫히며 레이를 가두었다.

"도망치지 않아도 돼, 레이첼. ……나는 널 다른 사람처럼 갑자기 죽이지 않을 거야. 그리고 나는 네 소망을 알고 있어."

"……내 소망."

레이는 갇힌 것에 당황하면서도 툭 중얼거렸다.

"응, 그래. ……나는 널 잘 알아. —너의…… 아빠와 엄마, 주위가 어땠는지 전부 말이야."

마치 그림책을 낭독하듯이 귀엽게 말하며 에디는 레이에게 바싹 다가와 이야기를 계속했다.

"그러니까 나라면 널 편하게 죽여 줄 수 있고, 그 녀석이 부숴 버렸지만 다시 네게 딱 맞는 무덤도 만들어 줄게. ……우리, 겉보기에 나이도 비슷하고, 분명 잘 맞을 거야. 응?"

자신의 말이 하나도 전해지고 있지 않은 것처럼 무감정해 보이는 레이의 눈을 응시하며 에디는 생긋 미소 지었다.

"그러니까 네 소원을 말해 봐!"

에디는 자신의 이야기에 조그만 반응도 보이지 않는 레이의 모습에 내심 조바심을 느끼면서도 밝은 목소리로 말했다.

'—소원…… 내 소원은…….'

레이는 작게 숨을 삼켰다.

소원은 하나밖에 없다. **누군가**에게 살해당하는 것. 그리고 그 소원을 지금 당장 이루어 줄 존재가 눈앞에 있었다. 그것은 틀림없는 사실이었다.

"……죽고 싶어."

레이는 복면에 뚫린 구멍으로 보이는 에디의 왼쪽 눈을 바라보며 고했다.

"거 봐, 역시나! 레이첼, 내가 널 죽여 줄게— 그러니까 『yes』라고 대답해 줘."

자신을 향해 죽고 싶다고 말하는 레이의 모습에 에디는 기뻐졌다. 레이를 자신의 것으로 만들 수 있을지도 모른다는 흥분으로 복면 안쪽 눈이 번뜩이며 빛났다.

"……."

「—너를 죽여 줄게.」

그러나 레이의 머릿속에는 잭의 말이 떠올랐다.

지금 확실하게 자신을 죽여 줄 존재가 있는데도 yes라고 수긍할 수 없는 것은 말할 필요도 없이 잭과 한 약속 때문이었다. 하지만 그것은 약속을 깬다는 것에 대한 죄책감 때문은 아니었다. 레이는 마음 한편에서 **누군가**가 아니라 잭이 자신을 죽여 줬으면 좋겠다고…… 그렇게 느끼기 시작하고 있었다.

"정말 애태우네. 넌 뭘 망설이고 있는 거야?"

고개를 숙여 에디에게서 시선을 돌리며 레이는 다시 입을 다물었다.

"혹시…… 그 녀석 때문에?"

"……."

"있지, 왜 잭이랑 있어?"

마치 자신을 무시하는 것처럼 아무것도 대답하지 않는 레이의 태도에 참다못해서 에디는 조금 차가운 음색이 되어 물었다.

"……그가 죽여 주겠다고 약속했으니까."

그 물음에 레이는 겨우 목소리를 냈다. 이 층으로 올라오는 엘리베이터 안에서 수없이 곱씹었던 잭의 말이 마음속에 울려 퍼졌다.

"……흐응~ 이상해. 그런 거, 내가 지금 당장에라도 대신 죽여줄게."

마침내 돌아온 그 대답에 에디는 확연하게 불쾌한 목소리를 흘렸다. 약속했다고 해서 딱히 레이가 잭의 손에 죽어야만 한다는 규칙은 없었다. 오히려 이곳 룰을 따른다면, 지금 제물인 레이를 죽일 권리를 가지고 있는 것은 이 층의 주민인 자신이었다.

"……하지만 그러면 그가 여기서 나갈 수 없어."

조금 생각하고 레이가 말했다.

물론 지금 당장에라도 죽고 싶다는 기분은 변함없었다. 에디의 말에 흔들리기도 했다. 부탁한다면 아프지 않게 죽여 줄지도 모른다. 하지만 어째선지 에디에게는 죽여 달라고 부탁할 마음이 들지 않았다. 이상하리만큼 잭의 존재가 마음속을 지배해 갔다.

"그게 뭐야……. 그런 건 아무런 문제도 안 돼."

유난히 잭을 신경 쓰는 레이의 응답에 에디는 실소하며 말했다.

"……레이첼, 내가 널 죽여 줄게……. —그러니까 『yes』라고 말해 줘."

그리고 에디가 레이를 벽에 몰아넣으며 바싹 다가간 그때.

—어이, 내 말 들려?!

'……!'

벽 너머에서 초조함을 동반한 외침이 들려왔다.

"……아아, 시끄러운 게 왔어."

에디는 작게 한숨을 쉬었다.

벽 너머에서 들려오는 것은 틀림없이— 잭의 목소리였기 때문이다.

"자, 선택해. 저 녀석의 손에 죽을지, 내 손에 죽을지. ……사랑하는 레이첼. 멋지게 잠들도록 해 줄게……."

에디는 조금 전까지의 음색과는 다른, 어린아이답지 않은 유혹적인 목소리로 말하며 지그시 레이의 눈을 바라보았다.

'멋지게…….'

레이는 문득 에디에게 살해당하려 하는 자신을 상상해 보았다. 누군가에게 면전에서 사랑한다는 말을 들은 것은 처음이었기 때문일지도 모른다. 하지만 그 상상 속의 자신은 무표정하여 마치 인형 같았다. 잭이 말하는『괜찮은 얼굴』이 아니었다. 살해당하지 않더라도 처음부터 죽어 있는 듯했다.

—어이, 에디!

네 녀석의 미학이란 것도 상당히 조잡하네!

그 녀석을 시시한 얼굴로 둔 채 죽이겠다는 거냐?!

깊이 생각에 잠긴 레이와 대조적으로, 잭은 벽 너머에서 에디가 레이에게 하는 말을 듣고 짜증 내며 언성을 높였다.

"아아…… 진짜 시끄럽네. 나는 지금 레이첼이랑 얘기하고 있어."

에디는 질렸다는 목소리로 대답했다.

'……얘기라고……? 협박을 잘못 말한 거겠지……!'

—어이 레이, 거기 있지?!

들리면 대답해!

정신없이 외치면서 잭은 그때 무의식중에 처음으로 레이의 이름을 불렀다. 그때 들었던 『레이』라는 울림만큼은 확실하게 기억하고 있었다.

"……나?"

레이는 잭이 자신의 이름을 부른 것에 깜짝 놀라 대답했다.

—그래, 당연히 너지!

어이 너, 멋대로 죽을 생각하지 마……!

이 빌딩에는 널 죽이려는 녀석이 잔뜩 있다고!

하지만 반드시 내가 너를 죽여 줄게……!

—신에게 맹세코 말이야!

그 순간 레이의 눈에는 하늘에서 무수한 천사의 날개가 우수수 내려오는…… 그런 환상이 보였다.

—딸랑…… 방울 소리가 울렸다.

"신에게……?"

레이는 떨리는 목소리로 말했다.

평소에는 움직이고 있는지 멈춰 있는지 알 수 없을 정도로 조용한 심장이 멎어 버리지는 않을까 싶을 만큼 두근두근 세차게 고동치는 것이 느껴졌다.

—아아, 그래……!

그러니까 나 말고 다른 사람한테 죽지 말라고!

잭도 격앙된 감정으로 단언했다. 이렇게 누군가를 위해 크게 외친 것은 처음일지도 모른다. 하지만 아직 인형 같은 레이를 진심으로 죽이고 싶다는 생각은 들지 않았다. 그러나 레이가 다른 사람에게 살해당하는 것은 어째선지 싫었다. 허락할 수 없었다.

"……알겠어."

레이는 고개를 끄덕이고서 벽 너머에 있는 잭에게 전해지도록 힘껏 소리쳤다.

"그대로 힘껏 벽을 때려……!"

딱히 구해 주길 바란 것은 아니었다. 그저 지금 당장 잭을 보고 싶었다.

레이의 지시를 듣고 잭은 벽 너머에서 히죽 웃었다.

에디는 슬픔이 섞인 표정으로 레이를 보았다.

"레이첼, 어째서?!"

하지만 이제 레이의 눈 속에 에디의 모습은 비치지 않았다. 잭 말고는 무엇도 비치지 않았다.

쿵, 쿵— 잭이 레이를 위해 연주하는 격렬한 소리가 층에 울렸다. 그때마다 레이의 작은 가슴은 움켜잡힌 것처럼 아팠다.

쿵, 쿵!

쿵, 쿵—!

소리는 레이의 심장 소리와 비례하여 마치 불꽃이 피날레를 맞이하듯이 커졌다.

'—잭.'

그 소리에 감싸이며 레이는 마음속으로 그 이름을 처음으로 불렀다.

그때 —쿵! 하고 한층 큰 소리가 울려 퍼졌다.

그리고 다음 순간, 폭발음처럼 요란한 소리와 함께 벽이 훌륭하게 대파되었다. 모래 폭풍이 일어난 부서진 벽 너머에서 키 큰 남자의 그림자가 천천히 다가왔다.

"……여어."

그리고 잭은 레이를 향해 의기양양하게 미소 지었다.

"……."

레이는 가슴을 누르면서 잭의 모습을 지그시 바라보았다. 심장의 두근거림이 멈추지 않았다. 마치 그날 밤, 그 책…… 신이 쓴 그 책을 읽었을 때와 비슷한 기분이 북받쳤다.

"망할 애송이는 어딨어?"

레이가 무사함을 확인하고 안도한 표정이 된 잭은 곧장 주변을 둘러보았다. 하지만 에디는 이미 모습을 감춘 뒤였다.

《아아…… 어째서? 레이첼. 내가 죽여도 문제없는데. ……너는 정말로 이 녀석의 손에 죽고 싶은 거야? 내 쪽이 절대로 좋은데.》

에디는 모습을 감춘 채 어딘가에서 레이에게 말을 걸었다. 그것은 귀 바로 옆에서 속삭이는 것처럼 들렸지만 에디의 모습은 역시 없었다.

"이러쿵저러쿵 시끄럽네……. 어디 있어?! 이리 나와! 죽여 버리겠어!"

잭은 위협하듯 소리가 나는 쪽을 노려보며 낫을 치켜들었다.

'……잭은 필요 없어.'

《레이첼, 너는 내가 죽여 줄 거야. —그러니까 기다리고 있을게.》

잭의 존재를 무시하고 에디는 조용히 고했다.

'—레이첼은 분명 내 것이 되어 줄 거야. 왜냐하면 이렇게나, 한눈에 사랑하게 됐으니까…….'

목소리가 점차 작아지더니, 찰칵하고 다음 방으로 가는 문이 열리는 소리가 들렸다.

"젠장, 그 녀석 내뺐군!"

잭은 신경질적으로 땅을 밟았다. 그리고서 레이를 돌아보더니 반쯤 진심으로 화내기 시작했다.

"그보다 너도 약해 빠졌어! 그런 망할 애송이한테 뭘 간단히 붙잡혀 있는 거야?! 그래서는 내가 죽이지 않더라도 금방 죽어 버릴 거 아니야!"

"……응."

하지만 레이는 다른 곳에 마음이 가 있는 모습으로 고개를 끄덕였다.

—반드시 내가 너를 죽여 줄게……!

—**신에게 맹세코 말이야!**

레이의 가슴속에는 그 말이 계속 메아리치고 있었다.

"어이, 듣고 있어?"

잭은 진짜 인형이 되어 버린 것처럼 미동도 않는 레이의 얼굴을 들여다보았다.

"어이!"

그 목소리에 겨우 의식을 되찾았는지 레이는 퍼뜩 얼굴을 들더니 갑자기 잭에게 바싹 다가왔다.

"—아까 이렇게 말했어……."

"아……?"

"신, 신이라고……. 신께……『신에게 맹세코』라고……. 정말로 신께 맹세해 주는 거야? 신께 맹세코 죽여 줄 거야—?"

레이는 잭을 벽으로 몰아붙이며 신이라는 단어를 집요하게 되풀이해 물었다. 잭을 바라보는 레이의 눈은 무언가에 홀린 듯한 광기를 품고 있는 것처럼도 보였다.

'대체 뭐야—?'

조금 전까지 멍한가 싶더니 돌연 자신을 다그치는 레이에게서는 정체 모를 섬뜩함이 느껴졌다.

"그렇다고 했잖아! 나는, 거짓말은, 싫어한다고!"

잭은 당황하면서도 레이에게서 살짝 몸을 떼고 호통치며 대답했다.

'—거짓말을 싫어해…….'

"……그래. 알겠어. 나, 힘낼게. 당신에게 도움이 되도록 노력할게."

잭의 대답을 듣고 레이는 신기하게도 냉정함을 되찾았다. 거짓말을 싫어한다는 잭의 그 말이 사실이라면 조금 전의 맹세는 반드시 지킬 테니까.

"알면 됐어."

씌어 있던 무언가가 떨어진 것처럼 레이의 어조에서 광기가 사라져 잭은 살짝 안도했다.

"……그러고 보니 내 이름, 불렀어."

레이는 문득 떠올렸다.

「—어이 레이, 거기 있지?!」

그때 잭은 그렇게 말하며 자신을 불렀다. 레이, 라고.

"아아, 그랬던가? 하지만 전부는 기억 안 나. 이름이 뭐라고 했지?"

"레이첼 가드너."

레이는 B7에서 컴퓨터의 질문에 대답했을 때와 똑같이 다시 한 번 자신의 이름을 말했다.

"그래? ……나는 말이지, 나한테 도움이 된다고 생각해서 널 데리고 다니고 있지만…… 네가 있으면 꽤 귀찮다고."

잭은 한숨 섞어 말하고, 노랗게 빛나는 그 찢어진 눈으로 레이를 쳐다보았다.

"……안 그래? 레이."

레이는 그 눈 속에 비친 무표정한 자신을 보았다. 그리고 조금 이상한 기분이 되었다. 자신은 좀 더 표정을 짓고 있을 생각이었기 때문이다.

'……레이.'

그건 그렇고, 그런 식으로 이름을 불린 것은 처음이었다. 잭이 레이를 부르는 목소리는 대니와도 에디와도 달리 아무것도 요구하지 않는, 거칠지만 상냥함을 머금은 목소리였다.

"그래서 앞으로 어쩔 거야."

잭은 화제를 바꾸어 중얼거렸다.

"아까 문이 열리는 소리가 들렸어. 아마도 이 앞에 있는 문이 열렸을 거야. 그 아이, 기다리고 있겠다고…… 했으니까."

레이는 복도 끝에 있는 《전원실·제3묘지》라고 적힌 문을 가리켰다.

"웃기는 놈이네. 뭐, 어쨌든 이런 흙내 나는 곳에 오래 있을 생각은 없어. 얼른 나가자고."

"응."

두 사람은 얼굴을 마주 본 뒤, 문으로 이어지는 어둑한 복도를 걷기 시작했다.

▲
▼

"흙냄새가 나……."

복도에는 축축한 흙냄새가 감돌았다. 복도 끝에 제3묘지라고 표시된 팻말이 걸려 있으니 그것은 틀림없이 문 너머에서 풍겨 오는 냄새일 것이다.

“아직도 무덤이 있는 거냐. 빈 구덩이가 있어도 들어가지 마.”

잭은 제3묘지의 모습을 상상하고 얼굴을 찡그렸다. 자신을 바라보는 레이의 무감정한 눈에는 잠시라도 시선을 떼면 멋대로 죽어 버릴 듯한, 그런 위태로움이 감돌고 있었다.

“자살은 안 한다고 했어.”

그 위태로움을 털어 내는 것처럼 레이가 잘라 말했다. 그것은 거짓 없는 목소리였다.

“예이예이, 그랬지.”

‘신…… 말이지.’

잭은 레이의 말을 떠올리고 살짝 어이없어하며 문을 열었다. 역겨운 흙냄새가 한층 강해졌다.

‘……!’

“안녕!”

수많은 무덤이 늘어선 제3묘지 입구에서 커다란 삽을 껴안은 에디가 기다리고 있었다.

“……와 줬구나, 레이첼.”

에디는 레이만을 시야 속에 비추며 복면 안쪽에서 생긋 미소 지었다.

'—이딴 녀석, 죽이기도 귀찮아……'

"망할 애송이, 비켜."

잭은 차가운 목소리로 말했다. 자신을 계속 무시하는 것이 썩 유쾌하지는 않았다.

"뭐? 왜 내가 네 말을 들어야 하는데?"

"그야 나는 너보다 오래 살았기 때문이지."

"아~ 시시해. 바보랑 얘기하면 진짜 피곤해."

"뭐야?!"

에디의 그 태도는 잭의 분노에 다시 불을 붙였다.

'—이 애송이, 반드시 죽이겠어!'

"레이첼, 그거 알아? 옆에 있는 그 녀석이 어떤 녀석인지! 아름답지도 않고 지향점도 없고, 과거도 변변찮은 녀석이야!"

"……그건 아까 서류로 봤어."

레이는 잭에 관해 적혀 있던 이력서 내용을 떠올렸다. 그것은 분명 에디가 만든 자료일 것이다.

"그럼 왜 내가 아니라 잭이 좋은 거야?! 나도 너를 죽여 줄 수 있는데!"

에디는 어린아이가 아우성치듯 언성을 높였다.

"……이 사람은 신께 맹세해 줬어…… 나를 죽여 주겠다고."

아무것도 비추려 하지 않는 그 파란 눈 속이 한순간 반짝이며 빛났다.

"—그것만으로도 내 안의 전부야."

레이의 그 눈 속에서는 조금 전 환상으로 보았던 천사의 날개가 내려오고 있었다.

'—신에게……?'

그 말을 듣고 에디는 눈을 크게 떴다.

"……저기, 그 신이란 건 뭐야? 이상해. 나는 그런 얘기, **신**에게 못 들었어."

에디는 살짝 쓰게 웃으면서 자신이 믿는 신을 떠올렸다. 그것은 레이의 신과는 다른 신이었다.

"그리고 그런 자유는 **이곳**에 없어. 우리가 부여받은 건 각자가 담당하는 층 안에서의 행동과— 그동안에…… 인간을 죽여도 된다는 권리뿐인걸?"

'……타인을 죽여도 될 권리.'

그 말에 레이는 고개를 숙였다.

'신은 타인을 죽일 권리 따위 주지 않아…….'

그리고 마음속으로 그렇게 생각했다.

"레이첼……. 나는 도저히 안 돼?"

복면 틈으로 에디의 소년다운 둥근 눈동자가 엿보였다.

"……나를 죽이는 건 네가 아니야."

—나를 죽이는 건…… 그 사람…… 잭이야.

레이는 벽 너머에서 잭이 외쳤던 말을 반복하며 전에 없이 선명한 목소리로 말했다.

"하하하! 그렇다네! 꼴좋다, 망할 애송이!"

에디를 향한 레이의 냉혹한 태도를 보고 잭은 진심으로 유쾌하게 웃었다. 승리한 기분이었다.

'내가, 아니야…….'

그 순간, 에디의 마음속에 떠올리고 싶지도 않은 과거의 기억이 밀어닥쳤다. 그것은 에디가 아직 가족과 살던 때의 기억이었다—.

▲
▼

—4형제 중 삼남으로 태어난 내 물건은 언제나 형에게 물려받은 것뿐이었다.

새로운 것을 갖고 싶었다. 나만의 새로운 것을…….

그래서 나는 열심히 공부했다. 시험에서 좋은 점수를 받으면 부모님에게 원하는 것…… 새로운 장난감이나 옷을 사 달라고 할 수 있었다. 하지만 결국은 그것조차 동생에게 물려줘야 했다.

그래도 생물은, 생물만큼은 물려주는 일이 없었다. 우리 집에서는 고양이, 새, 금붕어, 곤충…… 여러 가지 생물을 키웠다.

물론 키우는 동안에는 『가족 모두의 것』이었다—. 하지만 유일하게 내 것이라고 여겨지는 순간이 있었다. 무덤을 만들어 줬을 때였다. 나는 무덤 만들기가 특기였다. 그 동물에게 딱 맞는 무덤을 만들어 줄 수 있었다.

그리고 내가 만든 무덤에 묻은 순간 『아아, 이 아이는 내 거야. 사랑하는 이 아이의 무덤을 내가 마지막으로 만들어서 묻어 줬어.』 하는 생각이 들어서 기뻤다.

그러던 어느 날, 실연으로 정서가 불안정했던 형이 화풀이로 새를 죽였다.

'너무해…… 이 새는 형만의 새가 아닌데, 멋대로 죽이다니!'

나는 분개하면서도 죽은 새를 위해 무덤을 만들었다. 하지만 그때, 언제나 느꼈던 『마지막은 내 것』이라는 기쁨을 느낄 수 없었다.

형이 죽인 새는 이미 『빼앗긴 것』이라서 더는 내 것이 아니었다…….

이어서 키우던 고양이가 병에 걸렸다. 병원에 갔지만 병은 낫지 않을 거라고 했다. 고양이는 매일 무척 괴로워 보였다.

"이대로는 불쌍하구나……. 안락사시키는 게 어떨까?"

엄마가 말했다.

나는 그날 밤, 내 손으로 그 고양이의 최후를 빼앗았다. 그 고양이의 무덤을 만들면서 나는 전에 없던 기쁨을 느꼈다. 내가 최후를 빼앗고, 그리고 내가 만든 무덤에 넣는다— 고양이의 전부가 정말로 내 것이 된 느낌이 들었다…….

▲
▼

'그러니까 레이첼도 내가 죽여야…… 내 것이 돼.'

에디는 과거 기억을 곱씹으며 양손에 낀 검은 장갑 속에서 주먹을 꽉 움켜쥐었다.

"……아아, 정말 괴로워. 예쁜 모습 그대로 내가 죽여 주고 싶었는데. 하지만 그거 알아? 무덤구덩이는 어둡고 시원해서 기분 좋다……?"

"……그래."

레이는 관심 없다는 모습으로 대답했다. 되도록 무덤구덩이에 들어가는 것은 죽은 뒤가 좋았다.

"레이첼…… 적어도 그곳에 데려가 줄게."

'—무덤에만 들어가면 레이첼은 내 것이 돼……!'

에디는 재빨리 레이에게 다가와 그 손을 잡으려고 했다.

"……! 뭐 하는 거야!"

그 순간— 잭은 깊이 생각하기도 전에 에디를 향해 낫을 내리쳤다.

"아아, 싫어! 이 깡패! 살인자!"

순발력이 높은 에디는 그 공격을 재빠르게 피하고 잭에게 외쳐댔다. 덕분에 팔에는 스친 상처가 났을 뿐이었다.

"네 녀석도 살인자인 건 마찬가지잖아!"

"똑같이 취급하지 마! 아무리 신체 능력이 높아도 머리가 텅 빈 너는 항상 놓치기만 하는 주제에! 역할도 완수하지 못하고 변변히 죽이지 못하니까 항상 신경질적이잖아!"

에디는 잭에게 지지 않고 되받아쳤다. 레이는 그 언쟁을 무표정으로 바라보았다. 에디는 아직 성장 도중인 소년의 투명한 목소리라 이런 곳에서 사람을 죽이기 위해 살아가고 있다고는 생각할 수 없었다.

"아아? 그거야말로 너한테 듣고 싶지 않거든. 무엇보다 굶주려 있는 건 너잖아? 애송이 주제에 욕구불만인가? 웃기지도 않아."

잭은 얼굴을 일그러뜨리고 에디를 내려다보며 도발했다.

"……바보가 시끄러워."

잭의 그 비웃는 말을 듣고 에디의 목소리는 분노를 넘어 차가운 색을 띠었다.

"—너는 무시해도 돼, 필요 없고. 내가 원하는 건 레이첼이야."

에디는 시를 낭독하듯 레이를 향해 속삭였다.

"레이첼…… 널 위해 세상에서 가장 아름다운 무덤을 만들고, 그 아름다운 덮개 밑에 영원히 가둬 줄게!"

에디에게 그것은 순수한 사랑의 메시지였다.

"그러니까…… 내가 레이첼의 마지막을 빼앗아 주겠어……!"

에디가 큰 목소리로 단언한 그 순간, 타닥타닥 불온한 소리가 울림과 동시에 층이 어둠에 휩싸였다.

"아아! 젠장, 또냐!"

또다시 아무것도 보이지 않게 되어 잭은 일말의 불안을 느꼈다. 이대로는 에디가 레이를 죽이고 만다. 그 결말은 반드시 피해야 했다. 레이를 죽이겠다고 약속했으니까.

"어이, 레이! 넌 먼저 가! 전원실이라면 어딘가에 전원이 있다는 거잖아! 켜고 와!"

눈을 뜨고 있는지 감고 있는지 알 수 없는 어둠 속에서 잭이 외쳤다.

"—알겠어!"

레이는 당황하면서도 잭의 목소리가 들리는 쪽을 돌아보고, 포셰트에서 손전등을 꺼내 달리기 시작했다.

'찾아야 해— 하지만 건전지는 이제 별로 없어…… 서두르자……!'

칠흑 같은 어둠 속, 금방에라도 꺼질 듯한 손전등 빛만을 의지하며 전원을 찾았다. 무수한 무덤이 늘어선 묘지는 마치 미로 같은 구조였다.

—레이첼, 어디 있어……?

등 뒤에서 에디의 목소리가 들렸다.

'……어서 찾아야 해!'

그때, 불빛이 큰 기계를 비추었다. 그것은 전원 장치가 틀림없었다. 레이는 한달음에 기계로 다가가 「B4조명」이라고 적힌 커다란 레버를 올렸다. 타닥타닥 소리를 내며 단숨에 조명이 켜졌을 때, 레이는 방의 높은 곳에 서 있었다. 내려다보니 한층 큰 무덤이 하나 놓여 있는 모습이 보였다.

그리고 그 앞에 에디가 멍하니 서 있었다.

"레이첼, 어째서? 모처럼 너의 무덤을 만들었는데……."

필사적으로 쫓아왔는지 가쁜 숨을 내쉬면서 에디는 이해할 수 없다는 얼굴로 탄식했다.

"……내 무덤은 만들지 않아도 돼."

레이도 살짝 숨을 헐떡이며 차가운 눈으로 에디를 내려다보고 고개를 흔들었다.

"레이첼, 왜 그런 말을 하는 거야?"

에디는 영원히 녹지 않는 얼음처럼 냉랭한 레이의 태도를 보고 작게 떨리는 목소리로 말했다.

그때 레이의 시야에 자신을 뒤쫓아 온 잭의 모습이 비쳤다.

"—그야 너…… 차인 거야."

두 사람을 따라잡은 잭은 어른스럽지 못하게 분명히 말하며 에디에게 다가섰다.

"……가까이 오지 마……!"

에디는 뒤돌아 언성을 높였다. 레이를 쫓는 데 정신이 팔려서 잭의 존재를 깜빡 잊고 있었다.

"레이는 네 녀석의 무덤 따위 바라지 않는다네."

"……거짓말이야."

"거짓말 같은 거 안 해. 나는 거짓말을 싫어하거든."

마치 절망의 구렁 속에 있는 것처럼 얼굴을 굳힌 에디를 보며 잭은 가차 없이 몰아붙였다.

—어째서…… 나라면 레이첼을 행복하게 해 줄 수 있는데…….

—내 소중한 건 항상 누군가에게 뺏길 뿐이야…….

—싫어…… 레이첼의 마지막은 반드시 내가 빼앗을 거야……!

에디는 이제 간청하듯이 레이를 향해 빠르게 외치기 시작했다.

"레이첼, 이런 악마 같은 녀석 따위 그만두고 내 무덤에 들어가자! 응? 무덤에 들어가면 더는 집에 돌아가지 않아도 돼. 그런 너무한 부모가 있던 집에는…….”

레이를 똑바로 바라보며 에디는 짊어지고 있던 커다란 삽을 레이에게 향했다.

‘……집에 돌아가지 않아도 돼.’

그 말은 확실하게 레이의 마음 안쪽에 울렸지만, 무사히 탈출하더라도 집에 돌아갈 생각 따위 없었다.

그러나 무언가를 망설이는 듯한 레이의 그 표정을 본 순간, 에디를 향한 잭의 짜증은 선을 넘어섰다.

“아아…… 끈질겨!”

그리고 이 이상 에디가 레이에게 다가가도록 둘 수는 없었다. 레이는 자신이 죽이겠다고 약속했다.

“……어이 에디, 그렇게 무덤이 좋다면 널 제일 먼저 넣어 주마……!!”

‘……!’

잭의 그 흉악한 눈초리를 보고 에디는 전율했다. 그러나 이미 늦었다—.

잭은 낫을 치켜들더니 순식간에 에디의 흉부를 벴다.

샘물처럼 피가 솟아났고 에디의 세계는 눈 깜짝할 사이에 어둠에 휩싸였다. 그것은 물론 전기가 나갔기 때문이 아니라 그 생명이 끊어졌기 때문이었다.

'……어째서.'

점차 그곳이 어둠이라는 것마저 알 수 없어졌다. 그저 레이를 자신의 것으로 만들지 못했다는 분한 마음만이 남은 느낌이었다.

"아아, 여기 마침 네 녀석한테 딱 맞는 좋은 무덤구덩이가 있잖아."

죽어 가는 모습을 지켜보고서 잭은 히죽 웃고 그 구덩이에 에디의 몸을 던져 넣었다.

"그래, 맞아. 네 말대로 뚜껑을 덮어 주지!"

잭은 이어서 번뜩 떠올렸다는 듯이 말하고 구덩이 옆에 놓여 있던 묘비를 뚜껑 삼아 눌러 버렸다. 그것은 얄궂게도 에디가 레이를 위해 갓 만든 새 묘비였다.

"어이 레이, 잘했어. 덕분에 이 녀석은 그렇게나 좋아하는 무덤 속이야! 건방진 매장꾼 자식!"

잭은 유쾌하게 웃었다.

'그 아이…… 무덤 속은 기분 좋다고 했으니까 분명 천국에 갈 수 있겠지…….'

레이는 파랗고 투명한 눈으로 에디가 묻힌 반짝반짝한 묘비를 기도하듯이 바라보았다.

▲
▼

"……아."

그때, 레이는 그 묘비 뒤쪽에 작은 카드가 박혀 있음을 알아차렸다. 높은 곳에서 달려 내려온 레이는 포셰트에서 바늘을 꺼내 솜씨 좋게 카드를 묘비에서 떼어 냈다.

"그건 뭐야?"

"아마도 엘리베이터를 여는 카드……일 거야."

"오~! 겨우 이 흙내 나는 곳과 작별할 수 있는 건가."

말하면서 잭은 고양이처럼 쭉 기지개를 켰다.

"응."

레이는 고개를 끄덕이고 엘리베이터 카드를 자신의 상의 주머니에 넣은 뒤, 잭의 후드티 자락을 잡았다.

"저기……."

"……아?"

잭은 그 사랑스러운 행동에 살짝 당황하면서 돌아보았다.

"나, 당신에게 도움이 됐어?"

그리고 레이는 자신보다도 30센티미터는 키가 큰 잭을 올려다보고 진지한 음색으로 물었다.

"아…… 그보다 그 당신이란 호칭은 그만둬! 닭살 돋게."

"……그럼 아이작?"

레이는 작은 새처럼 고개를 갸웃했다.

"……잭. 잭이면 돼, 잭이면."

잭은 시선을 피하고 적당히 대꾸했다.

"알겠어. 나, 잭에게 도움이 됐어?"

어째선지 갑자기 걸음이 빨라진 잭을 뛰다시피 따라가며 레이는 매우 진지하게 고쳐 말했다.

"그래, 조금은."

잭은 볼을 벅벅 긁었다. 그것은 잭이 쑥스러울 때 하는 행동이었다.

"……그래, 다행이다."

레이는 중얼거리고 눈을 감았다.

—신에게…… 맹세코.

마음속에서는 잭의 그 말이 여전히 계속해서 메아리치고 있었다.

FLOOR B3

"저기 잭…… 신께 맹세한 대로 여기서 나가면…… 죽여 줘."

B3으로 올라가는 어둑한 엘리베이터 안에서 레이는 기도하듯이 잭을 올려다보았다.

—무사히 여기서 나가면 잭이 날 죽여 줄 거야…….

그것은 레이에게 최후의…… 단 하나뿐인 희망이었다.

"너…… 진짜 몇 번이고 시끄럽네. 알고 있다고."

그 집요함에 기막혀하면서도 잭은 레이의 눈을 응시하며 한숨 섞인 목소리로 대답했다.

잠시 후, 엘리베이터 문이 열리고 날아든 밝은 빛에 레이는 살짝 눈을 좁혔다.

'눈부셔…….'

지금까지 엘리베이터 안이나 층은 어두웠기에 더욱 그렇게 느꼈다. 시선을 올리니 천장에는 번쩍이며 주변을 비추는 형광등이 여기저기 설치되어 있었다.

"B3인가. 단숨에 지상까지 올라갈 것이지 일일이 멈추고 말이야. 또 엘리베이터 탐색이냐."

잭은 지긋지긋하다는 얼굴로 중얼거렸다.

"그러네."

작게 맞장구치며 레이는 엘리베이터에서 내렸다. 눈앞에는 쇠창살 벽이 앞길을 가로막으며 우뚝 서 있었다. 레이는 그 벽의 일부가 되어 있는 문을 살며시 건드렸다.

'잠겨 있어…….'

레이는 무표정으로 살짝 동요했다. 이 문이 열리지 않으면 앞으로 나아갈 수 없었다.

"어이, 왜 그래."

문 앞에 멈춰 선 레이를 보고 잭은 작게 의아한 표정을 지었다.

"말해도 잭이 이해할지…… 모르겠어."

"뭐?! 모르더라도, 알 수도 있으니까 일단 말하라고!"

"응. ……이 문, 잠겨 있어."

레이는 문을 바라보며 툭 말했다.

"너 말이다, 내가 바보인 건 틀림없지만 그 정도는 알아."

아마도 악의는 없을 레이의 그 대답에 잭은 무심코 입가를 실룩였다.

"그래?"

"……. 그보다 너, 잠긴 문 여는 게 특기잖아. 힘내."

잭은 레이의 무정한 반응에 다시 입가를 비틀면서도 나 몰라라 의욕 없이 내뱉었다.

"응, 힘낼게……."

막막했지만 레이는 고개를 끄덕였다. 지금 두 사람이 갇혀 있는 장소는 10제곱미터도 안 될 좁은 공간이었는데 둘러본 바로는 아무것도 놓여 있지 않았다. 찾아봤자 잠금을 풀 단서는 보일 것 같지 않았다.

'잭에게 도움이 돼야 해. 하지만 어떡하지……?'

레이는 어깨에 멘 포셰트 안으로 손을 넣어 문을 열 만한 도구가 없는지 찾았다. 안에는 재봉 도구와 손수건에 싸인 **무언가**가 들어 있었다.

'하지만 이건…….'

불시에 만져 버린 그 감촉에 퍼뜩 놀라 숨을 삼켰다.

'이건…… 쓸 수 없어…….'

레이는 작게 숨을 내쉬고 다시 그 가느다란 손가락으로 **무언가**에 손수건을 덮었다.

"뭔가 찾았어?"

그때 잭이 기다리다 못해 레이의 등 뒤에서 포셰트 안을 들여다보았다. 레이는 살짝 철렁하며 잭을 돌아보았다.

"그게, 실이랑 바늘이랑—."

"오오? 너, 바늘로 문 딸 수 있어?"

잭은 레이의 말을 막으며 물었다.

"그런 특기는 없어. 그리고 이 문, 열쇠 구멍도 없어."

레이는 작게 고개를 저었다.

"그럼 바늘이랑 실이 있어도 의미가 없잖아! 비켜, 그냥 부숴 버리겠어!"

"이 문, 쇠창살이니까 무리일 거야……."

"시끄러워. 해 보지 않으면 모르는 거지!"

'아…….'

레이가 충고한 보람도 없이 잭은 그 커다란 낫으로 철문을 기세 좋게 내리쳤다. 하지만 문은 당연히 꿈쩍도 하지 않았다. 조그만 흠집이 생겼을 뿐이었다.

"젠장, 단단해!"

반동으로 손이 저릿저릿했다.

"……쇠인걸."

그러니까 말했는데, 하는 얼굴로 레이는 잭을 쳐다보았다.

"빨리 말하라고! 손이 얼얼하잖아!"

"……쇠창살이라고 말했어."

레이는 떠들어 대는 잭을 향해 다시 어이없다는 목소리를 냈다.

그때— 느닷없이 눈앞이 아찔해지는 강렬한 빨간빛이 일제히 방을 비추었다.

"……."

"……뭐야?!"

멍하니 그 상황을 받아들이는 레이와 대조적으로 잭은 경계하며 주위를 둘러보았다.

잠시 후, 위잉 위잉— 귀를 막고 싶어지는 요란한 사이렌 소리가 층에 울려 퍼졌다.

"어이, 물러서!"

잭은 퍼뜩 놀라 레이의 손을 잡고 자신 쪽으로 당겨서 재빨리 문 옆에서 떼어 냈다. 천장에서 철컥…… 하고 무언가 움직이는 소리가 희미하게 들린 것 같았기 때문이다.

다음 순간, 그 예감대로— 명백하게 조금 전까지 문 앞에 있던 레이를 노리고서 몇 발이나 되는 총탄이 일제히 쏘아졌다.

레이는 고막이 터질 듯한 그 발사음에 살짝 동요하며 아주 잠깐 무의식적으로 잭의 가슴에 얼굴을 묻었다.

"……벌집으로 만들 셈인가……."

발포가 멎자 잭은 멍하니 중얼거렸다. 소리가 난 쪽을 올려다보니 아까까지 평범했던 천장에 총구 몇 개가 튀어나와 있었다.

'……총탄.'

레이는 잭에게서 슬며시 떨어져 작게 숨을 삼켰다. 가슴이 술렁였다. 그 밤에 떠 있던 푸른 달이 어렴풋이 눈앞에 떠올랐다.

그때, 방을 비추던 빨간빛이 확 꺼지더니 눈을 뜨고 있지 못할 만큼 강렬한 스포트라이트가 두 사람에게 쏟아졌다.

'눈부셔…….'

레이는 살짝 눈을 가늘게 떴다.

《앗하하하하하!》

아직 발사음의 여파가 남은 층에 실성한 듯한 여자의 새된 웃음소리가 울려 퍼졌다.

《하~이! 마중이 늦어서 미안? 너희가 하도 꾸물거리길래 낮잠 자고 있었거든. ……근데 ……방금, 잘도 안 죽었네. —합격이야!》

어디선가 여자가 그렇게 말하자 짝짝짝— 아무도 없는데 성대한 박수 소리가 레이와 잭을 에워쌌다.

'시끄러워…….'

기분 나쁠 만큼 큰 음량이었다.

《특히 잭, 네 감은 정말이지 훌륭해! 실은 나…… 전부터 너는 분명 훌륭한 죄인이 될 거라고 생각했어. 기대감으로 잠이 싹 달아난 거 있지!》

'훌륭한 죄인이라고……?'

깎아내리는 말로밖에 안 들리는 그 발언에 짜증을 내면서도 잭은 목소리가 나는 쪽으로 시선을 주었다. 그러나 여자의 모습은 어디에도 없었다.

그도 그럴 것이 여자는 감시 카메라가 보내는 두 사람의 영상을 이 층 어딘가에 설치된 커다란 모니터로 우아하게 바라보며,

빌딩 곳곳에 내장된 스피커를 통해 두 사람에게 말하고 있었다.

"네 녀석의 잠이 달아나든 말든 알게 뭐야! 그보다 얼른 여기를 열어!"

잭은 녹아내릴 듯한 열을 내는 스포트라이트 속에서 외치고 철문을 캉 찼다.

《그래, 좋아. 합격한 너희에게는 그 권리가 있으니까. 하지만 내가 아직 화장을 못 끝냈거든. 어쩔 수 없어, 조금 전까지 자고 있었는걸! 나도 준비를 할 테니까 너희도 벌 받을 준비를 해 줄래?》

"……뭐? 준비?"

일방적인 여자의 말에 잭은 얼굴을 찡그렸다.

《그래. 죄인은 벌 받기 전에 제대로 순서를 밟아야지. 그편이 분위기가 나잖아? 맞아…… 죄인이라고 하면…… 가로 줄무늬 배경의 머그샷이 정석이지? 그러니까 너희도 머그샷을 찍어 줘! 그걸 위한 방은 열어 둘 테니까.》

그렇게 말하고 여자는 자기 주변에 있는 복잡한 기계를 조작하여 두 사람의 앞을 막고 있던 쇠창살 문을 열었다.

"……머그샷이 뭐야?"

잭이 레이를 내려다보고 물었다.

레이는 대답하려고 했지만 여자가 그것을 저지하며 들뜬 목소리로 말했다.

《얼굴 사진을 말하는 거야, 잭. 넌 한 번도 찍힌 적이 없지. 멋져! 나 그 사진, 소중히 보관해 둘게.》

"……."

레이는 살짝 불만스러운 표정으로 카메라를 바라보았다. 분명 자신들의 모습은 저 카메라를 통해 비치고 있을 것이다.

《맞다, 맞다…… 레이첼, 너도 찍어야 해. 그럴듯하게 찍어 줘. 명패까지 확실하게 들고 말이야. 내 말을 제대로 안 들으면 다음 방에는 갈 수 없어.》

여자는 카메라를 지그시 바라보는 레이의 무슨 생각을 하는지 알 수 없는 얼굴을 모니터 너머로 마주 보았다.

'레이첼…….'

모르는 여자가 자신의 이름을 부르는 것은 어쩐지 묘한 기분이었다.

《우후후……. 나는 단죄인(斷罪人)……. ……아아, 죄 많은 악인들아. 용서받을 때까지 고통스럽게 해 줄게. 나는 그것이 허락된 인간이니까!》

여자는 어떤 역할을 연기하듯이 황홀해 하는 목소리로 크게 외치더니 갑자기 방송을 끊었다.

"……아아, 진짜 뭐야?! 신경질 나는 목소리로 멋대로 지껄이고……. 왜 내가 벌을 받아야 하는데. 잠꼬대는 자면서 하란 말이야!"

잭은 짜증 내면서 크게 혀를 찼다.

"……죄인……."

레이는 잭에게 들리지 않을 작은 목소리로 툭 중얼거렸다.

"어이, 레이. 저런 미친 녀석이랑 놀고 있을 시간은 없어. 얼른 가자!"

내뱉듯이 말하고서 잭은 쇠창살 문 너머로 걸어갔다.

"……응."

'……죄, 인…….'

—죄를 범한 인간…….

잭의 뒤를 따르며, 그 말은 레이의 마음속에 메아리처럼 소용돌이치고 있었다.

▲
▼

—연쇄살인마.

옆에서 걷는 잭의 얼굴을 올려다보았을 때, 문득 레이의 머릿속에 이력서에서 봤던 정보가 떠올랐다.

'잭은 많은 사람을 죽였어…….'

"잭은 왜 사람을 죽이자고 생각했어……?"

"느닷없이 뭐야."

"……조금 신경 쓰여서."

레이는 말했다. 사실은 그렇게 신경 쓰이지 않는다고 한다면 거짓말이 될지도 모르지만, 대답해 주지 않아도 괜찮았다. 뭐든 좋으니 조금 이야기하고 싶었던 것일지도 모른다.

그리고 조금 전 여자가 말했던 죄인……이라는 말이 마음에 걸려서 좀처럼 사라지지 않았다.

"글쎄. 하지만 죽어도 되는 하찮은 인간 따위 많잖아."

잭은 걸어가며 대답했다. 누군가를 죽이는 것에 관해 그다지 깊이 생각한 적은 없었다. 하지만 자신이 처음 사람을 죽인 것은 죽이는 편이 좋다고 생각했기 때문일지도 모른다.

—하지만 그 후는 아마도 다르다……. 죽이고 싶어서 죽였을 뿐이다.

"잭은 그런 사람들을 죽여 왔어……?"

"딱히. 나는 죽이고 싶으니까 죽일 뿐이야."

잭은 잘라 말했다.

'죽이고 싶으니까…….'

—잭은 어떨 때 죽이고 싶다고 생각하는 걸까……. 나도 확실하

게 죽이고 싶다고 생각해 주면 좋겠지만…….

▲
▼

그 후, 두 사람은 들어오라는 듯이 열려 있던 다음 문 안쪽으로 들어갔다.

그곳은 머그샷 촬영만을 위한 전용 방 같았다. 안쪽 벽이 흰색과 검은색의 가로 줄무늬 배경이었다.

'이 앞에서 사진을 찍는 걸까……?'

줄무늬 배경 앞에 설치된 삼각대 위에는 폴라로이드 카메라가 비치되어 있었고, 바닥에는 그 카메라로 찍었을 인물 사진 몇 장이 흩어져 있었다.

레이는 바닥에 가만히 무릎 꿇어 흩어진 사진을 한 장씩 주웠다. 찍혀 있는 인물은 각자 자신의 이름이 적혀 있을 터인 명패를 들고 있었다. 그리고 모두 죽음을 깨달은 것처럼 절망한 표정이었다.

'이 사람들의 사진은 이력서엔 없었던 것 같아……. 아직 살아 있을지도 몰라…….'

—어디에 있을까……?

레이는 살짝 오한을 느끼며 일어나 방 안을 둘러보았다. 기재가 놓여 있는 책상 위에는 끈 달린 하얀 판 두 개가 나란히 자리했다. 담담히 다가가 뒤집어 보니 판에는 잭과 자신의 풀네임이 각인되어 있었다. 아마도 이것을 목에 걸라는 지시이리라.

"……잭, 이 명패를 목에 거는 걸 거야."

레이는 그렇게 말하고 「아이작 포스터」라고 적힌 명패를 잭에게 건넸다.

"어—."

잭은 아무 생각도 없이 레이가 말한 대로 명패를 목에 걸었다.

"……근데 ……왜 사진 따위를 찍어야 하는 거야, 쓸데없이."

그러나 문득 그 여자의 말에 따르고 있는 자신에게 짜증이 났다. 어른이 된 뒤로도 남이 하라는 대로 하다니, 딱 질색이었다. 하지만 그 여자는 두 사람이 머그샷을 찍어야 다음 방으로 가는 문이 열린다고 했다.

"……하아."

여기서 나가고 싶을 뿐인데 결국 각층의 주민에게 휘둘리고 있는 상황에 잭은 작게 한숨을 쉬었다.

"……사진, 싫어해?"

그 한숨이 들려서 레이는 불안한 모습으로 물었다.

"알게 뭐야. 사진 따위 찍은 적도 찍힌 적도 없어. 찍고 싶지도 않고."

잭이 대답했다. 그것은 반항기 소년 같은 말투였다.

"그래…… 하지만 앞으로 진행하려면 찍어야 해."

말하면서 레이는 조금 난처한 얼굴을 보였다.

'잭에게 그다지 폐 끼치고 싶지 않아…….'

그렇게 생각하지만, 두 사람 모두 제물이 된 이상 이 빌딩에서는 쉽사리 나갈 수 없을 것 같았다. 수많은 장치가 있는 것도 도망을 저지하기 위함일지도 모른다고 레이는 생각했다. 어떤 시스템인지는 모르지만 바닥에 흩어져 있던 그 사진을 보면 제물은 자신들만이 아닌 듯했다.

"……아아, 젠장, 알겠어. 찍으면 되잖아!"

욕하면서도 잭은 줄무늬 배경 앞으로 이동했다.

"응…… 그럼 찍을게."

레이는 한쪽 눈을 감고 폴라로이드 카메라의 렌즈를 들여다보았다.

"예이예이. 찍을 거면 얼른 찍어."

'아~ 짜증 나…….'

하지만 짜증을 숨길 수 없는지 잭이 껑충껑충 뛰는 탓에 좀처럼 초점이 맞지 않았다.

"저기…… 움직이지 마. 흔들려."

HURRY UP!
3
2
Isaac Foste
...Don't move.

레이는 렌즈 너머의 잭을 진지하게 들여다보며 주의했다.

“뭐야, 너 성실하게 찍는 거냐!”

“응, 그대로.”

그때 한순간 잭의 움직임이 멈춘 것을 노리고 레이는 셔터를 딸깍 눌렀다.

폴라로이드 카메라에서 곧장 사진이 나왔다. 잠시 기다리니 필름에 잭의 얼굴이 떠올랐다. 잭의 표정은 언짢았지만 초점은 확실하게 맞았다.

‘잘 찍혔어…….’

레이는 조금 기뻐졌다. 죄인으로 취급받고 있는 상황을 잊어버릴 만큼 즐거운 기분이 들었다.

그 폴라로이드 사진을 포셰트에 갈무리하고 레이는 조그만 가장을 즐기는 마음으로 「레이첼 가드너」라고 새겨진 명패를 목에 걸었다.

“그럼 다음은 날 찍어 줘.”

레이는 잭에게 그렇게 지시하고서 그 냉철한 표정과 어울리지 않는 들뜬 발걸음으로 줄무늬 배경 앞에 섰다.

“오…… 여길 누르면 돼?”

잭은 처음 만지는 카메라에 살짝 당황하며 물었다.

“응.”

레이는 작게 고개를 끄덕였다. 그 순간, 잭은 아무 생각도 없이 셔터를 딸깍 눌렀다.

"아……."

'카메라 제대로 안 봤는데…….'

"호오, 진짜로 누르기만 하면 찍히네. 의외로 재밌는데? 간단하고."

잭은 카메라에서 나오는 폴라로이드 사진을 확인하며 즐겁게 중얼거렸다.

"……흔들렸지만."

잭이 대충 촬영한 사진을 확인하고 레이는 무표정으로 불평을 흘렸다.

"아아? 버튼 누르면 찍힌다고 한 건 너잖아."

"……."

잭의 그 단순한 반론에 레이는 입을 다물었다. 그것은 레이가 조금 언짢아졌을 때 무의식적으로 하는 반응이었다.

"찍혀 있으니까 딱히 상관없잖아?"

잭은 미묘하게 그것을 감지하고 말했다.

"응, 확실히……."

레이는 고개를 끄덕였다. 이 상황을 깜빡 즐기고 말았지만, 그러고 보니 그 여자의 지시로 다음 문을 열기 위해 촬영하고 있었다.

"그보다 꽤 잘 찍혔다고 생각하는데 말이지."

필름에 분명하게 떠오른, 레이의 미묘한 순간이 찍힌 사진을 바라보며 잭은 만족스러운 얼굴을 했다. 찍히는 것은 싫지만 찍는 것은 의외로 즐거울지도 모르겠다고 생각했다. 그리고 이런 기계를 만지는 것은 처음이라 신선했다.

"잘 찍히지 않았어."

그러나 레이는 즉시 고개를 저었다. 어떻게 봐도 사진은 흔들렸다. 하지만 지금 자신은 웃을 수 없으니, 결국 어느 순간을 노려도 좋은 사진이 되지는 않을 것이다.

레이가 조금 낙담한 그때, 철컥— 하고 다음 방으로 이어지는 문이 열리는 소리가 울렸다.

"오, 열렸네!"

"응."

그다지 마음에 들지 않는 자신의 폴라로이드 사진을 포셰트에 넣고서 레이는 잭을 뒤쫓아 문 너머로 향했다.

Floor B3

문을 빠져나가니 하얀 바닥에 먼지 하나 떨어져 있지 않은 무척 청결한 공간이 나타났다.

'……깨어났을 때 있던 방과 조금 닮았어.'

방 중앙에는 전화박스 정도 크기의 투명한 샤워 부스 같은 장치가 놓여 있었다. 장치 입구에 작은 표지판이 붙어 있는 것이 보였다.

'뭔가 적혀 있어…….'

다가가니 표지판에는 다소 장난스러운 문장이 쓰여 있었다.

죄인은 그 죄 많은 몸을 소독할 것. 확실하게 소독해야 다음 문이 열립니다~♪

레이는 잭에게도 전해지도록 적혀 있는 내용을 억양 없는 목소리로 낭독했다.

'그 여자가 적은 걸까……?'

"아아? 소독?"

잭은 얼굴을 찡그렸다. 솔직히 그다지 좋은 예감은 들지 않았다.

"응. 그래야 다음 문이 열린다고 적혀 있어."

"……또냐, 어떡해야 하는 거야."

"이 장치 안에 들어가면 되지 않을까?"

레이가 말했다. 잭과 마찬가지로 좋은 예감은 들지 않았지만 소독해야 문이 열린다는 지시가 있는 이상, 아마도 그것 말고는 방법이 없을 것이다.

"소독이라니 뭘 하려고?"

"글쎄……?"

레이는 작게 고개를 갸웃했다. 무균실 등에 들어갈 때, 제균을 위해 눈부신 빛을 쐬는 모습은 TV 드라마로 본 적이 있는 것 같다.

"아아, 됐어. 생각해 봤자 쓸데없어. 얼른 끝내자고."

잭은 한숨 섞인 목소리로 말하고 장치에 들어갔다. 이렇게 꾸물거리는 것은 성미에 맞지 않았다.

"응."

이어서 레이도 장치에 들어갔다. 그러자 그 순간, 마치 누군가 조작한 듯이 타이밍 좋게 장치가 잠겼고 실내에 **『소독 스타트.』**라는 안내 방송이 흘렀다. 그에 맞춰 장치 상부에서 알코올 냄새를 풍기는 액체가 거센 비처럼 일제히 쏟아졌다.

"아아?! 이게 뭐야!"

'—큰비…….'

이 빌딩 안에서 살던 잭에게는 몇 년 만에 듣는 빗소리인지 알 수 없었다. 문득 떠올리고 싶지도 않은 기억이 생각날 것 같았기에 잭은 반사적으로 문을 잡았다. 하지만 잠겨 있어서 간단히 열 수는 없었다.

'……이런 말은 못 들었어…….'

예상과 다른 전개에 레이는 다시 말이 없어졌다. 그것은 말할 것도 없이 언짢아졌다는 증거였다.

그 뒤로 알코올 비는 1분이나 더 두 사람에게 쏟아졌고 『**소독 완료.**』라는 담백한 안내 방송이 흐르더니 마침내 장치의 문이 열렸다.

"하아…… 하아. 소독 수준이 아니잖아……!"

잭은 장치에서 나오자마자 몇 번인가 거칠게 호흡했다. 그 거센 빗속에서 숨 쉬는 것은 거의 불가능했다.

"……."

방심하여 흠뻑 젖게 된 레이는 말없이 장치에서 나왔다가 퍼뜩 놀라 포셰트 안을 확인했다. 안에 든 것이 젖어 버리면 곤란했다. 그러나 합성피혁으로 만든 가방은 빗방울을 튕겨 내서 아무것도 젖어 있지 않았다.

'……다행이다.'

레이가 안도한 그때, 또다시 들뜬 여자의 목소리가 층에 울려 퍼졌다.

《하~이! 단죄받을 준비가 갖춰진 모양이네!》

"어이 너, 웃기지 마! 쫄딱 젖어 버렸잖아!"

잭은 여자에게 지지 않을 큰 목소리로 외쳤다. B4에서 젖었던 바지가 모처럼 마른 참이었다.

《아하하! 상당히 더러워졌던 것 같으니까 좋잖아.》

여자는 즐겁게 말했다. 감시 카메라에 비치는 두 사람의 물에 빠진 생쥐 꼴을 바라보는 것만으로도 무척 유쾌했다.

'……머리카락, 말리고 싶어.'

알코올 냄새 나는 액체가 플라티나 블론드에서 뚝뚝 떨어졌다. 레이는 내심 짜증을 느끼며 작은 손으로 머리카락의 수분을 꾹 짰다.

《자, 준비가 끝났으니 너희에게 조그만 선택지를 줄게!》

"아아? 또 뭔가 있는 거냐."

《맞아, 잭. 이런 건 시작에 불과해. 이 앞으로 나아가면 고통스러운 형벌이 잔~뜩 너희를 기다리고 있어! 그러니까……. 감옥에 들어가는 건 어때? 천천히 자신의 죄를 검토하는 유익한 시간을 보낼 수 있을 거야. 그리고 감옥에 들어가면 멋진 사육 생활이 기다리고 있어! 어떻게 할래?》

여자는 다리를 바꿔 꼬고 그 긴 속눈썹에 마스카라를 바르며, 모니터 너머에서 각각 짜증 내고 있는 두 사람에게 물어보았다.

"그런 걸 누가 좋다고 들어가겠냐."

잭은 즉답했다. 감옥에 들어가 사육되며 서서히 죽어갈 바에야 날붙이에 찔리는 편이 그나마 나았다.

"감옥에서 평생……. 바로 죽는 게 아닌 거야……?"

레이는 갇혀 있는 자신의 모습을 멍하니 상상하며 여자에게 물었다.

'어이?!'

잭은 즉시 레이를 노려보았다. 에디 때도 그랬다. 죽여 준다면 결국 자신이 아니더라도 누구든 좋다는 태도가 마음에 들지 않았다.

《어머…… 레이첼은 들어가고 싶어? 물론 혼자 들어가도 돼.》

여자는 쿡 웃고서 재촉하듯 말했다. 감옥 안에서 홀로 인형으로 전락해 갈 레이첼을 보는 것은 필시 즐거우리라.

"안 들어가! 어이 레이. 저딴 녀석의 말에 반응하지 마! 얼른 가자고!"

잭은 레이의 우유부단한 태도에 짜증을 내면서도 그 가느다란 팔을 붙잡고 열린 문 너머로 걸어갔다.

'흐응…….'

여자에게 그것은 별로 재미없는 그림이었다.

'하지만 약속 운운할 수 있는 것도 지금뿐이야…….'

《그래……? 아쉽네. 모처럼 평생 사육해 주려고 했는데. 하지만 감옥에 들어가고 싶어지면 언제든지 말해 줘.》

여자는 앞으로 일어날 일을 상상하며 히죽 웃었다.

"시끄러워!"

레이를 잡아끌어 다음 방으로 유도하면서 잭은 내뱉듯이 호통쳤다.

▲
▼

'감옥에 들어가고 싶었던 건가?'

자신에게 죽여 달라고 부탁한 주제에, 죽을 수 있다면 뭐든 좋다…… 그렇게 받아들일 수도 있는 레이의 미적지근한 태도에 잭은 짜증 내며 복도를 나아갔다.

'딱히 죽이고 싶지는 않지만……. 저런 재미없는 얼굴…….'

잭은 점차 심해지는 답답한 기분을 풀고자 다음 문을 열었다. 방에서는 탄내 같은 냄새가 났다.

'무슨 냄새지?'

그 불온한 공기 속에서 레이는 방을 둘러보고 경계하며 나아갔다. 방 안쪽은 마치 무대처럼 바닥이 한층 높았다. 그 무대 위에는 복잡해 보이는 양옆 기계에 코드가 연결된 섬뜩한 의자가 놓여 있었다.

"……."

레이는 그 의자에 조심조심 다가갔다. 기계는 작동하지 않는 것 같았지만 구속구로 보이는 것이 달려 있었다.

'이 의자…… 아마도…….'

—언젠가 영화에서 본 적이 있다.

레이는 그 잔혹한 장면을 떠올리고 작게 숨을 삼켰다.

'하지만…… 이 인형들은 뭐지?'

그 섬뜩한 의자 앞에는 흡사 무대의 관객처럼 얼굴 없는 어린아이 같은 인형이— 전부 합해 열여섯 개, 각각 작은 의자에 앉아 있었다.

"이 인형, 뭐야?"

그 이해할 수 없는 광경에 잭도 기분 나빠하며 목소리를 흘렸다.

"모르겠어."

레이는 이곳에 인형이 놓여 있는 의미를 생각하면서 지그시 인형을 쳐다보았다.

"게다가 못생긴 인형이고 말이지."

"……그래?"

잭의 솔직한 의견을 듣고 레이는 작게 고개를 갸웃했다. 레이는 이 인형들을 못생겼다고도, 기분 나쁘다고도 여기지 않았다. 오히려 이렇게 인형이 늘어서 있는 광경은 어쩐지 그리운 느낌이 들어서 편안했다.

"……너, 악취미네."

자신과는 다른 레이의 미적 감각에 잭은 입가를 살짝 비틀었다.

"여긴 첫 번째 형벌의 방일까?"

레이는 문득 여자가 「앞으로 고통스러운 형벌이 잔뜩 기다리고 있다」고 했던 말을 떠올렸다.

"글쎄."

잭은 적당히 대답했다. 여자의 이야기를 흘려듣지는 않았지만 그다지 많은 내용은 기억할 수 없었다.

—찰칵. 그때 입구 쪽에서 불길한 소리가 울렸다.

'……문이 잠겼나?'

레이는 곧장 문으로 달려가 손잡이를 돌려 확인해 보았다. 역시 문은 잠긴 뒤였다.

"잭, 문이 잠겼어."

"아~? 이놈이나 저놈이나, 타이밍 좋게 문 잠그지, 말 걸어오지, 대체 뭐야."

"감시 카메라로 보고 있을 거야."

레이는 천장에 매달려 있는 카메라를 올려다보고 말했다. B7에서 이 층으로 올 때까지 감시 카메라는 도처에 설치되어 있었다. 분명 여자는 이곳에 올 때까지 있었던 일을 전부 감시하고 있었으리라고 쉽게 짐작이 갔다.

"뭐야?! 진짜냐, 기분 나쁘네."

"잭은 본 적 없어?"

"안 봐. 무엇보다 그런 감시하는 기계 같은 건 내 방에 없었고. 뭐, 있었더라도 그런 걸 보는 기분 나쁜 취미는 없지만."

잭은 이어서 나른한 모습으로 말했다.

"아무튼 얼른 여기서 나갈 수 있게 해 봐. 똑같은 곳을 빙빙 돌고…… 앞으로도 뒤로도 갈 수 없어. 나는 이런 게 제일 피곤하단 말이야."

하아, 크게 한숨을 쉬면서 잭은 지친 모습으로 무대에 올라갔다. 그리고 쉬려는지 기계에 연결된 그 섬뜩한 의자에 앉았다.

"저기 잭, 그 의자…… 앉지 않는 편이 좋아……."

레이는 퍼뜩 놀라서 그 의자에서 떨어지기를 재촉했다. 영화로 봤던 잔학한 장면이 머릿속에 떠올랐다. 인간이 괴로워하며 조금씩 태워지는 모습이…….

"뭐? 시끄러워. 노곤하다고."

하지만 잭은 더욱 깊이 몸을 묻으며 편하게 다리를 꼬았다.

"……있지, 내려오는 편이 좋아. 그 의자, 아마도……."

레이는 살짝 창백해져서 무대 아래에서 잭을 올려다보았다.

"왜? 이 의자가 뭐."

잭은 나른하게 레이를 내려다보았다. 잭의 눈에 비치는 레이의 표정은 그다지 초조해 보이지 않았다. 그보다 언제나 무슨 생각을 하는지조차 알 수 없었다. 알 수 있는 것은 눈이 죽어 있다는 것뿐이었다.

그리고 레이는 그 죽은 눈으로, 위험을 전혀 감지하지 못한 잭의 얼빠진 얼굴을 바라보며 작게 말했다.

"……처형용— 전기의자……."

그 순간— 누군가 조작한 것처럼 전기의자에 달려 있던 구속구가 철컥 소리를 내며 잭의 몸을 옥죄었다.

《앗하하하하하!》

동시에 그 주파수로 곤충도 죽일 수 있을 듯한 여자의 웃음소리가 울려 퍼지더니 천장에서 거대한 모니터가 천천히 내려왔다. 모니터에는 미디엄 헤어의 끝부분을 선명한 분홍색으로 염색하고 짙게 화장한, 고양이 눈의 아름다운 여자가 비치고 있었다.

《하~이! 화면 너머로 실례할게요! 내가 이 층의 단죄인이야. 그 눈에 새겨 주길. 어머……. 잭이 거기 앉았구나!》

'……최고잖아.'

여자는 마음속으로 히죽 미소 지었다. 최고의 시나리오가 머릿속에서 완성되고 있었다.

"어이 너, 이거 풀어!"

모니터 안에서 비딱하게 웃는 여자를 향해 잭은 구속구를 철컥

HI!!
Sorry, I am on the screen over!
I'm the judgement of this floor! Please burning into your memory, ok?

철컥 울리며 외쳤다. 그 의자에 고정된 수갑은 무식한 힘으로 풀 수 있는 종류가 아니었다.

《잭, 무슨 소리야? 풀 리가 없잖아. 죄인을 벌주지 않는 단죄인이 어디 있어? 죄인은 말이지, 그 목숨이 다할 때까지 계속해서 죄를 씻어야 하는 생물이야.》

전기의자 위에서 날뛰는 잭의 영상을 모니터로 바라보며 여자는 가슴이 설렜다. 이제부터 자신의 손으로 잭의 신체에 마음껏 고통을 줄 수 있었다.

'……그렇게 생각하면 기뻐서 당장에라도 죽여 버릴 것 같아, 잭.'

그리고 바로 여자는 매우 기뻐하며 근처 기계를 조작하여 그 전기의자에 몇 초간 격렬한 전류를 흘렸다.

"……으오……!"

갑작스럽게 격렬한 전류를 맞고 잭이 몸을 뒤로 젖혔다.

'……!'

그 애처로운 광경에 레이는 무심코 눈을 크게 떴다.

"잭……."

전류가 멈춘 것을 가늠하여 레이는 잭에게 다가가 근심 어린 목소리로 그 이름을 불렀다.

"……."

하지만 잭은 반응이 없었다.

《어머, 난 몰라. 잭?》

레이와 마찬가지로 여자도 조금 불안한 표정을 보였다. 하지만 그것은 걱정해서가 아니라, 이 정도로 잭이 죽어 버리다니 시시하다고 생각했기 때문이다.

"……아프잖아!! 이 새끼야아아!!"

그러나 그 정도로 죽을 수는 없었다. 잭은 큰 목소리로 분노를 내뿜었다.

'……살아 있었어.'

그 기백 넘치는 모습을 보고 레이는 안도하여 가슴을 쓸어내렸다.

《굉장해! 살아 있어, 살아 있어! 살인귀에 괴물에, 그야말로 이상적인 죄인이야!》

인간이라고는 여겨지지 않는 잭의 불사신 같은 생명력에 여자는 참을 수 없이 즐겁다는 목소리로 외쳤다.

"시끄러워! 기뻐하지 말라고! 죽여 버릴 테니까 이거 풀어!!"

잭은 고함치면서 몸을 흔들어 구속구를 떼어 내려고 했다. 하지만 역시 손도 발도 몸통도, 조금밖에 움직일 수 없었다.

《후후, 그러네……. 그럼 지금부터 잭의 전기의자에 쭉 전류를 보낼 테니까…… 그동안 레이첼 가드너가 이 전기의자를 해제하면 되겠네. 성공한다면 이곳을 지나가게 해 줄 수도 있어.》

여자는 태연하게 무서운 말을 하며, 모니터 안에서 노린 듯이 귀엽게 고개를 갸웃했다.

'……쭉 전류를?'

"……그만둬. 아무리 잭이라도 죽어."

레이는 냉정하게 생각한 끝에 그렇게 말했다.

전기의자는 처형을 목적으로 만들어진 물건이다. 아무리 튼튼한 잭이라도 줄곧 전류를 맞는다면 죽어 버릴 것이다. 그런 것은 누구나 쉽게 상상할 수 있는 사실이었다.

《잭이 얼마나 괴물이고 끈질긴 죄인인지 확인한다…… 그게 즐거운 거잖아? 아아, 잭…… 괴물 같은 네가 내 벌을 얼마나 버틸 수 있을지 너무 기대돼서 가슴이 두근거려!》

하지만 여자는 물론 자신이 제안한 일을 그만둘 생각 따위 없었다. 오히려 어서 처형을 집행하고 싶어서 근질거렸다.

'고통에 일그러지는 잭의 얼굴이 빨리 보고 싶어…….'

《그럼 여러분~! 지금부터 단죄가 시작됩니다~! 증오스런 죄인이 고통에 일그러지는 모습을 즐겨 주세요~!》

여자는 묘한 말을 외쳤다.

그러자 갑자기 전기의자 앞에 놓여 있던 인형 열여섯 개의 얼굴이 좌우로 휘휘 움직이기 시작했다.

그 기괴한 광경에 레이는 오싹하여 몸을 굳혔다. 그것은 어떤 장치에 의한 것이 아니라 마치 인형들에게 돌연 생명이 깃든 것처럼도 보였다.

《—죄인을 미워하는 관중의 시선……. 그 시선이야말로 죄인의 죽음이 지닌 가치. 이곳에서는 관중의 눈이 벌을 내린다……. 그럼 스타트~♪》

여자는 눈도 깜박이지 않고 레이를 바라보며 의미심장하게 중얼거리더니 모니터 전원을 껐다.

곧이어 잭이 앉은 전기의자에 찌릿찌릿찌릿— 엄청난 소리를 내며 아까보다도 격렬한 전류의 물결이 가차 없이 흐르기 시작했다.

"윽……!"

잭은 신음조차 되지 않는 소리를 내며 몸을 젖혔다. 몸이 저려서 조금이라도 긴장을 늦추면 의식이 날아갈 것 같았다.

"잭……!"

격렬한 전류 때문에 레이는 잭에게 다가갈 수 없었다.

"……어이 레이!! 여기서 해내지 못하면, 너는, 약속 하나, 못 지킨다는 거야……! 제대로, 해! 도움이 되겠다고, 했잖아……! ……그리고! 내가, 그 미친 사디스트년을, 죽일 수 있게 해……!!"

일반인은 버틸 수 없을 강한 전류를 받으면서도 잭은 모든 기력을 쥐어짜 외쳤다.

"……알겠어, 힘낼게."

레이는 그 너무나도 지독한 형벌에 희미하게 험악한 표정을 짓고서 작게 고개를 끄덕였다.

"내가, 죽으면, 아, 알고, 있겠지?!"

잭은 비통한 표정으로 물었다.

'나는 레이와 달리 죽고 싶지 않아……. 그리고 그딴 정신 나간 여자한테 살해당할까 보냐!'

하지만 이 전류가 계속 흐른다면 죽는다—. 그것은 사실이었다.

'잭이 죽으면…….'

—그것은 싫다……. 어떻게든 이 전류를 멈출 수밖에 없었다.

"……죽으면 아무것도 할 수 없어. 그건 곤란해."

레이는 기분을 진정시키면서 대답했다.

"알면, 빨리, 해……!"

"응."

레이는 잭의 눈을 똑바로 보고서 고개를 끄덕였다.

「—죄인을 미워하는 관중의 시선…….」

'이 인형들이 관중이란 걸까……?'

여자가 마지막에 중얼거렸던 말 — 분명 그것은 이 장치를 푸는 힌트라는 느낌이 들었다 — 을 떠올리면서 레이는 머리를 굴렸다.

'관중의 시선……. 분명 그거야…….'

전기의자를 바라보는 인형 열여섯 개—.

인형은 즐겁게 머리를 흔들면서 잭을 바라보고 있었다.

'……?'

그중에 머리가 움직이지 않는 인형이 있음을 퍼뜩 알아차렸다. 레이는 그 움직이지 않는 인형에게 살며시 다가갔다.

「―그 시선이야말로 죄인의 죽음이 지닌 가치.」

'시선이, 죄인의 죽음이 지닌 가치……. 죽음의 가치를 없애려면……. 혹시…… 시선을 돌리면 되는 걸까……?'

레이는 움직이지 않는 그 인형의 머리를 잡고 힘주어 뒤로 돌렸다. 그러자 전기의자에 흐르는 전류가 아주 살짝 약해진 것처럼 보였다.

'약해졌, 나……?'

"……잭, 어때? 좀 괜찮아졌어?"

레이는 성과를 확인하려고 물었다.

"아아?! 지금 나랑, 장난해?! 아, 프, 다고! 얼른, 해!!"

하지만 전류가 조금 약해진 정도로 몸의 저림은 가라앉지 않았다. 잭은 온몸으로 아픔을 호소하듯이 날뛰면서 외쳤다.

"……서두를게. ……힘내."

'어서 해야 해…….'

레이는 주먹을 꽉 쥐었다.

'인형의 시선을 전기의자에서 돌리면 된다는 건 알았어…….'

그러나 남은 인형의 머리는 세차게 좌우로 흔들리고 있어서 조금 전처럼 고개를 꺾는 것은 어려웠다.

'……잘라 낼 수밖에 없어…….'

이제 그것 말고 잭을 구할 방법은 없었다.

"……저기, 잭의 낫을 이쪽으로 던져 주면 안 돼?"

레이는 빨리 전류를 멈추고 싶다는 마음 하나로 말했다.

"아아?!"

"빌려줘, 필요해."

얼굴을 크게 찡그리는 잭에게 레이는 강한 어조로 단언했다.

'이 녀석…… 사람이 죽을 것 같은 때 명령하다니, 날 뭐라고 생각하는 거야……?!'

잭은 내심 속이 뒤틀리면서도 약간 움직일 수 있는 손으로 자신의 낫을 레이 쪽으로 던졌다. 무엇에 필요한지는 모르겠지만 살아나려면 레이가 노력해 주는 수밖에 없었다. 그러나 낫이 이동한 거리는 던졌다기보다 그저 바닥에 툭 떨어졌다고 표현하는 것이 올바를 정도였다.

"……여기까지 안 왔어."

레이는 무심코 중얼거렸다.

"몸이, 저리, 다고오오!! 나머진, 네가, 어떻게, 든, 해!!"

그때 문득 잭은 의식이 멀어지는 것을 느꼈다.

'……젠, 장…….'

당장에라도 눈꺼풀이 감길 것 같았다.

—다 틀렸어.

"잭……?"

레이는 잭의 모습이 확연하게 바뀐 것을 알아차리고 불안해하며 이름을 불렀다.

"……."

의식은 어떻게든 유지하고 있지만 잭은 말을 할 수 없었다. 어쩐지 입안에서 딱딱한 빵의 감촉이 되살아났다.

—어째서 돌아와 주지 않은 거야……?

그리고 슬픈 얼굴을 한 어릴 적 자신이 주마등처럼 눈앞을 지나갔다.

"……시끄러워도 돼. 살아 있다면 떠들어 줘."

레이는 살짝 뜨여 있는 잭의 눈을 바라보며 말했다. 잭이 살아 있다는 것을 확인하고 싶었다.

'……떠들어 달라니, 그게 뭐야…….'

죽어 가고 있는 인간을 조금도 배려하지 않는 레이의 말을 듣고 짜증이 난 순간, 어릴 적 자신이 눈앞에서 사라졌다.

"……제멋대로……라고, 너는!! 이쪽은, 죽어 가고, 있단 말이다아아아아!!"

잭은 번쩍 눈을 뜨고서 자신이 살아 있음을 확인하듯이 외쳤다.

"……다행이다."

'살아 있었어…….'

레이는 안도한 목소리를 흘렸다.

잭이 죽으면 곤란해…… 날 죽이는 건 잭이니까…….

레이는 잭이 떨어뜨려 준 낫을 주워서 10킬로그램은 될 그 무거운 낫을 어떻게든 들었다. 이런 물건을 잭이 간단히 휘두르는 것이 거짓말 같았다.

'무거워……. 하지만 힘내자.'

레이는 남은 인형의 머리를 되도록 빠르게 하나하나 잘라 냈다. 잘라 낸 인형의 목에서는 정체 모를 붉은 것이 튀어나왔다. 그것이 실인지 솜인지 무엇인지, 레이는 생각할 겨를도 없었다. 그리고 모든 인형의 머리를 잘라 냈을 때— 전기의자에 흐르던 전기가 뚝 멈췄다. 동시에 잭의 몸을 결박하고 있던 구속구가 풀렸다.

'멈췄어…….'

—잭은 무사할까……?

레이는 낫을 바닥에 내려놓고 잭 곁으로 달려갔다.

"……잭, 괜찮아?"

축 늘어진 잭의 얼굴을 들여다보며 레이가 물어보았다.

"……."

그러나 대답은 돌아오지 않았다. 잭은 조용히 눈을 감고 있었다. 하지만 붕대 틈으로 속눈썹이 희미하게 떨리는 것이 보였다.

"……잭……?"

레이는 다시 한 번 이름을 불렀다.

"……."

하지만 대답은 없었고, 두 사람 사이에 어쩌지 못할 침묵이 흘렀다. 그동안 레이는 그저 가만히 잭을 바라보았다.

그렇게 몇 초가 지났는지 알 수 없다. 매우 길게 느껴진 침묵 후, 잭은 울컥울컥 치미는 분노와 함께 소리도 없이 의자에서 벌떡 일어나더니 살아 돌아온 것처럼 외쳤다.

"느……려 터졌어!! 덕분에 얼마나 찌릿찌릿했는지 알아?!"

"……살아 있었어."

레이는 살짝 놀란 얼굴로 잭을 올려다보았다. 잭의 목소리를 들은 순간, 어쩐지 자신도 살아 돌아온 기분이 들었다.

"아아?! 당연하지!!"

"……죽었으면 어쩌나 싶었어……."

레이는 속마음을 흘렸다.

"뭐? 그렇게 간단히 뒈지겠냐, 바보야."

조금 전까지 줄곧 전류를 받았던 것이 거짓말처럼 잭은 자신만만한 얼굴로 말했다.

"……굉장해."

레이가 중얼거렸다. 그 생명력은 그 한마디로 정리되었다.

천장에서 다시 커다란 모니터가 내려왔다. 모니터 속 여자는 여전히 참을 수 없이 즐겁다는 모습으로 깔깔 웃고 있었다.

《정말로 굉장해! 설마 살아 버릴 줄이야…… 역시 괴물 살인귀는 튼튼하고 끈질기게 살기에 매력적이지. 아아…… 모범적이며 이상적이야, 잭. 네가 죽는 순간을 보는 것도 기대했지만…… 나는 상냥하니까 그녀의 노력을 사서…… 이곳을 통과시켜 줄게!》

그렇게 말하면서 여자는 능숙하게 윙크해 보였다. 그 순간, 레이의 귀에 찰칵하고 문이 열리는 소리가 들렸다.

《그리고 벌은 하나가 아닌걸…… 죄의 수만큼 벌도 있어. 멋지지?》

여자는 화면 속에서 새빨간 립스틱을 고쳐 바르고 미소 지었다. 그리고 두 사람이 대답할 틈도 없이 모니터 전원이 뚝 꺼졌다.

"망할 사디스트년…… 기분 나쁜 목소리로 웃어 대고 말이야. 그 목소리, 진짜로 짜증 난다고. 모니터 너머에 있지 않았으면 당장 죽여 버리는 건데!"

잭은 바닥을 차면서 스트레스를 발산하고 크게 혀를 찼다.

"……"

그러나 그 말을 듣고 레이는 눈을 내리떴다.

'—죽여…… 버린다…….'

잭이 여자를 향해 무의식중에 한 말이 어째선지 가시가 되어 가슴에 박혔다.

'……잭은 나를 죽이고 싶어 하는 것 같지 않아.'

그렇게 생각하자 가슴이 따끔거렸다. 그 감정이 무엇인지 잘 설명할 수 없었다. 그것은 레이가 태어나 처음으로 느낀 감정이었다.

—모르겠어…….

모르겠지만, 잭이 자신 말고 다른 누군가를 죽이고 싶다고 여기는 것은 어쩐지 아주 싫었다.

"그보다 뭐야, 이 인형 토막 살인 현장……. 넌 뭘 한 거야."

마침내 주위를 둘러보고 잭이 물었다. 바닥에는 레이가 잘라 낸 인형 머리가 마치 살인 현장처럼 흩어져 있었다.

"인형의 시선이 장치인 것 같길래 잘라 냈어."

레이는 담담히 대답했다.

"그게 뭐야…… 기분 나빠. 정말이지…… 낫은 이상한 데 쓰이지, 나는 전기에 지져지지, 엎친 데 덮친 격이네."

하아, 잭은 작게 한숨을 쉬었다.

"……절반은 잭 탓이야."

레이는 살짝 어이없어하며 말했다. 아무리 되짚어 보아도 잭이 스스로 전기의자에 앉은 것이 모든 일의 발단임은 틀림없었다.

"시끄러워, 네가 좀 더 주의하라고!"

"……주의했어."

"어이, 난 못 들었어."

잭은 눈썹을 찌푸리고 되받아쳤다. 그러나 그것은 적반하장은 아니었다. 격렬한 전류를 계속 맞은 탓에 잭은 왜 일이 이렇게 됐는지조차 그다지 기억하지 못했다.

"그건 잭 잘못이야……."

"살아났으니까 됐잖아?!"

토라진 목소리를 내는 레이에게 잭은 뻔뻔하게 소리쳤다.

"하지만 죽을 뻔했어…… 잭이 죽으면 날 죽여 줄 수 없어."

레이는 신묘한 표정으로 말했다. 지금 레이가 바라는 것은 잭에게 살해당하는 미래— 그것뿐이었다.

"아아, 진짜 끈질기네! 최악에 그렇게 되면 귀신이 돼서 나타나 줄게."

"귀신은 없다고 했어."

"일일이 시끄러워! 애초에 그렇게 간단히는 안 죽는다고."

"……정말?"

레이는 기도하는 눈으로 잭을 올려다보았다.

"그래. 죽을까 보냐. 그보다 그 의자, 다가가면 위험하니까 그만 가자!"

잭은 되풀이되는 레이의 그『부탁』에서 도망쳐 걷기 시작했다.

이상하리만큼 지금은 아직 레이를 죽이고 싶다는 갈망이 솟아나지 않았다. 죽이고 싶다는 생각이 안 들었다. 지금껏 그런 상대는 없었다.

—죽이고 싶지 않은 상대를 죽이는 건 어떤 느낌이지……?

잭은 문득 생각했다. 그러나 레이를 죽이고 싶지 않은 것은 아니었다. 다른 녀석이 죽이는 것도 싫었다. 만약 최고의 미소를 보여 준다면 죽이지 않을 수 없을 것이다.

'……이상한 감각이야.'

"……나는 안 앉아."

레이는 조금 간격을 두고 말했다.

"나도 안 앉아!"

잭은 언짢아하며 말을 남기고 방을 뒤로했다. 레이도 그 뒤를 쫓았다.

▲
▼

"잭은 이 빌딩에 관해 어디까지 알아?"

다음 방으로 이어지는 복도를 걸으면서 레이가 물었다. 복도에는 여기저기 형광등이 설치되어 묘하게 밝았다.

"어이, 전에도 비슷한 질문 했잖아?"

"응, 하지만…… 여기 사람들을 얼마나 알고 있나 싶어서."

"딱히…… 기분 나쁜 녀석들이라는 것밖에 몰라."

잭은 나른하게 대답했다.

"그래? 하지만 대니 선생님을 이름으로 불렀어……. 그 무덤에 있던 남자애도."

"그야 이름 정도는 알지만, 이동 말고 다른 층은 서성일 수 없고…… 드물게 얼굴을 보일 때도 있었지만, 그 녀석들 정상이 아니니까 제대로 얘기도 안 했어."

'그보다 대니 선생님이라니 뭐야……?'

잭은 그 생소한 호칭에 위화감을 느끼면서도 이야기했다.

자신 말고 다른 인간에게 흥미는 없다. 타인에게 흥미가 있다면 그것은 아무런 불편도 없이 태평하게 사는 인간의 표정이 절망으로 바뀌는— 그 순간뿐이었다.

"……정상이 아니다……. 하지만 죽이고는 싶어지는 거야?"

레이는 혼잣말처럼 물었다. 조금 전 여자에게 했던 잭의 말이 마음 표면에 걸려서 떨어지지 않았다.

"뭐?"

그러나 레이의 심정과는 반대로 잭은 얼빠진 목소리를 냈다. 자신이 무의식중에 한 말 따위 금세 잊어버렸다. 잊어버렸다기보다 처음부터 기억도 안 했다. 게다가 잭은 늘 누군가를 죽이고 싶다고 생각하지는 않았다. 죽이고 싶다는 감정은 찰나적으로 솟아나는 것이었다.

"……아무것도 아니야."

레이는 자신의 발언을 취소하며 작게 고개를 저었다.

▲
▼

잠시 후, 두 사람은 다음 문 앞에 도착했다. 문에는 『엄중주의』라고 적힌 표지판이 붙어 있었다.

'엄중 주의……'

그 불길한 문자 나열을 보고 레이는 배터리가 다 된 것처럼 문 앞에서 우뚝 멈춰 섰다.

"어이, 뭐 하는 거야. 안 가?"

잭은 그 뒤에서 레이의 얼굴을 들여다보며 재촉했다. 그 문자 나열은 잭이 도저히 읽을 수 없는 것이었다.

"척 보기에도 위험해."

레이는 나직이 중얼거렸다. 그 여자가 굳이 사전에 엄중 주의라고 표시했으니 이 문 너머에 어떤 함정이 준비되어 있는 것은 뻔했다.

'하지만 앞으로 가려면 여길 지날 수밖에 없어……'

—어쩌지…….

"아아? 여기서 위험한가 안 위험한가 생각해도 의미 없잖아. 그런 게 무서워서야 앞으로 못 간다고!"

고민하며 문을 열려고 하지 않는 레이를 보고 잭은 기다리다 못해 호통쳤다.

"하지만…… 아까 일도 있었으니 조금 신중해지는 편이 좋다고 생각해."

말하면서 레이는 잭의 몸에 전기가 흘렀을 때의 그 차마 눈 뜨고 못 볼 지독한 광경을 떠올렸다.

—조금만 늦었더라면 잭은 죽었을지도 모른다…….

그렇게 생각하자 문 안으로 들어가는 것이 더욱 망설여졌다.

"어이! 꾸물대지 말고 가는 편이 빨라."

그러나 잭은 즉각 말했다.

아까 자신이 죽을 뻔했다는 것 따위는 잭에게 이미 단순한 과거에 불과했다.

옛날부터 과거는 돌아보지 않는 주의였다. 주의라기보다 그것은 필연이라고 하는 편이 좋을지도 모른다. 왜냐하면 돌아봐 봤자 좋은 일 따위 단 하나도 떠오르지 않았다. 태어나고 줄곧 불행덩어리 같은 인생이었다. 그렇기에 다소의 불행이나 시련은 두려워하지 않았다. 오히려 행복해지는 것이 무서울 정도였다.

"……잭은 가끔 돌다리를 두드려 봐도 좋다고 생각해."

너무나도 위기감이 없는 잭에게 레이는 날카롭게 단언했다.

"하아?! 그럼 결국 부서지잖아?! 별반 다를 바 없어!"

"……달라지고, 애초에 의미가 달라."

"뭐?! 뭔가를 두드리는 데 무슨 의미가 있다는 거야? 영문 모를 소리 그만하고 얼른 가자고."

"……잭이랑 얘기하면 머리가 혼란스러워져."

그러나 돌다리를 두드린다는 의미가 잭에게 전해질 리도 없어서 두 사람은 결말 없는 대화를 하며 엄중주의라고 적힌 문 안쪽으로 들어갔다.

▲
▼

그리고 방에 들어간 순간, 찰칵— 약속이나 한 듯이 문이 잠겼다. 아니, 누군가 잠갔다고 하는 편이 올바를 것이다.

"아……."

레이는 작게 목소리를 흘렸다. 둘러본 바로는 다음 방으로 가는 문은 없었다.

'어쩌지, 갇혔어…….'

정체 모를 불안이 마음을 스쳤다. 입구에는 「게이트 개폐」라고 적힌 카드 리더가 놓여 있었다.

'……카드가 필요한 걸까.'

레이는 문득 B7의 컴퓨터에서 카드가 나왔던 것을 떠올렸다.

"문이 잠긴 것 정도야 이제 놀랄 일도 아니잖아."

엄중 주의라는 표지판의 의미를 모르는 잭은 여유롭게 말했다.

"응……."

문이 잠겼다는 사실에 당황하면서도 레이는 방을 둘러보았다. 방에는 사다리가 없는 높은 다락이 있었고, 벽에는 가전제품 매장처럼 벽걸이 TV가 잔뜩 달려 있었다. 자세히 보니 액정화면에 누군가 할퀸 자국 같은 흠집이 몇 개나 남아 있는 모습이었다.

'저건 뭘까.'

방 중앙에는 사람 형태의 검붉은 물체가 누워 있었다.

'시체야…….'

하지만 그것은 오랫동안 방치되었는지 완전히 부패한 상태였다.

'뭔가 적혀 있어……?'

「여기 누운 남자는—.」

그러나 그 뒤는 시체에 가려져 읽을 수 없었다.

'……뭐라고 적혀 있는 걸까?'

멍하니 생각하면서 레이는 방 안쪽으로 나아갔다. 방 안쪽에는 냉장고만 한 금고가 놓여 있었는데 살며시 금고를 열어 보니 그 안에는 낡은 가스마스크가 하나 놓여 있었다.

'—가스마스크…….'

단숨에 불길한 예감이 몰려들었다. 아니, 불길한 예감밖에 안 들었다.

"이 방…… 뭔가 냄새나네."

그 불길한 예감을 알아차린 것처럼 잭이 한숨 섞인 목소리로 중얼거렸다. 어느 방을 가든 갇히는 일뿐이라 정말이지 지긋지긋했다.

'응?'

그때 잭은 무언가 밟은 느낌을 받았다. 슬쩍 발을 들어 보니 그것은 리모컨이었다. 아마도 TV를 켜기 위한 것이리라.

—그러고 보니 TV는 몇 년이나 안 봤네.

잭은 바닥으로 손을 뻗어 리모컨을 줍고 거의 무의식적으로 벽에 걸린 무수한 TV를 향해 전원 버튼을 눌렀다. 그러자 그 순간, 벽에 걸린 모든 TV 화면에 이쪽을 보고 손을 흔드는 여자의 모습이 나타났다.

하~이, 안녕하세요! 이 영상은 죄인에게 보내는 비디오입니다~!

지금부터 이 방에 관해 설명할 테니 죽고 싶지 않다면 잘~ 들어 줘, 알겠지?

이 방의 처형은 살짝 사치스럽게 만들었습니다~.

실내는 밀폐되어 밖으로 공기가 새어 나가지 않습니다. 그런 공간에 멋진 것이 충만해 갑니다~!

그것은 죄인을 상냥하게 죽음으로 인도하는 특제…… 독가스입니다♪

하지만 물론 탈출 방법이 없지는 않습니다. 그리고 자비를 담아 당장에라도 망가질 듯한 가스마스크를 하나 준비해 뒀으니까 한번 찾아봐.

탈옥범도 또한 매력적인 죄인……. 난 싫어하지 않아요♪

하지만 매력적이 될 수 없을 것 같으면 얌전히 독가스로 죽어 줘—.

아아, 맞다, 맞다. 좀처럼 안 죽으면 지루하니까 시간제한을

설정해 뒀습니다~.

그 시간이 지나면 더욱 강력한 가스를 프레젠트!

자, 몇 초 후에는 독가스 타임 스타트야. 그럼 멋진 시간을 보내길!

—위잉 위잉!

미리 준비해 뒀을 그 영상이 사라지자 방 안에 요란한 사이렌 소리가 울려 퍼졌다. TV 화면에는 모래시계 그림이 나타났다. 그 모래시계의 모래가 지금부터 방에 주입될 독가스의 양과 비례해 늘어가리라는 것을 레이는 쉽게 예상할 수 있었다.

"……어이, 어떡할래."

잭은 다소 신묘한 표정이 되었다. 엄중 주의라는 글자는 읽지 못했지만, 지금 상당히 위험한 상황이라는 것은 스스로 바보라고 자부하는 잭이라도 이해할 수 있었다.

"탈출할 방법이 없지는 않다고 했어. 힘내서 탈출 방법을 찾을 거야. 아무튼 서둘러 가스마스크를 쓰고……."

레이는 방 안쪽으로 가더니 금고 안에서 낡은 가스마스크를 꺼내 잭에게 건넸다.

"어이, 내가 이걸 쓰라고?"

잭은 머리 위에 물음표를 띄웠다. 두 사람이 살려면 자신보다

몸집이 작은 레이가 우선적으로 가스마스크를 쓰는 편이 좋음은 명백했다.

"응. ……잭이 죽으면 곤란해. 그러니까 잭이 쓰고 있어."

그러나 레이는 담담히 그렇게 말했다. 어딘가로 독가스가 방 안에 흘러들기 시작한 것이 몸으로 느껴졌다. 그것은 머리가 어지러워지는 기이한 냄새였다.

"네가 죽으면 어쩔 거야."

잭은 날카로운 어조로 물었다.

"……글쎄."

레이는 눈을 내리뜨고 남의 일처럼 대답했다.

"글쎄, 라고 할 때야?! 네가 죽으면 나는 못 나간다고! 생각 좀 해!"

잭은 레이의 무책임한 태도에 무심코 언성을 높였다.

—이 녀석은 정말로 내 손에 죽고 싶은 건가?

'그저 편히 죽고 싶을 뿐인 거 아니야……?'

레이의 눈을 쳐다보았지만 그 모조품 같은 파란 안구에서는 아무런 감정도 느껴지지 않았다. 애초에 무슨 생각을 하고 있는지도 알 수 없었다. 죽고 싶다고 생각하고 있는지조차도. 하지만 그런 일은 생각하고 있을 시간도 없고, 필요도 없었다. 그러나 어째서 레이가 자신에게 죽여 달라고 부탁했는지, 때때로 마음에 안

개가 낀 것처럼 답답한 기분이 들었다.

'누군가에게 내가 필요한 적 따위 없었으니까.'

"……그럼 괴로워지면 교대해 달라고 할게."

레이는 조금 생각하고서 말했다.

"너는 죽어도 상관없을지 모르지만, 나는 지금 네가 죽으면 곤란해. 그러니까 괴로워지기 전에 말해!"

잭은 설교하듯이 응수했다. 레이가 무슨 생각을 하고 있는지는 둘째 치고, 여기서 나가지 않으면 아무 소용도 없었다. 이런 빌딩 안에서 죽는 것만큼은 사양이었다.

"알겠어, 괴로워지기 전에 말할게. 그러니까 얼른 마스크 써."

레이가 말했다.

죽는 것은 무섭지 않다. 살아 있는 쪽이 무서울 정도였다. 하지만 가능하다면 잭에게 살해당하고 싶었다. 만난 지 얼마 되지도 않았는데 왜 이렇게나 그런 생각이 드는지 자신도 알 수 없었다. 생각해 봤자 분명 말로는 설명할 수 없었다.

다만 잭이 자신을 죽여 줬으면 좋겠다고 생각한 순간부터 그것은 레이의 소원이 되었다.

그리고 잭도 맹세해 주었다.

'신께…….'

—그러니까 나는 잭에게 도움이 되고 싶어. 도움이 되어야만

해. 그렇게 생각했다.

"……그래서, 여기서 어떻게 나가려고."

잭은 그다지 효과가 없어 보이는 낡은 가스마스크를 쓰면서 다소 불안한 음색으로 물었다. 밀실에서 탈출하는 방법 따위, 자신은 도저히 풀 수 없을 것이다. 그렇다면 레이에게 의지할 수밖에 없었다.

"분명 힌트가 있을 테니까 찾을 거야."

잭이 자신을 의지한다는 것은 분명하게 느껴졌다. 표정을 바꾸지는 않았지만 힘내자는 마음을 품으면서 레이는 담담히 대답했다.

"그럼 얼른 찾아. 시간 없어."

"응."

레이는 작게 고개를 끄덕이고 즉시 검붉은 시체 쪽으로 달려갔다.

'저 시체 밑에 뭔가 적혀 있었어…….'

방에 들어왔을 때부터 줄곧 그 글자가 신경 쓰였다. 그것은 어떤 단서일지도 모른다. 그렇게 예상하고 레이는 시체를 움직이려고 했다.

'……무거워.'

하지만 시체는 생각보다 무거웠고 바닥에 들러붙어 있어서 레이의 완력으로는 조금밖에 움직이지 못했다.

『여기 누운 남자는 기개도 없으면서—.』

damn it !
?

살짝 이동한 시체 밑에는 역시 문장이 이어져 있었다.

"잭."

"왜?"

"이 시체를 옮겨 줬으면 좋겠어. 바닥에 뭔가 적혀 있으니까."

"이런 것도 못 옮겨? 정말이지, 꼬맹이는 귀찮네."

잭은 농담 섞어 불평하면서도 그 고깃덩어리 같은 시체를 가뿐히 들어서 옆에 옮겼다. 레이처럼 머리가 잘 돌아가지도 않는 자신이 할 수 있는 것은 이런 힘쓰는 일 정도였다.

"우오…… 발이 떨어졌잖아."

그러나 옮기면서 시체의 오른발이 뜯겨 버렸다.

'기분 나빠…….'

하지만 레이는 그 발에서 어떤 위화감을 느꼈다. 다른 신체 부분과는 조금 색깔이 다른 것 같았다.

'시체가 되기 전부터 부패해 있었나……?'

"그래서, 뭐라고 적혀 있는데?"

시체가 사라진 바닥에는 글자가 쓰여 있었다. 그러나 글자를 읽지 못하는 잭은 무슨 뜻인지 알 수 없었다.

『여기 누운 남자는 기개도 없으면서 그 발로 생명을 짓밟은 살인자. 죄를 자각하고, 그 죄 때문에 괴롭다면 발을 버리면 될 텐데 그것조차 하지 못하니. 결국 그 양발을 영원히 지옥을 헤매는데 쓸 수밖에 없는 어리석은 죄인.』

레이는 빨간 글자로 적힌 그 문장을 마음속으로 읽었다.

'무슨 뜻……?'

—발을 버린다……. 뜯긴 발과 관계가 있나……?

시체 옆에는 커다란 물웅덩이처럼 피가 들러붙어 있었다. 그 피 밑에 무언가 또 글자가 적혀 있는 것이 레이의 눈에 비쳤다.

'다음 내용이 적혀 있는 걸까……?'

하지만 피 때문에 그 문장은 군데군데 보일 뿐이었다.

"잭, 뭔가 닦을 만한 게 필요해."

피를 닦아 내면 또 힌트가 적혀 있을지도 모른다. 그렇게 생각하고 레이가 말했다.

"너 말이다, 나는 마법사가 아니야."

잭은 눈썹을 찡그렸다. 자신이 바보이기 때문일지도 모르지만 레이의 사고 회로를 전혀 쫓아갈 수 없었다. 물론 수중에 그런 도구도 없었다.

"그건 알아."

"그보다 닦을 만한 거라니. 뭐에 쓰려고."

"이 바닥의 피를 닦고 싶어. 뭔가 적혀 있으니까. 걸레 같은 게 있다면 좋을 텐데……."

"걸레를 가지고 있을 리가 없잖아. 너야말로 그 가방 안에 손수건 같은 거 없어?"

잭은 별생각 없이 물었다.

"……손수건은 ……들어 있어."

포셰트를 보고 레이는 조금 음울한 목소리로 말했다.

"그럼 그걸 쓰면 되잖아?"

"……응."

'하지만…… 이걸 쓰면…….'

한순간 심한 현기증이 났다. 어스레한 푸른빛이 눈앞에 흐릿하게 떠올랐다. 그러나 눈을 깜박이자 더는 보이지 않게 되었다.

"왜 그래?"

잭은 레이의 얼굴을 들여다보았다. 순간 안색이 바뀐 것 같았기 때문이다.

"그게…… 독가스 때문에 조금 괴로워진 것 같아."

자신을 전에 없이 불안하게 바라보는 잭의 얼굴을 올려다보고 레이는 평소와 똑같은 태도로 말했다.

"뭐?! 괴로워지기 전에 빨리 말하라고 했지?!"

잭은 얼굴을 찡그리고 즉시 가스마스크를 벗어서 서둘러 레이의 얼굴에 씌웠다.

"하지만 괴로워지지 않으면 괴로운지 아닌지 알 수 없어."

그 작은 얼굴을 푹 덮는 낡은 마스크를 쓰면서 레이는 나직이 중얼거렸다. 하지만 그것은 괴롭다기보다…… 어쩐지 머릿속이 멍하고 땅에 발이 닿지 않는 듯한 그런 묘한 감각이었다.

"정말이지, 너는 입 다물고 있으면 살아 있는지 죽어 있는지 알 수가 없다고!"

"괜찮아, 살아 있어."

"그런 건 나도 알아!"

"알 수가 없다고 했으니까……."

"아아…… 이러쿵저러쿵 그만 떠들어! 너는 열심히 숨이나 쉬고 있어!"

잭은 일일이 말꼬리를 잡는 레이의 대답을 뿌리치듯이 고함쳤다.

"응. 하지만 얼른 저 피를 닦아야 해……. 분명 여기서 나가는 힌트일 거야."

"알겠어. 내가 닦을 테니까 손수건 내놔!"

잭은 반쯤 자포자기한 모습으로 말했다. 레이가 죽으면 곤란한 것은 잭도 마찬가지였다. 어떤 독가스가 주입되고 있는지는 모르지만 자신은 아직 여유로웠다. 그러니 지금 체력을 쓰는 작업은 되도록 자신이 담당하는 편이 좋았다. 잭은 본능적으로 그렇게 느꼈다.

"응."

손수건을 꺼내려고 포셰트 안에 손을 넣으니 문득 그날 밤의 감촉이 손에 되살아났다. 하지만 지금은 망설이고 있을 때가 아니었다. 레이는 가방 안쪽으로 손을 밀어 넣어 그날 이후로 줄곧—**무언가**를 감싸고 있던 하늘색 손수건을 잡아서 잭에게 건넸다.

"아…… 이걸로 바닥을 닦으면 되는 거지?"

잭은 그 귀여운 손수건을 보고 약간 당황하면서도 물었다.

"응. 나도 도울게. 칫솔이 들어 있었으니까."

포셰트 안을 뒤적이면서 레이는 가스마스크 밑에서 우물우물 말했다.

'……뭔가 그냥 가면을 쓰고 있는 것 같네.'

"그보다 너…… 그거 쓰고 있는 의미 있어?"

교대하기는 했지만 가스마스크는 확연하게 레이의 얼굴 크기와 맞지 않았다. 얼굴 주변에 커다란 틈이 생겨 있었다.

"글쎄, 어떨까……? 이거 이미 망가진 것 같아……."

레이가 말했다. 그러고 보니 어쩐지 아까보다도 숨 쉬기 힘든 느낌이 들었다.

"뭐? 그럼 그딴 거 벗어! 괜히 더 괴로워질 뿐이야. 괴로우면 되도록 숨을 참아."

"……? 아까는 숨이나 쉬고 있으라고 했는데?"

잭의 적확한 말에 레이는 어째선지 고개를 갸웃했다.

"이제 가스마스크가 없으니까 숨을 참을 수밖에 없잖아!"

잭은 살짝 얼굴을 찡그렸다. 자신보다 머리 좋은 레이가 그런 사실도 모르는 것은 어떻게 생각해도 이상했다.

"……숨을 참는다."

레이는 거의 무의미하게 중얼거렸다. 자신도 잘 모르겠지만 이 이상한 상황이 어쩐지 조금 우스워서 입가가 살짝 풀어졌다.

"너, 역시 독이 퍼진 거 아니야?"

왠지 즐거워 보이기도 하는 레이의 모습에 잭은 고개를 기울였다.

"뭔가 이상해?"

레이는 다시 고개를 갸웃했다.

'이상하냐고?'

그렇게 질문받고 잭은 레이를 관찰했다. 평소와 똑같은 것 같기도 하고, 뭔가 다른 것 같기도 했다. 그러나 표정이 없기에 변화를 알 수 없었다.

—이상하긴 하지만…….

"……모르겠어. 그보다 항상 이상하잖아."

잭은 생각하기도 귀찮아져서 잘라 말했다.

"나, 이상해?"

조금 어리둥절한 표정을 지으면서도 레이는 평소처럼 단조롭게 말하며 잭의 얼굴을 올려다보았다. 그러나 그 눈은 확연하게 멍했다.

'이 녀석, 독가스 때문에 뭔가 멍해진 것 같지 않아?'

—괜찮은 거냐…….

"아무튼 시간이 없어. 바닥, 닦자고!"

그러나 일각을 다투는 이 상황에서 쓸데없는 대화만 하고 있을 수는 없었다. 자신은 아직 여유롭지만 이 이상 독가스가 들어차면 그렇지만도 않을 것이다. 잭은 빨리 여기서 나가고 싶다는 마음 하나로 솔선하여 바닥을 닦기 시작했다.

'그런데 귀찮네. 청소 따위 해 본 적 없는데…….'

잭은 크게 한숨을 쉬면서도 피가 들러붙은 바닥을 손수건으로 벅벅 닦았다.

'……역시 뭔가 적혀 있어.'

레이는 떠오른 글자 부분을 더 확실하게 읽을 수 있도록 칫솔로 문질렀다.

점차 피가 닦여 가자 바닥에는 역시 아까 그 문장의 다음 내용이 적혀 있었다.

『죄를 범한 것은 몸의 어느 부분인가. 그것을 자각한다면 그곳을 잘라 버려라. 그 부분과 죄를 천칭에 달아서 무게를 똑같이 맞추도록 하라. —단, 만약 그것이 영혼이라면 소망은 결코 보답 받지 못한다.』

'죄를 범한 부분의 무게를 천칭으로 똑같이 맞춰라……?'

레이는 퍼뜩 정신이 들었다. 죄를 범한 부분— 그것은 분명 아까 그 발이었다.

'그러고 보니 선반 위에 천칭이 있었어.'

"잭, 아까 시체에서 떨어진 발을 천칭에 올려 봐 줬으면 좋겠어."

레이는 즉시 말했다.

"아아?! 왜 내가 이런 기분 나쁜 걸 들어야 하는데!"

잭은 저도 모르게 얼굴을 찡그렸다. 시체를 만지는 것은 그다지 좋아하지 않았다. 시체 냄새가 언제까지고 가시지 않는 기분이 들어서 싫었다.

"그럼 됐어."

레이는 잭을 내버리는 것처럼 말했다.

'……?!'

잭의 눈이 살짝 크게 뜨였다. 그 반응은 평소 레이의 반응과 달랐다. 그렇게 느꼈다.

'역시 이 독가스, 이상한 게 섞여 있군…….'

레이는 멍하니 있는 잭을 무시한 채 시체로 다가가서 뜯긴 발을 들어 올렸다.

'……무거워.'

그것은 생각보다 훨씬 무거웠다. 모르는 사이에 독이 퍼진 탓일지도 모르지만, 좀처럼 들어 올릴 수가 없었다.

"아아, 비켜! 천칭에 발을 놓으면 되는 거지?"

잭은 그 모습을 방관하지 못하고 레이의 손에서 시체의 발을 빼앗아, 결국 레이의 지시대로 선반 위 천칭에 발을 툭 놓았다. 저래서야 발을 옮기는 것만으로도 몇 시간이 걸릴지 알 수 없었다. 그리고 레이가 자신을 쓸모없는 놈이라고 여기는 것도 불쾌했다.

'무게를 똑같이 맞춘다…….'

레이는 천칭 옆에 늘어서 있던 저울추를 발과 똑같은 무게가 되도록 다른 한쪽 접시에 올려 갔다. 천칭의 균형이 딱 맞춰진 순간— 다락 위에서 찰칵하고 무언가 열리는 듯한 소리가 났다.

"뭔가 열린 거 아니야?"

"아마도."

그 소리에 반응해 두 사람은 다락을 올려다보았다. 바닥에서 다락까지의 거리는 3미터가량 되었다. 사다리가 없으면 도저히 올라갈 수 없는 높이였다. 키 큰 잭도 다락 위가 어떻게 생겼는지 알 수 없었다.

"뭔가 있는지 보고 와."

"어떻게?"

"……그러네……. 저기까지 따라와 봐."

잭은 잠시 고민한 후, 드물게도 뭔가 생각해 낸 얼굴로 레이를 다락 밑까지 유도했다. 그리고 아무런 예고도 없이 그 거친 양손으로 레이의 허리 부근을 꽉 잡았다.

"그럼 간다."

"어?"

그 찰나, 잭은 마치 도구라도 다루는 것처럼 그 작은 몸을 가뿐히 들어 올리더니 다락으로 휙 던졌다.

'……?!'

레이는 대체 무슨 일이 벌어졌는지 알 수 없었다. 그도 그럴 것이, 순간 몸이 공중에 뜨는 느낌이 들었고 정신 차리고 보니 다락 위에 있었다.

"어이! 멍하니 있지 말고 뭔가 없는지 찾아! 도움이 되겠다며!"

예상치도 못한 사건에 사고가 일시 정지해 있는 레이를 잭은 짜증스러운 어조로 재촉했다.

"응."

맞아— 나는 잭을 도울 거야.

'소리가 난 건…… 아마도 안쪽이니까…….'

다락 위는 청소를 안 하는지 먼지투성이였다. 천장과의 거리도 50센티미터 정도밖에 안 됐다. 레이는 숨 막히는 느낌을 받으면서도 포복 전진하여 다락 안쪽으로 나아갔다. 그러자 막다른 곳에 작은 상자가 놓여 있었다.

'잠금이 풀려 있어…… 아까 그건 이 상자가 열리는 소리였을

까…….'

안에 들어 있던 것은 작은 기계였다. 기계에는 '—그대는 신을 믿는가?'라는 글자가 표시되어 있고 YES와 NO 버튼이 달려 있었다.

'……신.'

그것이 누구의 신을 의미하는지는 알 수 없었다. 하지만 독가스가 몸에 퍼진 레이에게는 그다지 사고 능력이 남아 있지 않았다. 레이는 자신의 신을 떠올리며 YES 버튼을 눌렀다. 그러자 기계에서 지잉 소리와 함께 카드가 나왔다. 아마도 입구에 있던 개폐게이트에 넣는 카드일 것이라고 레이는 생각했다.

'이걸로 나갈 수 있어.'

"잭, 카드가 있었어."

레이는 다락에서 얼굴만 빼꼼 내밀었다.

"오~ 잘했어! 이걸로 이 냄새나는 방에서 나갈 수 있겠네."

잭은 자랑스럽다는 얼굴로 레이를 올려다보았다. 하지만 레이는 좀처럼 내려오려고 하지 않았다.

"어이, 왜 그래?"

"그게, ……내려갈 수 없어……."

레이는 아주 살짝, 소녀다운 겁먹은 얼굴이 되어 바닥을 내려다보았다.

"뭐?! 뛰어내리면 되잖아!"

"……아마도 뼈가 부러질 거야. 그리고…… 조금 무서워."

소리치는 잭에게 레이는 여전한 무표정으로 솔직한 감정을 토로했다. 높은 곳은 그다지 자신 없었다.

"그게 뭐야. 진짜 귀찮은 녀석이네! 하아…… 자, 손 내놔."

잭은 한숨 섞인 목소리로 말했다.

"……손?"

레이는 고개를 갸웃했다.

"못 내려오겠다며?!"

"응."

"그럼 내놔!"

이해가 느린 레이에게 짜증 내면서도 잭은 붕대가 감긴 손을 내밀었다.

"알겠어."

레이는 기계에서 나온 카드키를 상의 주머니에 넣고 천천히 잭에게 손을 내밀었다. 잭은 그 손을 잡고 레이의 몸을 아주 잠깐 끌어안았다가 거칠게 바닥에 내렸다.

"고마워."

레이는 비틀거리면서도 작게 말했다.

"딱히. 카드는?"

잭은 눈을 팩 돌리고 물었다.

"이걸 저 기계에 넣으면 나갈 수 있을 거야."

레이는 주머니에서 카드키를 꺼내 잭에게 제시했다.

"그럼 얼른 넣고 와."

"응."

'……어라?'

그러나 기계로 가려고 발걸음을 떼자마자 갑자기 서 있을 수 없을 만큼 맹렬한 현기증이 나서 레이는 저도 모르게 그 자리에 웅크렸다.

TV 화면 속 모래시계는 3분의 2 정도 차 있었다. 그것은 말할 것도 없이 방 안 공기의 3분의 2가 독가스에 침범되었음을 나타내고 있었다.

"어이, 왜 그래."

잭은 레이를 부르면서 눈높이를 맞추고자 웅크려 앉았다.

"……모르겠어. 눈앞이 핑글핑글 돌아."

레이는 멍한 눈으로 붕대가 감긴 잭의 얼굴을 바라보았다.

"……젠장, 독이 퍼진 건가."

잭은 혀를 차더니 레이의 손에서 카드를 빼앗아 장치로 향했다.

"카드, 꽂기만 하면 되는 거지?!"

"……응."

잭의 물음에 레이는 작게 고개를 끄덕였다. 잭은 서둘러 장치로 달려가 카드를 꽂으려고 했다. 하지만 좀처럼 넣을 수가 없었다.

“아아?! 왜 안 들어가는 거야?!”

잭은 최고로 짜증 내면서 억지로 기계에 카드를 밀어 넣었다. 그러자 뚝, 불길한 소리가 나며 카드가 두 동강 났다.

“아……?”

잭은 상황을 완전히 파악하지 못한 채 얼빠진 목소리를 흘렸다.

“아…….”

예상치 못한 일에 레이는 멍하니 입을 벌렸다.

《앗하하하하하하!》

그 순간, 참을 수 없다는 듯한 여자의 웃음소리가 방 안에 울려 퍼졌다. 그리고 TV 화면에 또다시 여자의 모습이 비쳤다. 이번 영상은 녹화가 아닌 모양이었다.

《믿을 수가 없어! 설마 스스로 강제 게임 오버라니! 잭, 가르쳐 줄게. 카드를 넣는 방향이 틀렸어. 웃겨서 웃음이 멈추질 않아! 아직 충분히 벌을 내리지 못했지만…… 죄인은 룰을 지켜야지, 안 그래? 강제 게임 오버인걸. 하지만 잭은 아직 여유로워 보이고, 어쩔 수 없네…… 지금부터 더~욱 강렬한 독가스를 선물해 줄게. 특별 서비스야. 독가스는 굉장히 비싸거든. 이 사치스러운 죄인들! 자, 괴로워해 주길!》

여자는 시종 웃음기 어린 목소리로 이야기를 마치고 또 일방적으로 모니터 통신을 끊었다.

'……사실은 좀 더 즐기고 싶었지만, 게임 오버여서야 어쩔 수 없지, 잭.'

그리고 근처 기계를 조작하여 즉효성 독가스를 흘리기 시작했다.

▲
▼

쏴아아아아— 빗소리 같은 음이 방을 에워쌌다.

통신이 끊어진 TV 화면에 눈 아파지는 노이즈 영상이 비치고 있었다.

"아아아! 여기까지 왔으니까 열라고!"

귀에 거슬리는 그 목소리로 바보 취급받은 잭은 기계를 걷어차며 분노를 표출했다. 동시에 자신이 한심해서 화가 났다.

'아아, 젠장……! —이대로는 죽어.'

꿀꺽 숨을 삼켰다. 자신이 궁지에 몰린 것은 틀림없는 사실이었다.

"잭."

레이는 천천히 일어나 살짝 쉰 목소리로 잭을 불렀다.

"왜."

잭은 짜증 내면서 레이 쪽을 돌아보았다.

"당신과 한 약속은 여기서 나가지 않으면 이루어지지 않는 거였나……?"

레이는 신묘한 표정이 되어 그렇게 물었다.

"어이! 이런 때 무슨 소리야!"

"대답해 줘."

멍한 눈으로 잭을 바라보면서도 레이는 분명한 어조로 말했다.

"아아, 그래. 내가 여기서 살아 나가는 게 최저 조건이야!!"

잭도 그에 답하여 힘 있게 단언했다.

"……알겠어. 나, 힘낼게. 하지만 살아날 수 있을지 모르겠어. 그래도 괜찮아?"

레이는 전에 없이 진지한 눈빛으로 다시 물었다.

하지만 그것은 역시 죽는 것이 무섭기 때문도 아니었고, 살아남고 싶은 것도 아니었다. 그저 여기서 나가 잭에게 살해당하고 싶었다. 그것은 이 목숨을 끝내는 방법으로서 무척 아름답다는 기분이 들었다. 그리고 여기서 나가 잭에게 살해당한다면 분명 천국에 갈 수 있을 것 같았다.

"그러네…… 어차피 이대로는 죽어. 뭐든 좋으니 해 봐!"

살짝 빛이 돌아온 레이의 눈을 바라보며 잭은 거의 자포자기하여 외쳤다. 이대로 죽기를 기다릴 만한 성격이 못 되었다. 죽더라도, 아무것도 하지 않는 것보다는 나았다.

“응, 힘낼게.”

레이는 남은 체력을 쥐어짜 힘 있게 고개를 끄덕였다.

‘이 가스는 가연성일지도 몰라. ……시차를 두고 발화한다면 폭발을 일으킬 수 있을지도.’

레이는 몇 년 전에 읽은 화학책을 떠올리며 TV 리모컨에서 건전지를 빼내 그 건전지에 철사를 칭칭 감았다. 그리고 그 열로 발화할 물건 — 아까 바닥을 닦은 손수건 — 을 철사에 고정하고 그것을 벽 쪽에 살며시 놓았다.

“그건 뭐야.”

잭은 불길한 예감을 느끼며 그 기묘한 물체를 내려다보았다.

“……이게 타면 폭발, 할지도.”

레이는 작게 고개를 갸웃하며 태연하게 고했다.

“아아?! 그게 뭐야?! 그럼 죽잖아!!”

잭은 정확하게 태클을 걸며 눈을 부라렸다.

‘죽음을 앞당겨서 어쩌자는 거야……!’

—아…… 이대로 그딴 정신 나간 여자의 손에 죽다니 최악이다.

그러나 우울해 하고 있을 틈도 없이, 레이는 고개를 떨구는 잭에게 냉정히 지시를 내렸다.

"그러니까 얼른 숨을 곳으로 이동하자."

"뭐? 그런 게 어딨어!"

"이쪽에, 있잖아……."

레이는 방 안쪽에 놓인 금고에 시선을 주었다. 가스마스크가 들어 있던 그 금고는 냉장고만 한 크기였다.

"어이, 저런 좁은 곳에 둘이 들어갈 수 있는 거야?!"

척 보기에도 답답할 것 같은 그 공간을 응시하며 잭은 눈썹을 찌푸렸다. 커다랗기는 하지만 그것은 호리호리한 잭과 아담한 레이가 빠듯하게 들어갈 수 있을 만한 크기였다.

"응."

레이는 당연하다는 얼굴로 수긍하고 먼저 금고 안에 들어가더니 재촉하듯 중얼거렸다.

"빨리 안 하면 폭발해."

"……아아, 알겠어!"

잭은 정체 모를 민망함을 느끼면서도 서둘러 좁은 금고에 들어가 문을 닫았다.

"정말 숨는 것만으로도 괜찮은 거야?"

"아마도. 이거 튼튼해 보이니까."

"괜찮지 않으면 가만 안 둔다!"

두 사람은 좁고 컴컴한 금고 안에서 나직나직 대화했다.

"응. 근데 잭, 조금만 더 떨어져 주면 안 될까. 찌부러지겠어."

"하아?! 좁으니까 어쩔 수 없잖아!"

레이의 터무니없는 요구에 잭은 언성을 높였다.

"……귀가 뭉개질 것 같아."

"너…… 아까부터 불평만 줄줄 늘어놓고, 정말로 내 손에 죽을 생각이 있는 거야?!"

"있어. 날 죽일 사람은 잭밖에 없어."

"그럼 좀 더 그런 태도로 날 대하라고."

"무슨 뜻이야……?"

"그런 건 스스로 생각해!"

감시 카메라에도 비치지 않는 금고 속에서 두 사람은 또다시 종착점 없는 대화를 전개했다.

그때, 펑— 고막을 찢을 듯한 엄청난 굉음이 울리더니 금고가 세차게 흔들렸다. 충만한 가스 때문에 레이가 만든 불씨가 폭발한 것이다. 그 영향으로 생긴 열풍이 금고의 조그만 틈으로 미약하게 들어왔다. 하지만 열풍을 받은 것은 잭뿐이었다. 잭은 금고 문을 등지고 레이를 감싸는 듯한 자세를 취하고 있었기 때문이다.

"앗뜨……."

그것은 한순간 화상의 기억을 연상시켰다. 되살아나는 기억에 반사적으로 손끝이 떨렸다. 하지만 그때의 감각은 더욱 무시무시했다. 그렇기에 이런 것은 대단치 않았다. 잭은 그렇게 자신을 타일렀다.

“괜찮아?”

“어, 어어……, 이 정도는 아무렇지도 않아. 그보다 폭발한 건가?”

살짝 동요하면서도 잭은 멍하니 말하고 작은 틈새 너머를 엿보았다.

“그런 것 같아.”

두 사람은 주변이 조용해진 것을 가늠하여 금고 밖으로 나갔다.

“……진짜냐.”

눈앞에 펼쳐진 광경을 보고 잭은 말문이 막혔다. 방은 두 사람이 들어가 있던 금고를 남겨 두고 전부 새까맣게 변했을 만큼 불타 있었다.

“여기로 나갈 수 있겠어.”

불씨를 놓아두었던 벽 쪽에는 폭발로 인해 사람이 통과할 수 있을 만한 크기의 구멍이 뚫려 있었다. 레이는 그 구멍을 가리키며 말했다.

“오~ 겨우 나갈 수 있네!”

“응…….”

“왜 그래?”

“……있지, 나, 도움이 됐어?”

레이는 시선만 위로 올려서 물었다.

"아아? 그야, 너. 폭발시켜서 전부 날려 버렸으니까. 한 방 먹였다는 기분이야!"

"……그래? 다행이다."

만족스럽게 이야기하는 잭을 보고, 레이는 점차 의식이 멀어지는 것을 느끼면서도 안도한 목소리를 냈다.

'도움이, 됐어…….'

그것은 레이에게 어떤 사명이었을지도 모른다. 태어나 처음으로 맛보는 그 충실한 기분은 이상하리만큼 레이의 마음을 가득 채워 갔다. 하지만 그런 기분과는 반대로 레이의 몸은 대량으로 들이마신 독가스 때문에 비틀거리고 있었다.

"어이, 여기까지 와서 뒈지지 마."

잭은 더욱 생기가 없어진 레이의 표정을 쳐다보고 말했다.

"……괜찮아."

레이는 가느다란 목소리로 말했다.

"그럼 가자. 죽으면 곤란하지만 앞으로도 가야 하니까."

"응."

그리고 두 사람은 벽에 뚫린 커다란 구멍을 지나 마침내 복도로 나갔다.

▲
▼

“근데 일이 이렇게 되다니, 그 녀석도 생각 못 했겠지!”

새까맣게 탄 방 내부를 떠올리고 잭은 유쾌하게 웃었다.

“응…….”

레이는 금방에라도 감겨 버릴 듯한 멍한 눈으로 잭을 바라보며 고개를 끄덕였다.

어째서일까— 눈앞이 핑글핑글 돌았다.

‘조금 전까지는 괜찮았는데…….’

레이는 고개를 숙였다. 눈을 뜨고 있을 수 없었다. 체력이 전부 소모된 탓에 서 있는 것만으로도 수마의 파도가 밀어닥치며 의식을 위협했다.

‘어쩐지 졸려…….’

“어이, 걸을 수 있겠어?”

잭은 당장에라도 눈이 감길 듯한 모습인 레이를 의아한 표정으로 바라보며 물었다.

“응…… 힘낼게.”

레이는 멍한 눈으로 잭을 마주 보며 대답했다. 하지만 그것은 대답이 아니라 그저 떠오른 말을 했을 뿐이었다.

"……그럼 됐지만."

잭은 레이를 신경 쓰면서도 어둑한 복도를 나아갔다. 그 뒤를 레이는 마치 몽유병자처럼 비틀비틀 따라갔다.

자신이 생각하기에는 제대로 걷고 있었다. 하지만 마치 꿈속에 있는 것처럼 도무지 앞으로 나아갈 수가 없었다. 시야가 마구 일그러져서 지금 자신이 꿈속에 있는지 현실 세계에 있는지조차 알 수 없어졌다.

'아아아…… 느려…….'

"으아아! 젠장! 이 페이스로 나아갈 수 있겠냐!"

레이의 그 굼벵이 같은 속도에 잭은 마침내 참다못하여 휙 뒤돌아 외쳤다.

"……잭만, 먼저, 갈래?"

레이는 거의 기능하지 않는 머리로 생각하고 물었다.

"가능하다면 그러고 싶지만 말이지. 하지만 나 혼자서는 결국 막힐 거 아니야."

잭은 한숨 섞인 목소리로 말했다. 그리고 레이를 이런 살벌한 층에 혼자 놔두고 가는 것은 어쩐지 꺼려졌다.

'그 정신 나간 여자가 언제 말 걸어올지도 모르고…….'

"괜찮아, 나, 걸을 수 있어."

레이는 자신을 타이르듯이 말했다.

"믿음 안 가는 얼굴로 무슨 소리야. 괜찮지 않잖아."

잭은 가볍게 한숨을 쉬었다. 아무리 생각해도 이 상태로는 더 이상 나아갈 수 없었다.

"……힘낼게."

레이는 재차 그렇게 중얼거렸다. 하지만 그것은 금방에라도 꺼질 듯한 목소리였다.

"뭐가 **힘낼게**야. 힘내 봤자 죽을 때는 죽는다고. 죽는 건 네 소망이겠지만, 그렇게 되면 내 소망이 소용없어지잖아!"

'……소망…….'

그 말은 이상할 정도로 레이의 마음에 침투했다.

"그랬지……. 그럼 더더욱 힘내야 해……."

레이는 반쯤 꿈속에 발을 담그면서 말했다.

"너 말이다, 똑똑하면서 진짜 인형처럼 똑같은 말만 되풀이하네……."

레이의 바뀌지 않는 대답에 잭은 질렸다는 모습으로 한숨을 쉬었다.

'—인형 같아.'

"……어떻게 하면 돼?"

레이는 갑자기 몸 안의 전기가 끊어진 것처럼 멈춰 서서 물었다.

"시끄러워, 인간이라면 스스로 생각해."

잭은 내뱉듯이 말했다.

'인간이라면…….'

—나는…… 살아 있어. 그러니까 인형이 아니야. 인형이 아니니까 지금 너무 졸려…….

"조금 기다려 주면 어지러운 거 나을 거야……."

잭의 차가운 목소리를 듣고 퍼뜩 정신이 든 레이는 겨우 마음속을 말로 표현했다.

"하아. 정말이지, 처음부터 그렇게 말하라고."

"……응."

레이는 꿈과 현실 사이에서 문득, 잭은 지금껏 만났던 다른 누구와도 다르다고 느꼈다. 잭의 말투는 거칠지만 결코 자신을 부정하지 않았다. 그리고 대니처럼 과도하게 기대하거나 요구하지도 않았다. 레이는 잭과 있으면 자신이 자신으로 있을 수 있는 기분이 들었다. 그렇게 생각할 수 있는 것은 태어나 처음이었다.

'잭은 왜 내 이야기를 들어 주는 걸까…….'

—그 집에서는 누구도 내 얘기 따위 들어 주지 않았는데.

잭은 무슨 생각을 하는지 알 수 없는 레이의 멍한 표정을 보고 어이없어하면서도 그 가느다란 손목을 확 붙잡았다. 그리고 성큼성큼 복도를 걸어가 카메라의 사각지대를 찾아서 책상다리로 앉았다.

"여긴 카메라에 안 잡혀. 여기라면 기다려 줄게. 그러니까 빨리 끝내."

"……응."

레이는 작게 고개를 끄덕이고 잭 옆에 정좌했다. 그리고 천천히 눈을 감더니 순식간에 정신을 잃은 것처럼 쿨쿨 잠들었다. 그것은 아주 깊은, 살아 있다는 사실을 잊어버릴 듯한 깊은 잠이었다.

"어이 레이, 일어나면 움직일 수 있게 제대로 쉬어…… 벌써 잠들었냐!"

잭은 그 잠드는 속도에 살짝 놀라면서도, 긴 속눈썹을 잘게 떨면서 천사처럼 아름다운 얼굴로 잠든 레이의 사랑스러운 모습을 바라보았다.

'이 녀석, 자고 있으니 새하얘서 더 인형 같네…….'

—나는 인형을 찢어발기는 취미는 없는데 말이지…….

여기서 나가면 제대로 웃을 수 있을까……?

'눈은 죽어 있고, 대답도 응이나 힘낸다는 말뿐이라 재미없어…….'

"하아…… 쓸데없는 생각해 봤자 소용없지……. 나도 조금 쉴까……."

잭은 한숨을 섞어 크게 하품한 뒤, 책상다리로 앉은 채 천천히 눈을 감았다.

그때, 잠에 취해 있을 레이가 자신의 어깨에 기대는 것이 느껴졌다. 하지만 뿌리치는 것도 귀찮아서 잭은 다시 한 번 눈을 감았다.

자신은 괜찮은 줄 알았으나 독이 퍼져 있었는지 눈을 감자 곧장 잠이 찾아왔다.

▲
▼

잭은 꿈을 꾸려 하고 있었다.

꿈 따위 몇 년이나 꾸지 않았었다. 만약 꾸더라도 그것은 그저 까말 뿐인 슬픈 꿈이었다.

하지만 지금, 감긴 눈 안쪽에서 시작되려고 하는 꿈은 그런 슬픈 꿈보다도 꿀 가치가 없는 악몽이었다.

그러나 일단 시작되어 버리면 간단히 꿈을 끝낼 수는 없다. 꿈속에서는 그것이 꿈이라는 사실을 알 수 없기 때문이다.

—그리고 꿈은 강제로 시작되었다.

잭은 소년이었고 고아원에 있었다. 유년기를 보낸 그곳은 떠올리는 것만으로도 구역질이 날 만큼 아주 열악한 시설이었다. 잭의 눈앞에서는 그 시설을 경영하는 부부가 어둑한 거실에서 온전치 못한 대화를 담담히 나누고 있었다.

그것은 마치 잊어버리려던 과거 기억이 눈앞에 되살아나는 듯한…… 선명한 영상이었다.

—여보. 이번 달에 왔던 아이, 냄새난다 싶어서 들여다봤더니 완전히 못 쓰게 됐더라.

—아아, 그래?

—그래? 라니…… 어쩔 거야?

—마당에 묻어 버려.

—또? 괜찮은 거야?

—이런 시설에 푼돈으로 버려진 아이들 따위, 누가 보러 오겠어.

—하지만 난 싫어. 썩은 걸 만지고 싶진 않은걸.

—이기적인 소리는. ……아아, 그러고 보니 그 녀석은 아직 살아 있어?

—그 녀석?

—그 녀석 말이야. 화상 때문에 괴물 같은 모습인 애새끼.

—아아, 그거? ……살아 있어. 먹을 것도 안 주는데……. 잔반이라도 뒤지는 걸까. 정말이지 기분 나빠.

—그럼 그 녀석한테 묻으라고 하면 되잖아. 애새끼 처리는 애새끼한테 시키면 돼.

—그것도 그러네.

—실은 전에도 시켜 봤어. 그랬더니 그 녀석 말없이 묻더라고.

—어머? 그래?

—마침 잘 됐잖아? 잔반 따위 없어져 봤자 쓰레기통의 악취가 줄어들 뿐이야. 일손도 부족하고, 살려 두면 괴물이라도 편리하거든. **도구** 같은 거야. 괴물에게 어울리는 역할이지.

—그래? 그렇다면 뭐, 좋아.

—그럼 이걸로 이 문제는 해결이군. 나는 지금부터 영화를 볼 테니 방해하지 말아 줘.

—어차피 또 그 스플래터 호러 비디오지?

—그 영화, 좋아하거든. 머리 빈 바보들이 살해당하는 게 아주 후련해.

—악취미야. 나는 그 영화 싫어. 살인귀가 죽지 않는걸.

—됐으니까 방해하지 마. 너는 얼른 그 녀석한테 시체를 정리하라고 해.

'……괴물…….'

아아, 그래. 나는 괴물이다. 그런 건 알고 있어. 하지만 나는 너희의 도구가 되려고 태어난 게 아니야—.

'아아……. 죽이고 싶어…… 죽여 버릴 거야…….'

짙은 안개에 휩싸인 것 같은 꿈속에서 소년이었던 잭은 아직 성장 도중인 그 작은 손으로 커다란 식칼을 꽉 움켜쥐었다.

"잭……."

그때 누군가의 목소리가 꿈에 섞였다.

—아아……?

이건…… 누구 목소리였지……?

아아……. 그런가.

레이다…….

—레이가 부르고 있는 건가.

내 이름을…….

"……잭."

그리고 그것이 꿈이 아닌 현실의 소리라고 느낀 순간, 기억에서 사라지지 않는 악몽은 조용히 어두워져 갔다.

▲
▼

"……잭."

먼저 깨어난 레이는 자면서 고통스러운 표정을 짓고 있는 잭의 얼굴을 들여다보고 그 이름을 상냥하게 불렀다.

"응……."

잭은 레이의 그 목소리에 반응하여 천천히 눈을 떴다.

"……일어났어?"

"……어."

잭은 아직 살짝 잠에 취해서 대답했다. 무언가 머릿속을 좀먹어 가는 느낌이 기분 나빴다.

그래— 터무니없는 악몽을 꾸고 있었다.

'왜 이런 꿈을 꿨지……?'

몇 년이나 잊어버리고 있었는데— 생각해 내지도 않았는데.

"저기…… 잭, 조금 무거워."

레이는 아직 꿈의 세계에서 완전히 돌아오지 못하는 잭을 곁눈질하며 말했다.

"어?"

문득 옆을 보자 레이의 얼굴이 유난히 가까웠다.

'……?!'

어느새 레이의 어깨에 기대어 자고 있던 모양이다.

"네가 먼저 기댔잖아!!"

잭은 몸을 홱 떼면서 반사적으로 언성을 높였다.

"……그래?"

레이는 크게 관심 없다는 얼굴로 고개를 기울였다. 깊이 잠들어 있던 레이는 전혀 그런 기억이 없었다.

"그래, 당연한 거 아니야?!"

"……그래."

"그보다 이제 갈 수 있겠어?"

잭은 일어서며 물었다.

"응, 꽤 상쾌해졌으니까."

레이는 졸음이 가신 투명한 목소리로 대답했다.

"그럼 얼른 가자. 이 이상 꾸물거리고 있을 수 없어."

"응."

▲
▼

그 후 잭은 그다지 레이를 돌아보지 않으며 조금 빠른 걸음으로, 거의 빛이 없는 복도를 걸어갔다.

'젠장……'

아까 꿨던 속이 뒤틀리는 꿈 때문에 참을 수 없이 짜증이 났다. 하지만 과거에 짜증을 내 봤자 어떻게 할 수도 없었다. 그리고 그 부부는 이제 없다. 그날 밤, 자신이 죽였으니까—.

복도 끝에서 역한 시체 냄새가 났다. 그 냄새는 확실히 시체 냄새였다. 수없이 맡았기에 틀림없었다. 그리고 냄새가 나는 쪽에서 「우오오…….」 하는 으스스한 신음이 땅울림처럼 울렸다.

'이 목소리는 뭘까…….'

레이는 그 목소리에 귀를 기울이며, 성큼성큼 앞서가는 잭의 뒤를 뛰다시피 따라갔다.

우오오오오…….

앞으로 나아갈수록 신음이 더욱 심해졌다.

'잭, 아까부터 한마디도 안 해……. 역시 내가 자서 화난 걸까……?'

레이는 조금 불안해져서 살짝 눈썹을 찡그렸다.

"잭……."

점점 멀어져 가는 잭을 불러 세우려고 했을 때, 또다시 여자의 방송이 시작되려는지 사이렌 소리가 층에 울려 퍼졌다.

《하~이! 기분은 좀 어때? 그건 그렇고, 여기 오는 게 상당히 늦었네? 뭐 하고 있었을까?》

감시 카메라에 잡힌, 기분이 좋다고는 할 수 없어 보이는 두 사람을 향해 여자는 밉살스럽게 물었다. 두 사람이 어딘가에서 휴식했다는 것 정도는 감시 카메라에 잡히지 않았어도 대충 알 수 있는 일이었다.

"딱히, 아무것도 안 했어."

갓 부활한 세포를 파괴하는 듯한 여자의 들뜬 음색에 짜증 내면서도 잭은 귀찮다는 목소리로 대답했다.

《흐응. 하지만 그 상황에서 탈출해 버리다니, 예상 밖이었어! 살짝 감탄했지 뭐야. 우후후. 얄밉지만 칭찬해 줄게!》

'—이걸로 다시 즐길 수 있어.'

여자는 가스실에서 탈출한 두 사람을 보며 즐겁게 손뼉 쳤다.

《그리고 모처럼 여기를 지나가니까 다시 한 번 물어볼까 싶어서 말이지. 감옥에서 평생을 보내는 건 어때?》

여자는 확연하게 기분 나빠 보이는 잭을 향해 그 요염한 입으로 히죽히죽 미소 지으며 재차 물어보았다.

이 복도 끝에는 평생 나올 수 없는 사육용 감옥이 늘어서 있었다. 조금 전부터 들려오는 신음은 그 감옥 속에서 죽음을 기다릴 뿐인 죄인이 낸 것이었다.

"그러니까 안 들어가겠다고 했잖아! 끈질기다고. 어차피 제대로 된 사육이 아니란 건 알고 있어. 몇 번이고 물어보지 마!"

《어머, 매정해라. 잭, 나를 즐겁게 해 줄 도구가 되어 주지는 않는

거구나?》

"뭐? 도구?"

잭은 얼굴을 일그러뜨렸다. 그 말은 유난히 잭의 신경을 건드렸다.

「—살려 두면 괴물이라도 편리하거든. **도구** 같은 거야. 괴물에게 어울리는 역할이지.」

아까 꿈에서 들었던 그 말이 자신의 의지와는 상관없이 머릿속에 되살아났다.

《그래, 맞아. 도구—. 하지만 착각하지 말아 줘. 도구라는 건 너희를 말하는 거니까.》

여자의 그 어조는 노부부 여자의 말투와 많이 닮아서, 잭은 어딘가에 부딪힌 것처럼 머리가 아파 오는 것을 느꼈다.

《너희를 보고 있으면 정말로 웃기거든! 줄곧 보고 있었는데…… 너희, 상당히 이상한 약속을 했더라? 위태롭고, 서로에게 제 사정만을 강요했을 뿐인 약속……. 이해관계는 일치한 것처럼 보이지만 서로가 도구에 불과해. 하지만…… 진짜 도구는 어느 쪽일까?》

키득키득 웃으며 여자가 물었다.

'무의미한 약속이라는 걸 왜 알아차리지 못하는 걸까……?'

"어이! 무슨 뜻이야?"

잭은 얼굴을 굳혔다. 여자가 한 말뜻을 모르는 것은 아니었다. 다만 이해할 수 없었다.

《어머, 모르겠어? 하지만 괜찮아. 머지않아 알겠지. 그리고 멍청한 아이는 귀여워서 좋아해. 그치? 잭. 우후후. 그럼 계속해서 형벌을 기대해 주세요♪》

거기서 여자는 또 일방적으로 방송을 끊었다.

—도구, 인가.

'……나는 결국 누군가의 도구일 뿐인가—?'

"아아, 화가 치밀기 시작했어."

잭은 머리를 벅벅 긁어 짜증을 나타내고서 나직이 중얼거렸다.

"……잭?"

레이는 평소처럼 무슨 생각을 하는지 알 수 없는 감정이 담기지 않은 눈동자로 잭의 얼굴을 올려다보았다.

'이 녀석에게도…… 나는 자기를 죽여 줄 도구인가……?'

—알 수 없다. 지금은 생각하고 싶지 않다. 아무것도…….

"……지금은 별로 말 걸지 마. 가자."

잭은 모든 것에서 눈을 돌리듯이 홱 시선을 피하고 뿌리치는 어조로 말했다.

"응……."

레이는 작게 고개를 끄덕였다.

'……잭, 어쩐지 화났어.'

그 원인은 모른다. 하지만 잭이 심한 짜증을 느끼고 있다는 것은 알 수 있었다.

—역시 내가 잠들어 버렸으니까……? 아니면 조금 전 여자가 한 말…….

「—서로에게 제 사정만을 강요했을 뿐인 약속…….」

'……아니야.'

그렇지 않아. 나와 잭이 한 약속은 그런 게 아니야—.

▲
▼

복도에는 두 사람의 상이한 발소리만이 거듭됐다.

—우오오, 우오오오, 우오오오오오오오…….

발걸음을 옮길 때마다 그 무시무시한 신음에 접근하고 있음을 알 수 있었다.

'……지독한 냄새가 나.'

무심코 숨을 참으며 모퉁이를 꺾으니 레이의 눈앞에 콘크리트와 쇠창살로 만든 출입구 없는 커다란 감옥이 나타났다. 감옥은 복도 양쪽에 각각 열 개씩 늘어서 있었다.

'이곳이 감옥…….'

주위에는 숨을 참지 않으면 걸을 수 없을 만큼 불결한 냄새가 가득했다. 무언가 썩은 듯한 냄새였다.

감옥이 늘어선 통로는 알전구가 일정한 간격으로 매달려 있을 뿐이라 무척 어두웠고, 감옥 안에는 불빛이 없었다. 하지만 가만히 시선을 집중해 보니 어느 감옥에든 사람 같은 물체가 웅크리고 있는 모습이 보였다.

그러나 잭은 관심이 없는지 눈길 한 번 주지 않고 앞으로 나아갔다.

레이는 잭의 등을 쫓으면서도 한 방씩 그 사람 같은 물체를 관찰해 갔다.

"……!"

그리고 가장 안쪽 감옥을 들여다보았을 때, 레이는 무심코 「앗.」 하고 작게 비명을 지르며 반사적으로 뒷걸음질 쳤다. 감옥의 창살 틈에서 나온 무언가가 발을 붙잡았기 때문이다.

'뭐지?'

자세히 보니 그것은 고깃덩어리 같은 빨간 손이었다. 그 손은 레이의 가느다란 발목을 마치 도움을 구하듯 필사적으로 붙잡으려 하고 있었다.

"왜 그래?"

비명을 지른 뒤 감옥 앞에 멈춰 선 레이를 돌아보고 잭이 물었다.

"손이……."

레이는 애벌레처럼 꿈틀거리는 그 검붉은 손을 바라보며 중얼거렸다.

"……**평생 사육 형벌**인가."

잭은 그 손을 노려보더니 당장에라도 레이의 발목을 잡으려 하는 그 빨간 손을 짓밟았다.

"하! ……그저 밟았을 뿐인데 살이 무너지다니 지독한 꼴이네. 이 녀석은 그 녀석이 말한 **사육**을 골라서 이렇게 된 거야. 이래서야 쓸모도 없어. 도구 이하잖아…… 나보다 멍청한 녀석도 다 있군."

잭은 불량하게 웃고서 업신여기는 어조로 단언했다.

레이는 그 말을 들으며, 잭의 발밑에서 다진 고기처럼 엉망이 된 손을 지그시 바라보았다.

'도움을 구했던 걸까…….'

문득 그런 생각이 들어서 레이는 웅크려 앉아 그 원형이 사라진 손을 만지려고 했다.

"어이, 신경 쓰지 마. 어차피 죽어."

잭은 레이의 그 행동에 혐오감을 나타내며 말했다.

"……이미 죽었어."

하지만 이제 도와주는 것은 불가능했다. 레이는 꿈쩍도 하지 않는 손을 바라보고 중얼거렸다.

창살 틈으로 어렴풋이 보이는 검붉게 변색된 덩어리는 숨을 쉬고 있지 않았다. 아니면 처음부터 호흡 따위 하고 있지 않았을지도 모른다. 그도 그럴 것이, 이렇게 단순한 고깃덩어리처럼 되어버려서야 더는 인간이 아니었다.

"……그러냐."

잭은 무심하게 맞장구쳤다.

"저기 잭…… 귀신은 정말로 없어?"

레이는 불쑥 물었다.

"그딴 건 없어. 하찮은 질문은 그만해. 그보다 여기 진짜 냄새나고, 그만 가자. 쓸데없는 데 쓸 시간 없어."

"……응."

레이는 살기 띤 잭의 이변을 감지하면서도 어쩌지도 못하고 그저 고개를 끄덕였다.

▲
▼

그로부터 한동안 걸어가니 갑자기 두 사람의 눈앞에 3미터쯤 되는 벼랑이 나타났다.

"이건 뭐야."

"……."

두 사람은 작게 숨을 삼키고 멈춰 섰다.

어두운 방 안에 크게 펼쳐진 벼랑 밑에는 침봉 같은 바닥이 깔려 있었고 건너편으로 이어지는 길은 두 갈래로 나뉘어 있었다. 한쪽은 밧줄로 만들어진 구름다리 길— 다른 한쪽은 광택 있는 묘비 같은 것이 미로처럼 놓여 있는 길이었다.

건너편 언덕에는 커다란 모니터와 큼직한 문 두 개가 보였다. 하지만 어느 쪽 길이든 한 발자국이라도 헛디디거나 미끄러지면 침봉으로 떨어져 버리는 구조였다.

"어이, 어쩔래."

잭이 레이에게 그렇게 말을 건 그 순간, 또다시 요란한 사이렌이 층에 울려 퍼졌다. 건너편에 설치된 커다란 모니터 화면에 여자가 비쳤다.

《하~이, 잘도 여기까지 왔네! 보다시피 이곳은 바닥에 날카로운 바늘이 나 있어서 만약 떨어진다면 순식간에 푹푹 찔려 죽어 버립니다~!

길을 건너면 각각 다른 방으로 이어지는 문이 있습니다~ 문 안쪽은 살짝 차이가 있지만…… 어느 길을 골라도 상관없어!》

"살짝 차이가 있다니……?"

레이는 작게 고개를 기울이며 물었다.

《그걸 가르쳐 줄 리 없잖아?》

여자는 쿡쿡 웃으며 대답했다.

《있지…… 그보다 너희, 슬슬 결별해야 하지 않겠어? 너희가 한 약속, 우스울 만큼 의미 없어 보여. 어차피 죽어 버릴 걸 고려하면 불공평한 약속이라고 생각하는데 말이지…….》

그 말에 레이는 무심코 잭을 보았다. 하지만 어두운 방 안에서 붕대에 감긴 잭의 표정은 잘 보이지 않았다. 여자는 동요하는 레이의 모습을 카메라 너머로 바라보면서도 상관하지 않고 이야기를 계속했다.

《……뭐, 죽으면 그 무의미한 약속도 지킬 수 없으니, 다음 방으로 갈 수 있게 어디 열심히 해 봐. 누가 먼저 단죄받을지 즐겁게 기다릴게!》

'이제 곧 멋진 걸 볼 수 있을 터…….'

그리고 여자는 언제나처럼 거의 일방적으로 말하고서 방송을 끊었다.

'—무의미…….'

레이는 작게 이를 악물었다. 그것은 레이의 희망을 빼앗는 말이었다.

"번거로운 짓 하기는……. 대체 언제쯤 여길 나갈 수 있는 거야……. 아아, 짜증 나서 견딜 수가 없어! 그 여자, 빨리 죽여 버리고 싶어……!"

말하면서 잭은 몇 번이고 바닥을 밟아 댔다.

"……."

표정으로 나타내지는 않았지만 잭의 죽인다는 말에 레이는 과하게 반응하고 말았다. 어서 잭이 자신을 죽여 줬으면 좋겠다고 생각해 버렸다. 하지만 그때 잭과 한 약속은 무사히 이곳에서 나가면— 이라는 조건이었다.

'하지만 그건 무의미한 거야……?'

"어이, 뭘 멍하니 있어."

더욱 짜증이 난 모습으로 잭은 고개 숙인 레이에게 말을 걸었다.

"저기 잭…… 그 여자뿐만 아니라 밖에 나가면 확실하게 나도 죽여 줘."

레이는 그 약속이 무의미하지 않다는 것을 확인하고자 잭을 바라보며 말했다.

"넌 그 말뿐이네."

잭은 혀를 차고 귀찮다는 듯이 미간에 주름을 잡았다.

"……그치만 당신은 나를 죽이고 싶어 하는 것처럼 안 보이니까."

레이는 감정이 담기지 않은 얼굴로 불만스럽게 중얼거렸다.

“그딴 재미없는 얼굴을 하고 있으니까 그렇지! 애초에 너랑 한 약속은 여길 나간 뒤의 얘기잖아!”

“……그건 알고 있어.”

잭이 크게 소리치자 레이는 살짝 기가 죽은 목소리로 말했다.

‘알고 있지만…….’

어째선지 레이는 잭에게 살해당하는 자신을 상상조차 할 수 없었다.

“알고 있으면 하찮은 얘기는 그만해. 그리고 밖에 나갈 때까지 그 인형 같은 얼굴도 어떻게든 하라고.”

아직 뭔가 말하고 싶어 하는 모습인 레이를 보고 짜증을 느끼면서도 잭은 냉담하게 말했다.

“……하지만.”

“하지만, 뭐?”

잭은 집요하게 묻고 늘어지는 레이를 날카로운 눈으로 노려보았다.

“…….”

그 뱀 같은 눈을 한 잭의 기백에 레이는 말문이 막혔다.

“너 말이야, 약속은 약속이지만…… 나한테 너무 명령하지 마.”

그리고 잭은 조금 험악한 표정이 되어 억누른 목소리 톤으로 말했다.

'—명령…….'

잭의 그 작지만 신랄한 대사를 듣고 레이는 겨우 정신이 들어서 살짝 눈을 내리떴다.

"……알겠어. 미안해."

레이는 집요하게 다그친 것을 조금 후회하며 살짝 시무룩한 얼굴이 되었다. 왜일까. 갑자기 잭이 자신을 차갑게 대한 것이 충격이었다. 행동을 같이하면서 언제부터인가 잭을, 그것은 아무런 근거도 없는 생각이지만, 자신의 전부를 받아주는 존재처럼 느끼고 있었기 때문이다.

"……그래서, 어떻게 할 거야."

잭은 화제를 바꾸어 말했다.

"음…… 그럼 나는 이 밧줄 구름다리를 건너갈 테니까 잭은 저 발판 위를 뛰어가 줘. 저 폭은 내가 뛸 수 없을 테고, 이 사다리 같은 밧줄은 당장에라도 끊어질 것 같으니까 내가 지나는 것만으로도 벅찰 거야."

레이는 작게 심호흡한 뒤, 평소처럼 냉정하게 지시를 내렸다.

"각자 다른 길로 가면 똑같은 문에 들어갈 수 없는데 괜찮은 거야?"

"모르겠어……. 방송으로는 살짝 차이가 있을 뿐이라고 했어.

가르쳐 주지 않았지만……."

"뭐, 어차피 어느 쪽으로 가든 뭔가 함정이 있겠지."

잭은 태도를 바꾸어 말했다.

"……응."

"뭐야, 불만스러운 목소리네. 네가 각자 다른 길로 가자고 했잖아? 둘이 같이 갈 수는 없어 보이고, 어차피 진행할 수밖에 없어. 그럼 앞으로 나아갈 수밖에 없잖아?"

"그건 알고 있어……."

"하아……. 너, 아까부터 멍청한 얼굴인데 독이라도 남아 있는 거야?"

레이의 모호한 태도에 잭은 확실하게 짜증을 나타냈다.

"그건 이제 괜찮아."

"그럼 뭐가 마음에 안 드는데?"

"……딱히, 아무것도 아니야. 나, 힘낼게. 그러니까—."

"아아, 이제 됐어. 알고 있다고. 죽여 달라는 거지?"

잭은 그 죽은 듯한 눈을 빤히 응시하면서 레이의 말을 막고 말했다.

"……."

레이는 무심코 입을 다물었다. 죽여 달라고 말할 생각은 없었다. 사실은 같이 밖으로 나가자고 말하고 싶었다. 하지만 생각해 보면 죽여 달라고 말하는 것도, 같이 밖으로 나가자고 말하는 것도, 의미는 똑같을지도 모른다.

"아무튼 도중에 묘한 마음 먹고 멋대로 죽지 말라고."

"……응, 괜찮아. 나는 죽지 않아."

"과연 어떨지. 뭐 좋아. 먼저 가."

"응."

그 후 레이는 구름다리가 끊어지지 않도록 신중하게 반대편까지 건너갔다. 조금 시간이 걸렸지만, 건너편에 잭의 모습은 아직 없었다.

'잭, 아직 안 왔나 봐……. 제대로 건너고 있을까.'

그때 문득 큰 모니터에 어디로 뛸지 헤매고 있는 잭의 모습이 비치는 것이 보였다.

'아무튼 적당히 이 바닥을 뛰어서 넘어가면 건너가지겠지.'

잭은 침봉에 떨어지지 않도록 가뿐하게 돌 위를 뛰어넘어 갔다. 그러나 길은 미로 같은 구조라서 정신이 들고 보니 같은 곳을 계속 오갈 뿐, 앞으로 나아갈 수 없었다.

"젠장, 어디서 가야 하는 거야?"

공포심은 없지만 좀처럼 건너편에 도착하지 못하니 점점 짜증이 커졌다.

"잭, 돌아가."

그때 건너편에서 레이의 목소리가 났다. 레이는 자신보다 먼저 건너간 모양이었다.

"아아? 왜?!"

"모니터에 잭의 모습이 비치고 있어. 이대로는 도달할 수 없으니까 잭은 내가 말하는 방향으로 뛰어 줘."

이대로 오도 가도 못한 채 있어 봤자 별수 없다. 레이는 그렇게 생각하고 말했다.

'……말하자마자 명령이냐.'

하지만 그것은 잭에게 그다지 기분 좋은 제안은 아니었다. 어린 시절의 싫은 기억이 어렴풋이 되살아나서 잭은 입을 다물었다. 명령받는 것은 싫다.

"……잭?"

대답이 없는 것을 이상히 여기고 레이는 고개를 갸웃했다. 레이는 명령할 생각 따위 없었다. 그저 잭에게 도움이 되고 싶을 뿐이었다.

"……예이예이, 돌아가면 되는 거지?"

잭은 짜증을 느끼면서도 왔던 길을 돌아갔다.

"응, 돌아가면 거기서 오른쪽 위로 가. 그리고 왼쪽 위……."

레이는 모니터 속 잭을 보며 건너편까지 오는 정확한 루트를 지시해 갔다.

'……아아, 지시만 해 대고.'

그러나 그렇게 지시받을 때마다 잭의 짜증은 심해져 갔다. 마치 자신이 레이의 도구처럼 다뤄지고 있는 기분이었다.

"다음은 오른쪽 아래."

그리고 레이가 그렇게 지시한 순간, 참을 수 없어져서 잭은 무심코 언성을 높였다.

"어이! 나는 게임의 말이 아니야. 멋대로 움직이려고 하지 마!"

"하지만 내가 말하는 편이 빠를 것 같아서……. 그리고 도착해 주지 않으면 조금 곤란해……."

레이는 그 목소리에 살짝 놀라면서도 반론했다. 하지만 악의는 조금도 없었다.

"이제 됐어. 조금만 더 가면 도착해."

잭은 그것을 알면서도 짜증 내며 내뱉었다. 악의는 없을지도 모르지만 이 이상 지시받으면 환장할 것 같았다.

"……그래."

'……잭, 역시 날카로워져 있어.'

약간 앙금 같은 것을 남기며 레이는 모니터에서 눈을 돌렸다.

▲
▼

그 후 잭이 무사히 건너편에 도착하자 두 사람은 각자의 눈앞에 있는 다른 문으로 들어갔다.

'……어라?'

옆으로 고개를 돌리니 잭의 모습이 보였다. 오가지 못하도록 쇠창살로 막혀 있기는 하지만 공간 자체는 연결되어 있었다.

그 쇠창살 너머로 레이는 잭과 눈을 맞췄다. 잭의 눈초리는 B6에서 처음 대치했을 때처럼 무언가를 발산하고 싶어 참을 수 없는 듯한, 그런 이성을 잃은 모습으로 보였다.

"잭, 이 방은……."

그러나 레이는 그 눈에 겁먹지 않고 잭에게 다가갔다.

"아아…… 문은 잠긴 모양이고, 있는 건 주사기뿐인 것 같아. 어쩌라는 거야. 주사라도 맞고 정신 놓으라는 건가? 하!"

잭은 조금 자포자기 심정이 되어 말했다.

'주사기?'

레이는 다시 방을 둘러보았다. 각각의 방 중앙에 설치된 테이블 위에 어떤 약품이 든 주사기가 하나씩 놓여 있었다. 레이는 그 날카로운 바늘을 만지지 않도록 조심하며 살며시 주사기를 집었다.

'……진짜 주사기야. 무슨 약품이 들어 있는 걸까?'

레이는 수상쩍은 오렌지색 액체를 형광등에 비추고 자세히 응시했다.

"앗하하하하하!"

—그때, 익숙한 웃음소리가 두 사람의 고막을 직접 두드리며 울려 퍼졌다.

"하~이! 실제로 보는 건 처음이지? 내가 이 층의 단죄인, 캐시야!"

완벽하게 화장을 한 여자— 캐시가 모니터 속이 아니라 중이층으로 된 곳의 문을 통해 두 사람 앞에 나타났다. 그러나 둘러본 바로는 캐시가 서 있는 중이층으로 올라가는 계단은 없었고, 게다가 중이층은 방탄유리로 벽이 쳐져 있었기에 두 사람이 있는 곳에서는 전혀 손쓸 수 없는 구조였다.

"어이, 망할 사디스트년, 이번에는 뭐야! 이리 내려와, 죽여 버리겠어!"

유리 너머로 두 사람을 내려다보는 캐시를 향해 잭은 짖듯이 외쳤다.

"어머, 잭도 참. 이런 미녀에게 그런 식으로 말하다니 여전하구나! 하지만 그런 부분도 짜릿해!"

캐시는 우아하게 두 사람을 내려다보며 쿡쿡 웃었다.

"이번에는 뭘 하면 돼?"

레이는 캐시를 올려다보며 물었다.

"그러네. 레이첼 가드너, 주사기는 무슨 목적으로 있다고 생각해?"

냉정하고 침착한 레이의 그 모습을 보고 캐시는 재미없다는 표정을 지으면서도 밝은 목소리 톤은 유지한 채 물어보았다.

"……찔러서, 약을 몸에 넣기 위해?"

그 질문에 레이가 성실하게 대답하자 어디선가 요란스러운 음량으로 딩동딩동~ 하는 효과음이 울렸다.

"정답이야, 레이첼! 그리고 놀랍게도 이 방의 잠금장치는 거기 각각 놓여 있는 주사를 맞으면 열립니다~! 간단하지?"

"주사기에는 무슨 약이 들어 있어……?"

레이는 주사기를 바라보았다.

"가르쳐 줄게, 레이첼. 한쪽은 비타민제고 다른 한쪽은 위험한 약……. 위험한 쪽은 독~한 약이니까 악몽에 시달리다가…… 그대로 깨어나지 못할지도?"

캐시는 입술에 손가락을 대고 심술궂은 어조로 말하며 잭에게 윙크를 날렸다.

"뭐?! 어느 쪽 주사긴데!!"

"안 가르쳐 줄 거고, 잊어버렸어. 애초에 이 방은 어느 한쪽이 당첨이고 어느 한쪽이 꽝이었거든. 운이 좋으면 비타민제. 나쁘면 위험한 약. 복불복이었어. 하지만 너희는 두 명이니까……."

캐시는 후후, 삐딱하게 미소 지었다.

"이렇게 될 거라고 알고 있었던 거 아니야……?"

캐시의 그 득의양양한 표정을 보고 레이는 툭 중얼거렸다.

"어머, 귀엽지 않은 아이. ……똑똑하지만 그것뿐인 아이. 쭉~ 보고 있었지만 너는 잭 말대로…… 아~주 시시하구나?"

캐시는 자신보다 열등한 것을 보는 눈으로 레이를 내려다보았다.

'……시시해…….'

여자에게 들은 그 말은 잭에게 듣는 것과 전혀 달라서 굴욕적이고 불쾌하다고 레이는 느꼈다.

"자, 시시한 이야기는 끝. 그러네, 너희는 일단 두 명이니까 특별한 룰로 해 줄게!"

"특별한 룰이라고……?"

"그래, 특별한 룰. 그 주사기…… 교환해도 돼. 그리고…… 어느 한 명이 양쪽 다 맞아도 상관없어. 다만, 한 방울도 남김없이 확실하게 놔야 해. 부정행위는 이곳에서 영원한 징벌! 두 번 다시 여기서 나갈 수 없습니다!"

그 순간, 두구두구두구— 하고 어디선가 드럼 소리가 울렸다.

"그럼 죄인 제군, 행운을 빌겠어요~!"

캐시는 그 드럼 소리에 맞춰 뮤지컬 댄서처럼 빙글빙글 회전하더니 독특한 웃음소리를 내며 문 너머로 사라졌다. 방에는 레이와 잭, 그리고 주사기 두 개만이 남았다.

"잭……."

레이는 무의식중에 도움을 구하듯 그 이름을 불렀다.

"어이, 주사기 가져와. 얼른."

잭은 짜증 내면서 반쯤 명령하는 목소리로 말했다.

"응……."

레이는 서둘러 테이블 위의 주사기를 가지러 갔다.

"어이, 너, 이거 어느 게 위험한 건지 알 수 있어?"

잭은 주사기에 든 액체를 힐끔 보고 물었다. 안에 든 액체는 한쪽이 오렌지색, 다른 한쪽이 황록색이었다.

"……아니."

레이는 고개를 좌우로 흔들었다. 여러 책을 읽기는 했지만 역시 약품 지식까지는 없었다.

"그렇겠지. 나도 모르겠어. 하지만 나는 이런 데서 죽을 생각은 없어. 그 여자한테 살해당하다니 사양이야."

잭은 험악한 표정을 지었다.

"……그럼 내가 양쪽 다 맞을까?"

레이는 조금 생각하고서 제안했다.

"아아?! 너, 그러고서 일어날 자신 있어?!"

잭은 그 터무니없는 제안에 무심코 언성을 높였다.

"……글쎄. 아니면 잭이 맞아 볼래?"

레이는 시원스럽게 말했다.

"아아?! 당연히 싫지!"

'이 녀석, 무슨 생각을 하는 거야……?!'

잭은 레이의 사고 회로를 전혀 이해할 수 없었다.

"잭이 싫다면 내가 맞을게. 어떻게 될지는 모르겠지만."

곤혹스러워하는 잭을 보고 레이는 또렷한 어조로 말했다. 하지만 그것은 잭이 보기에 앞뒤를 전혀 생각하지 않는 일방적인 발언이었다.

"모르겠다니, 죽으면 어쩔 거야."

"어쩔 거냐니?"

"그러니까, 만약 내가 죽으면, 혹은 네가 죽으면 어쩔 거냐고!"

잭의 마음속에 울컥울컥 화가 치밀었다.

"……맹세해 준 게 이루어지지 않아……. 하지만 그건……."

그 순간, 레이의 귓속에 딸랑— 방울 소리가 울렸다.

"모르겠어. ……미안해, 모르겠어."

레이는 혼란스러워져서 말했다.

"……아아, 그랬지. 너는 죽고 싶어 했어. 시시한 질문을 했네."

잭은 비웃으며 욕했다.

"……시시해……."

레이는 잭의 말을 되풀이했다.

"속이 뒤집히지만 그 여자 말대로 너나 나나 서로 도구 같은 거야. 뭐…… 신한테 한 맹세가 어떤 건지 모르겠다만, 넌 죽을 수 있다면 그걸로 만족스럽겠지만 말이지."

여전히 안색 하나 바뀌지 않는 레이의 얼굴을 바라보며 잭은 짜증을 곱씹는 표정으로 마음 한구석에서 줄곧 생각하던 것을 물었다.

"야, 너, 죽고 싶다고 생각하면서 괜찮은 얼굴 따위 할 수 있는 거냐?"

"……."

레이는 그 질문에 곧장 고개를 끄덕일 수 없었다.

모르겠다……. 알 수 없었다. 태어나 지금까지 진심으로 웃어 본 적은 없을지도 모른다.

"……재미없다고. 인형한테 도구로 쓰이는 건……."

입을 다무는 레이를 보고 잭은 작게 한숨을 쉬고서 혼잣말처럼 말끝을 흐렸다.

"—하지만 지금은 그 여자 뜻대로 돼 줄 생각 없어. 여기서 나가는 게 먼저야. 그러니까 너 좋을 대로 쓰여 줄게."

그리고 자포자기한 모습으로 단언하더니 쇠창살 너머로 손을 뻗어 레이가 들고 있는 주사기를 억지로 빼앗았다.

"기다려, 그건 내 주사기……."

레이의 눈이 동그랗게 뜨였다.

"시끄러워. 어지간히 위험한 약인 것 같지만 독은 아닌 거잖아? 이걸로 내가 죽으면 너 따위 금방 죽어 버린다는 뜻이야. 그럼 내가 맞는 편이 훨씬 낫지."

잭은 대담하게 미소 지으면서 말했다. 그것은 이 상황에서 현명한 판단이었을지도 모른다. 하지만 레이에게는 냉정함을 잃은 잭이 폭주하고 있는 것으로만 여겨졌다. 그러나 이미 주사 두 개를 놓으려 하는 잭의 손을 멈출 수는 없었다.

"……기다려."

레이는 그것을 알면서도 쇠창살 너머에 있는 잭에게 손을 뻗었다.

"안 기다려."

잭은 레이를 흘낏 보았다. 무언가를 내버리는 듯한, 혹은 내버려진 듯한 그 표정 속에는 잭이 지금껏 맛보았던 인생의 비애가 숨어 있는 것처럼도 보였다.

그리고 잭은 후드티 소매를 걷어붙이고 주사기 두 개를 동시에

......stop
NO

팔에 찔렀다. 정체 모를 약품이 잭의 몸속으로 쭉쭉 흘러들어 갔다. 머지않아 두 주사기에 들어 있던 모든 액체가 잭의 몸속에 흡수되자 다음 문이 찰칵 열렸다.

"문 열렸네. 얼른 가자고."

잭은 태연하게 걷기 시작했다. 아직 약의 효과는 나타나지 않은 것 같았다.

"응……."

레이는 그 등을 기도하는 눈으로 바라보았다.

▲
▼

문 너머에는 복도가 이어져 있었다. 잭은 레이를 떼어 놓고서 빠른 걸음으로 나아갔다. 하지만 약이 퍼졌는지, 끝이 보이지 않을 만큼 복도가 한없이 계속되는 것처럼 느껴졌다.

'……젠장, 눈앞이 핑핑 도네.'

—머리가 깨질 듯이 아팠다.

동시에 서 있지 못할 만큼 심한 현기증이 엄습하여 잭은 견디지 못하고 그 자리에 웅크렸다.

'아아, 이건 뭐야……!'

쏴아아아아— 마치 그날의 빗속에 있는 듯한 소리와 함께 노이즈가 시야를 가득 메웠다.

그리고 이어지는 꿈을 꾸는 것처럼 그날 밤 일이 선명하게 떠올랐다.

▲
▼

—내가 시설 부부를 살해한 것은 죽은 채 바닥에 방치되어 있던 아이의 시체를 마당에 묻은 날이었다. 아마 나보다 세 살쯤 어렸던 것 같지만 잘 기억나지 않는다.

처음 판 곳에서는 몇 주 전에 묻었던 갓난아기 같은 것이 나와서 방해되었기에 그 구멍에는 묻을 수 없었고, 다시 새로 구멍을 파야 했다. 벌써 몇 번이나 이렇게 아이의 시체를 묻었는지도 알 수 없었다.

그날은 비가 왔다. 우산을 써 봤자 의미 없을 만큼 거센 비가 밤새도록 내리고 있었다.

진흙이 된 땅은 파기 쉬웠지만 무너지기도 쉬워서 시체를 묻는데 조금 시간이 걸렸다. 이 작업은 언제나 심야에 이루어졌다. 빛을 비춰 주는 옥외등도 없어서 주변은 캄캄했다. 게다가 지독한 비 때문에 나는 그날 흠뻑 젖은 데다 진흙투성이가 되었다.

'젠장……!'

붕대가 더러워져서 기분 나빴다. 하지만 교체할 것 따위 없었다. 그래서 붕대에서는 언제나 끔찍한 냄새가 풍겼다.

그러고 보니 마지막이 언제였는지 떠올릴 수 없을 만큼 목욕도 하지 않았다. 딱히 신경 쓰지 않았지만 시체를 묻은 뒤만큼은 목욕을 하고 싶었다. 시체를 만진 뒤 손에서 나는 그 썩은 냄새가 싫었다. 시체를 만진 손부터 시작하여 내 몸도 썩어 가지는 않을까 하는 묘한 기분이 들었다.

'우웩…….'

메스꺼움이 밀려오는 가운데, 나는 진흙투성이가 된 채 시설로 돌아갔다.

시설 안은 묘하게 조용했다. 거실 안쪽 침실을 들여다보니 부부는 이미 잠들어 있었다. 나는 조금 낙담했다. 여자는 항상 시체를 묻으면 남자 몰래 잔반을 주었다. 분명 나 같은 괴물을 살려 둘 정도로 시체를 묻기 싫었을 것이다. 이기적인 녀석들이다.

'배고프다…….'

꼬르륵거리는 배를 손으로 누르면서, 과자 봉지라도 떨어져 있지 않을까 찾았지만 그날은 없었다. 시설 거실은 그다지 깨끗하지 않았다. 아무도 청소하지 않기 때문이다. 잡지와 의복, 쓰레기가 도처에 널려 있었다. 그것은 전부 그 부부의 것이었다.

선반에는 신품이나 마찬가지인 아동용 장난감이 마치 장식처럼, 사용된 모습도 없이 놓여 있었다. 이 시설에 저런 것은 필요 없다.

이 시설에 이제 어린아이는 없었다. 내가 마지막 한 명이다—. 하지만 이 시설의 부부는 질리지도 않고 또 돈을 위해 아이를 맡을 것이다. 그리고 아무것도 주지 않아 굶겨 죽이고 내게 매장시키겠지.

죽어 가는 아이들 사이에서 나만은 죽지 않았다. 부부는 나를 「괴물」이라고 불렀다. 그렇게 부르는 이유는 이 기분 나쁜 겉모습뿐만 아니라 죽지도 않기 때문일지도 모른다. 스낵과자를 훔쳐 먹기는 했지만 일주일에 한 번 정도였고, 잔반을 받을 수 있는 것도 기껏해야 3주에 한 번이 한계였다. 그것은 새로 온 아이가 죽는데 그 정도 일수가 걸리기 때문이었다. 분명 내가 죽지 않는 이유를 부부는 모를 것이다. 나도 알 수 없었다. 하지만 이제 그런 생각을 하는 것조차 귀찮았다.

'하아.'

빗소리에 가려질 만큼 작은 한숨을 쉬었을 때, 문득 시야에 눈부신 빛이 비쳤다.

'뭐지?'

그것은 거실에 놓인 TV 빛이었다. TV 전원이 켜져 있었다. 나는 별생각 없이 불빛에 이끌려 TV 앞에 앉았다. 항상 TV는 부부가 일어나 있을 때만 켜져 있었다. 부부가 깨어 있을 때, 나는 대부분 2층 창고에서 가만히 웅크리고 시간을 보냈다. 그래서 소리는 희미하게 들렸지만 무엇이 비치는지는 본 적이 없었다.

'TV인가…….'

나는 본 적 없는 TV에 흥미가 생겼다.

하지만 심야이기도 해서 아무것도 비치지 않았다. 조작법도 잘 모른 채 버튼을 눌러 보았다. 그러자 무언가 시작되었다.

아마도 그것은 조금 오래된 영화였다. 영화를 보는 것은 처음이었다.

영화 속에서는 젊은 남녀 커플이 뭐가 그리 즐거운지 모르겠지만 소리 높여 웃고 있었다.

'재미없는 영화…….'

나는 TV를 끄려고 했다. 행복해 보이는 녀석들은 질색이었다. 하지만 그때, 남녀의 눈앞에 온몸의 피부가 거의 벗겨진 추한 모습의 괴물 같은 남자가 나타났다. 그리고 추한 남자는 커플 중 남자 쪽을 노리고 아무런 망설임도 없이 몇 번이고 계속해서 나대를 내리쳐 죽였다. 마치 이쪽으로 날아오듯이 화면에 검붉은 피가 튀었다.

자기 애인이 살해당한 것을 보고 여자는 분노에 미쳤는지 추한 남자를 향해 「괴물!」이라고 외쳤다. 그렇게나 행복해 보였던 것이 거짓말처럼 그 표정은 절망에 차 있었다.

추한 남자는 가차 없이 그 여자의 머리도 쪼갰다. 화면에는 눈을 까뒤집고 죽어 버린 남녀와 입이 찢어진 것처럼 미소 짓는 추한 남자가 비쳤다. 그것은 뭐랄까, 심장이 저릿저릿해지는 통쾌한 광경이었다.

—두근두근.

—두근두근.

—두근두근두근두근.

지금껏 움직이고 있는지도 알 수 없었던 심장이 고동치며 멈출 줄을 몰랐다. 멈추지 않았다.

'……아아…… 그래…….'

그리고 마침내 깨달았다—.

—이렇게 하면 돼.

'간단한 일이야…….'

나는 TV 앞에서 일어나 까만 벌레가 득시글거리는 부엌으로 들어가서 가장 큰 식칼을 뽑아 들고 침실로 향했다. 부부는 드르렁드르렁 바보처럼 코를 골며 자고 있었다.

나는 망설이지 않고 남자의 목구멍 — 시체를 묻을 때, 항상 목이 떨어지려 했기에 분명 인간은 그곳이 약할 거라고 생각했다 — 을 노리고 식칼을 찔렀다. 영화에서도 남자 쪽이 먼저 죽었으니까 그렇게 했다. 남자는 「끄아아아아.」 하고 굵은 신음을 내며 나를 노려보았지만 1분도 지나지 않아 죽었다.

'……흐응.'

더는 증오스럽지도 않은 남자의 시체를 바라보며 나는 생각했다. 사람은 간단히 죽는다. 사람을 죽이는 건 간단하다.

'왜 나는 그렇게 참았을까.'

"까악!"

여자는 남자의 이변을 알아차리고 침대에서 벌떡 일어나더니 공포에 찬 비명을 질렀다. 침대에서 바닥으로 떨어져 필사적으로 도망치려고 했지만 다리가 풀렸는지 앉아서 뒷걸음질 칠 뿐이었다.

"……."

나는 여자의 우스운 모습을 내려다보며 식칼을 치켜들었다.

여자는 지금껏 보여 준 적 없는 겁먹은 눈을 하고서 나를 향해 「괴물, 괴물……!」 하고 연이어 외쳤다.

'괴물, 인가…….'

괴물이라고 불리는 것은 솔직히 싫었다. 이 붕대 밑의 사라지지 않는 화상 자국이 싫었다. 좋을 리가 없었다. 하지만 그것은 딱히 무언가를 떠올리기 때문은 아니었다. 그저 인간이 아닌 것 같아서, 괴물 같아서 싫었다.

그러나 그때 나는 어째선지 나를 향해 괴물이라고 떠드는 여자의 모습을 보고 조금 기뻐졌다. 가슴이 설렜다. 이제 뭐라고 하더라도 지시 따위 듣지 않아도 된다. 이 여자는 내 손에 죽는다. 남는 것은 절망뿐이다.

'괴물이면 어때.'

나는 웃었다.

—아아, 나는 지금 아까 처음으로 접한 이야기 속에 있는 것 같다. 아니…… 아니다— 그 자체다.

그로부터 몇 분이 지났을까. 몇 분도 지나지 않았을지도 모른다. 정신이 드니 여자는 죽어 있었다.

그리고 시설에는 이제 나밖에 없게 되었다. 쏴아아아— 모든 것을 지우는 빗소리만이 귓속에서 계속 흘렀다.

—누군가에게 얻어맞고 있는 것처럼 머리가 욱신거렸다. 기분 나빴다.

'아아…… 머리가 이상해질 것 같아…….'

—죽이고 싶어.

죽이고 싶어, 죽이고 싶어.

죽이고 싶어, 죽이고 싶어, 죽이고 싶어, 죽이고 싶어.

죽이고 싶어, 죽이고 싶어, 죽이고 싶어, 죽이고 싶어, 죽이고 싶어, 죽이고 싶어.

레이가 자신을 쫓아 바로 옆까지 달려오는 발소리가 들렸다.

「—부탁이야……, 나를, 죽여 줘.」

잭 속에서 레이의 말이 메아리쳤다.

만나고 얼마 안 되어 레이는 내게 죽여 달라고 부탁했다. 지금 생각해 보면 딱히 그때 죽여도 상관없었다. 오히려 그때 죽이는 편이 좋았을지도 모른다. 분명 레이는 무슨 생각을 하는지 알 수 없는 그 얼굴로 기뻐하며 내 손에 죽었을 것이다. 지금도 분명 레이는 내게 살해당할 생각만 하고 있겠지. 그렇지 않다면 내가 여기서 나가는 것을 도울 리가 없다.

레이가 왜 죽고 싶어 하는지는 모르고, 알 필요도 없다. 어차피 레이에게 나는 그저 도구다.

'하지만 지금 여기서 레이를 죽이면 나는 거짓말쟁이가 되는 건가……?'

시간이 지나면서 점점 온몸이 약에 지배당하는 것을 알 수 있었다. 잭은 줄곧 최악의 꿈속에 있는 기분이었다. 마음속에서는 누군가를 죽이고 싶다는 강한 욕구와 약간의 이성이 미칠 듯이 싸우고 있었다.

'잭의 모습이 이상해……? 역시 독이…….'

"잭, 괜찮아……?"

레이는 문을 나온 뒤 가만히 웅크린 채 움직이지 않는 잭에게 달려갔다.

'오지 마—.'

잭은 마음속으로 외쳤다.

하지만 달려오는 그 모습을 인식한 순간, 뇌의 꼭대기서부터 어쩌지 못할 욕구가 솟아났다. 죽이고 싶다는 욕구 말고는 아무것도 생각할 수 없게 되었다.

"……."

잭은 그 자리에서 재빨리 일어나 레이에게 낫을 겨눴다. 수많은 인간을 절망에 빠뜨린 그 커다란 날붙이는 당연하게도, 연약한 레이의 목 정도야 간단히 잘라 낼 것이다.

"……왜 그래……?"

레이는 살짝 놀란 표정을 지으면서도 무언가를 깨달았는지 조용히 물었다.

"아아…… 그 이상한 약 때문인지는 모르겠지만…… 죽이고 싶고, 죽이고 싶고, 죽이고 싶어서…… 머리가 돌아 버릴 것 같다고!!"

모든 것을 꿰뚫어보는 듯한 레이의 그 파란 눈을 지그시 바라보며 잭은 불꽃을 흩뿌리는 것처럼 포효했다.

'그러니까 빨리, 어딘가로 가—.'

사실은 지금 당장에라도 누군가를— 눈앞에 있는 레이를 죽이고 싶어서 견딜 수가 없었다.

하지만 잭의 뇌리에는 레이와 한 약속이 어른거렸다.

「밖으로 나가면, 그러면 너를…… 죽여 줄게.」

이 세상에 태어났을 때부터 특별히 좋아한 것도 없지만 싫어하는 것도 없었다. 그런 것은 생각해 봤자 쓸모없었다. 하지만 거짓말은, 거짓말만큼은 싫었다.

"……그래……. 나는 상관없어."

레이는 당황하지 않고 말했다.

'—재미없다고.'

레이의 말에 잭은 픽 웃고 고개를 숙였다.

"……그러냐."

'—재미없지만.'

"아아, 그런가, 그렇겠지. 너는 내가 널 죽여 주길 바라고 있으니까!"

'참을 수 없이 죽이고 싶어—.'

잭은 자신을 제어하지 못하고 레이를 향해 낫을 내리쳤다.

날카로운 낫의 서슬은 레이의 목덜미에 바싹 닿았다. 그것은 마치 얼음처럼 서늘하고 차가웠다.

"……하지만 잭은 좋은 거야?"

레이는 그 차가움을 피부로 받아 내면서 다시 조용히 물었다.

"……뭐?!"

"잭은 아직 밖으로 나가지 않았어. 그리고…… 내 얼굴은 아직 재미없는 얼굴인 채잖아?"

레이는 말 그대로 감정이 없는 듯한 표정으로 잭의 상기된 얼굴을 가만히 바라보았다.

'—알고 있으면.'

"어이…… 이제 와 날 협박하는 거냐?!"

'어떻게 좀 해 달라고—.'

구역질 날 만큼 온몸이 기분 나빴다.

낫을 잡고 있는 손이 미약하게 덜덜 떨리고 있음을 자신도 알 수 있었다. 이제 조금이라도 이성의 끈이 끊어지면 당장 레이의 목을 날려 버릴 것 같았다.

"아니야. 신께 한 맹세는 당신이 해 준 거야. 그러니까 당신의 맹세이기도 해. 지금은 명령하지 않아. 부탁도 하지 않아. 다만 당신에게 물을게. —잭은 좋은 거야?"

레이는 목덜미로 전해지는 잭의 떨림을 느끼면서 험한 표정으로 물어보았다. 당장에라도 미쳐 버릴 듯한 상황 속에서 레이가 처음으로 보여 준 진지한 표정에 잭은 조금 놀라면서도.

"……너, 바보냐. —좋을 리가, 없잖아."

속마음을 흘리듯이 그렇게 대답했다.

"하지만…… 아무리 네가 재미없는 얼굴의 여자라도…… 지금, 죽이는 걸 참는 건 어렵다고. 안 그래? 참을 수 있었으면 나는 지금 이러고 있지 않단 말이다……."

—아아…… 나는 왜 이렇게 참고 있지……?

죽이려고 한다면 당장 죽일 수 있다. 참을 수 없이 죽이고 싶은데, 자신 안의 무언가가 레이를 죽이면 안 된다고 자꾸만 외쳐 댔다.

'이 녀석이 없으면 여기서 나갈 수 없게 되니까……?'

「위태롭고, 서로에게 제 사정만을 강요했을 뿐인 약속……. 이해

관계는 일치한 것처럼 보이지만 서로가 도구에 불과해. 하지만…… 진짜 도구는 어느 쪽일까?」

—그럼 내게도 레이는 단순한 도구인가……?

「너희가 한 약속, 우스울 만큼 의미 없어 보여.」

'약속…….'

—아아…… 그러고 보니…… 누군가와 약속한 적 따위 없었지. 약속 같은 건 나와 무관하다고 생각했었어. 나는 줄곧 혼자서 살아왔으니까.

'하지만 여기서 나가면 레이는 내 손에 죽을 테니, 그 여자의 말대로 그건 무의미한 약속일지도 몰라…….'

잭은 레이에게서 시선을 돌리고 작게 숨을 들이쉬며 마지막 이성을 쥐어짠 뒤, 약간 떨리는 목소리로 말했다.

"……하지만 말이야, 나도, 거짓말은 싫어해. ……이게 무슨 뜻인지, 알겠지?"

한순간 시간이 멈춘 듯한 공기가 두 사람 사이를 흘렀다.

"……응."

레이는 눈을 깜박이고서 잭의 낯에 비치는 무표정한 자신을 바라보고 작게 고개를 끄덕였다.

"……넌…… 똑똑하니까…… 부탁한다."

잭은 레이의 가냘픈 몸을 자신에게 폭 끌어당겼다.

"……지금만, 내 손에, 죽지 마—."

그리고 속삭여 고하고서 레이의 몸을 살며시 떼어 냈다.

약속을 서로 확인하는 것처럼 두 사람은 1초간 마주 보았다.

레이의 눈에 비친 잭의 눈빛은 전에 없이 진지했다.

잭의 귓속에서 또다시 비가 내리기 시작했다. 모든 것을 지워 버리는 한밤중의 큰비가.

붕대 틈으로 보이는 눈 안쪽에서 그날 밤 봤던 오래된 영화가 비쳤다. 그건 무슨 영화였을까. 어떤…… 아아, 젠장. 영화 따위 그것밖에 못 봤으니까 제목 정도는 기억해 둘걸. 아아, 하지만 그 영화는 정말로 최고였어. 최고로 통쾌했어.

—두근두근.

—두근두근.

떠올리는 것만으로도 평소에는 멈춰 있는지 움직이고 있는지 알 수 없는 심장이 확실히 뛰는 것을 느꼈다.

죽이고 싶다.

죽이고 싶고 죽이고 싶어서 참을 수가 없다.

이제 그 밖에는 아무 생각도 할 수 없다. 아무것도 생각하고 싶지 않다.

그리고 무언가 끊어진 것처럼 잭의 표정이 사라졌다.

▲
▼

—도망, 쳐야 해……!

레이의 뇌리에 B6에서 처음 잭과 만났을 때의 정경이 유난히 분명하게 떠올랐다.

그때, ……작은 새가 두 동강 났고, 평소처럼 새를 고쳐서 흙 속에 묻었다.

새가 죽어 버려서 불쌍했지만 나는 행복했다.

가족 곁으로 돌아갈 수 있다고 생각했으니까. 나의 이상적인 가족 곁으로…….

하지만 그런 것은 전부 덧없는 환상이었다. 꿈조차 아니었다. 떠오르는 것은 떠올리고 싶지도 않은 현실뿐이었다.

레이는 한순간 눈을 내리뜨고 안타까움을 곱씹고서 잭에게 휙 등을 돌렸다.

'……나는 아직 잭에 관해 아무것도 몰라.'

이력서로 읽었던 내용은 누군가 멋대로 만든 정보. 그 이상도 그 이하도 아니었다.

「—나는, 거짓말이 싫어.」

하지만 그것만큼은 분명하게 알고 있었다. 레이는 작게 주먹을 말아 쥐었다.

'잭을 거짓말쟁이로 만들지 않을 거야…….'

그렇게 마음속으로 맹세하고, 흔들흔들 휘청이고 있는 잭 곁을 벗어나 전속력으로 달리기 시작했다.

—잭은 그때 신께 맹세해 줬어.

「반드시 내가 너를 죽여 줄게!」

하지만 분명 이런 형태로 나를 죽이는 것을 잭은 바라고 있지 않았다. 이런 재미없는 나를 죽이는 것을 잭은 원하지 않는다.

있지, 잭. 나는 살아 있으면 안 돼. 그 밤부터 줄곧 그렇게 생각하고 있어.

하지만 잭에게 살해당하기 위해, 나는 잭에게 도움이 되고 싶어.

그리고 약속했다. 잭이 죽이고 싶어질 만한 괜찮은 얼굴을 하겠다고…… 약속했다.

그러니까— 지금만, 잭이 날 죽이게 하지 않겠어……!

귀 안쪽에 내리는 세찬 빗속에서 잭은 레이를 뒤쫓았다.

'죽이고 싶어, 죽이고 싶어—!'

더는 아무것도 들리지 않았다. 아무것도 알 수 없었다. 이곳이 현실인지도 꿈인지도. 자신이 어른인지 아이인지도. 이제 아무것도 생각할 수 없었다. 누구든 좋았다. 죽이고 싶었다. 죽이고 싶어서 견딜 수가 없었다.

노이즈가 어른거리는 머릿속에 어째선지 시설 마당에 묻었던 아이들의 얼굴이 한 명, 한 명 떠올랐다. 귀신 따위 이 세상에 없다. 그런 건 상식이다—. 하지만 죽어 갔던 아이는 유난히 분명한 영상으로 잭의 눈 안쪽에 가만히 서 있었다. 미워하는 것도 아니고, 도움을 구하는 것도 아니고, 그저 죽은 눈으로 잭을 바라보았다. 그리고 「이런 곳에 오고 싶지 않았어.」라고 말했다.

'알게, 뭐야. 기분 나쁘다, 고.'

그때마다 메스꺼움을 느끼면서 잭은 불안한 발걸음으로 레이의 뒤를 쫓았다. 그런데도 레이 입장에서 잭이 쫓아오는 속도는 무시무시하게 빨랐다.

'이대로는 금방 따라잡혀……!'

"하아, 하아."

잭이 바로 뒤까지 육박한 것이 느껴졌다.

레이는 가쁜 숨을 내쉬며 미로 같은 어둑한 복도를 그저 내달렸다.

'숨차.'

이렇게 누군가를 위해 달린 적은 분명 없었다.

하지만 그런 생각을 할 겨를도 없을 만큼 레이는 정신없이 달렸다. 조금이라도 멈춰 서면 죽고 만다. 그러나 사실은 언제 죽어도 좋았다. 잭에게 전부 다 알려지기 전에 살해당하고 싶었다.

'……?'

잭의 기척이 사라진 느낌이 들어서 레이는 일순 뒤를 확인했다. 잭이 달리는 속도가 확연하게 떨어져 있는 것을 알 수 있었다.

'독이…….'

몇 분 전 양쪽 주사를 놓던 잭의 모습이 레이의 눈 안쪽에 떠올랐다.

'잭은 내 몫까지 주사를 맞아 줬어…….'

「이걸로 내가 죽으면 너 따위 금방 죽어 버린다는 뜻이야. 그럼 내가 맞는 편이 훨씬 낫지.」

그건…… 둘이 함께 이곳에서 나가기 위한 잭 나름의 수단이었다. 레이는 문득 그렇게 생각했다.

'내가 할 수 있는 건, 지금 잭이 날 죽이게 하지 않는 것뿐…….'

그것뿐이다.

어두워서 복도 끝은 보이지 않았다. 어디까지 이어져 있는지도 알 수 없는 그 길을 레이는 전부 잊고서 달렸다. 계속해서 잭과 거리를 벌려 마침내 긴 복도를 빠져나가자 갑자기 눈앞이 확 밝아졌다.

▲▼

눈부실 만큼 밝은 형광등이 여기저기 설치된 널찍한 공간이 시야에 펼쳐졌다.

흡사 방금 막 지어진 것처럼, 혹은 방금 막 새로 칠한 것처럼, 공간에는 더러움 하나 없이 새하얀 벽과 바닥이 자리하고 있었다. 안쪽에는 커다란 모니터와 복잡해 보이는 기계가 놓여 있는 것이 보였다. 하지만 주사기가 있던 방과 마찬가지로 투명한 방탄

유리로 벽이 쳐져 있어서 그쪽으로는 갈 수 없었다. 즉 그것은 막다른 곳을 의미했다.

"……."

'막다른 곳…….'

굳이 뒤돌아보지 않더라도 잭이 이미 근처까지 다가와 있다는 것은 기척으로 헤아릴 수 있었다.

레이는 작게 숨을 헐떡이면서 그 자리에 멈춰 섰다.

—이제 돌아갈 수 없다. 돌아가더라도 아마 의미가 없다. 도망칠 곳도 없다…….

'돌아갈 장소도…….'

「너희 아빠와 엄마는 지옥에서 기다리고 있어—.」

레이는 그 자리에 멍하니 서서, 수술대 위에서 들었던 대니의 말을 떠올렸다.

'선생님…… 지옥은 그 집보다도 지독한 곳일까……?'

레이는 방 입구를 천천히 돌아보았다.

그곳에는 잭이 숨을 가쁘게 몰아쉬지도 않고 조용히 서 있었다. 자신을 응시하는 잭의 눈은 처음 만났을 때와도, 함께 여기까지 온 잭과도 달리 공허했다.

"……."

잭은 말없이 레이에게 천천히 다가왔다. 그리고 정면에 서더니 또다시 그 사신 같은 낯을 레이에게 겨눴다.

"……."

'잭, 미안해— 나는 잭을 거짓말쟁이로 만들고 말아…….'

레이는 느릿하게 눈을 감았다.

'……하지만…… 이대로 죽으면 분명 천국에 갈 수 있어…….'

그리고 감은 눈 안쪽에서 남몰래 그렇게 생각했다.

그 순간이었다.

「—탕!」

심장이 펄쩍 뛸 만큼 커다란 소리가 층에 울려 퍼졌다.

'……!'

수런거리는 불길한 예감이 마음에 감돌았다. 그것은 틀림없이 권총이 발포되는 소리였다.

눈을 뜨자 잭은 고개를 숙인 채 바닥에 무릎 꿇고 있었다. 종아리에서는 피가 철철 쏟아져서 마치 주스라도 엎지른 것처럼 바닥에 번져 갔다.

"앗하하하하하!"

실성한 웃음소리와 함께 유리벽 너머에서 캐시가 모습을 나타냈다.

"좋은 순간을 중단해 버려서 정말로 미안해~. 여긴 총살형을 내리는 방이라서 말이지, 모처럼 여기까지 왔으니까 쏴 줘어."

캐시는 멍하니 있는 레이에게 태연히 내뱉었다.

"……총살형."

"그래. 봐, 수많은 총구가 너희를 에워싸고 있어. 이거 전부 버튼 하나로 총알이 발사되는 거야. 멋지지?"

캐시가 그렇게 말하니 새하얀 벽에서 커다란 총구가 여럿 나타났다. 사방팔방에서 두 사람을 에워싼 그것은 B3 입구에서처럼 피할 수 있는 수가 아니었다.

"아아, 그보다도…… 조금 전 너희의 동료 해체…… 아~주 유쾌했어. 특히 잭! 너는 모범적이며 나의 이상적인 죄인이야! 발버둥쳐 봤자 결국은 충동을 억제할 수 없는 부분이 정말로 멋져……!"

캐시는 유리벽 너머에서 그 대사와는 어울리지 않는 사랑에 빠진 소녀처럼 황홀해 하는 목소리로 잭에게 말했다. 조금 전까지 모니터를 통해 바라보고 있던, 안색을 바꾸고 레이를 뒤쫓는 잭의 모습을 떠올리기만 해도 전율이 일었다.

"……시끄……러워……!"

잭은 발을 끌며 천천히 일어나 유리 너머에 있는 캐시를 노려보았다.

"……잭!"

레이는 그 목소리에 반응하여 무심코 잭에게 달려갔다.

“오지 마!! 죽인다!!”

그러나 잭은 고함치며 그것을 거부하고 날카로운 눈으로 레이를 바라보았다.

“거 봐, 총에 맞은 통증 때문에 조금은 이성이 돌아온 것 같지만 이 모양인걸! 참·을·수·가…… 없는 거지?”

눈앞의 레이를 공격하려는 것을 필사적으로 참고 있는 잭을 도발하며 캐시는 작게 입술을 핥았다.

“어이! 사람 열 받게 하는 말 좀 그만하라고! 죽여 버린다!!”

“아하하, 나는 사실을 말하고 있을 뿐이야. 그리고 죽는 건 죄인인 너야, 잭. ……자, 레이첼 가드너. 너에게 이걸 줄게.”

캐시는 방탄유리 너머에서 마치 쓰레기라도 던져 넣는 것처럼 레이의 발밑에 빨간 권총을 휙 던졌다.

“그게 있으면 너희는 비등해지잖아? 그러니까 서로를 죽여! 살아남은 쪽을 더 멋지게 단죄해 줄 테니까!”

아하하하하하~, 입버릇처럼 웃으며 캐시는 진심으로 유쾌하다는 목소리로 단언했다.

그 미쳐 버린 뇌 속에서는 잭과 레이의 아름다운 상호 살생이 선명하게 떠올랐다. 그 광경을 빨리 보고 싶어서 애가 탔다.

‘서로를 죽여—.’

레이는 잠시 입을 다물었다가 담담한 어조로 물었다.

"……그 행위에 대체 무슨 의미가 있어?"

캐시의 표정은 그 말을 듣고 돌변했다.

"뭐? 그러지 마. 넌 진짜 재미없어. 의미 따위를 추구해서 어쩌려고? 그러면 뭔가 생겨나기라도 해? 죄인이 무언가를 만들어 내다니 말도 안 돼. 그러니까 의미 같은 걸 추구할 필요는 없어."

캐시는 미인 특유의 매섭고 험악한 얼굴을 하고서 잘라 말했다.

'—재미없어…….'

레이는 다시 입을 다물었다.

「……재미없다고. 인형한테 도구로 쓰이는 건.」

'잭도 나를 재미없다고 생각하고 있어…….'

—엄마도 아빠도…… 내가 재미없으니까 이야기를 들어 주지 않은 걸까……?

'……나는 ……강아지를 키우고 싶었을 뿐인데—.'

왜 그렇게 되어 버렸을까.

얼어붙은 밤중, 박스 안에서 도움을 구하듯 레이를 빤히 바라보던 강아지. 그 사랑스러운 얼굴을 떠올리며 레이는 발밑에 떨어진 빨간 권총을 살며시 주웠다.

'무거워…….'

그 감촉은 레이의 기억을 한층 선명하게 바꿔 갔다.

"자, 재밌는 걸 보여 줘……!"

레이가 총을 줍는 것을 가늠하여 캐시는 죽이라고 신호를 보내는 것처럼 목소리를 높였다.

'……재밌는 거…….'

—그건 재미있지 않았지만…….

"쏠 거면 빨리 쏴."

가만히 앞을 응시한 채 권총을 겨누지도 않는 레이에게 잭이 말했다.

"혹시 방아쇠를 당기는 게 무섭니? 재미없고 시시한 아이에서 벗어날 수 없는 거야?"

캐시는 정말로 인형이 되어 버린 것처럼 미동도 않는 레이를 도발하며 물어보았다.

"……아니야."

손에 쥔 총을 바라보고 레이는 분명하게 대답했다.

"어이 레이, 네가 쏘지 않더라도 나는 죽이는 걸 참을 수 없다고!"

잭은 붕대 밑에서 눈썹을 찌푸리며 소리쳤다.

햇볕에 탄 적이 없어 보이는 레이의 하얀 목덜미에는 몇 분 전과 마찬가지로 낫의 뾰족한 끝이 닿았다. 하지만 그것은 아까처럼 차갑지는 않았다.

"……나는, 쏘지 않아."

레이는 순간 눈을 내리떴다가 의연한 얼굴로 단언했다.

"……그러냐. 하지만 말이지, 나는 참을 수 없이 죽이고 싶어!!"

잭은 분함이 섞인 비통한 목소리로 외쳤다.

'아아아, 젠장!'

—나도 이렇게 자기 의지도 조절할 수 없는 굴욕적인 상황에서 널 죽이고 싶지는 않아. 머릿속으로는 알고 있어.

하지만 이제, 한계……다.

'죽이고 싶어……'

—긴장을 늦추면 그 생각만이 떠올랐다. 그 최고의 기분을 맛보고 싶어서 견딜 수가 없었다. 지금 널 죽여도 그런 기분이 들지는 않겠지. 하지만 지금은 그저…… 이 손으로 누군가를 죽이고 싶고 죽이고 싶어서, 머리가 돌아 버릴 것 같다고.

"하아, ……하아."

무언가를 참는 표정인 잭의 호흡은 어쩐지 괴로워 보이기도 했다.

"……미안해. 잭이 재미없는 날 죽이게 해 버리네."

레이는 잭의 그런 모습을 바라보며 모든 것을 깨달은 목소리로 말했다.

"아아, 정말로 그래……! 개 같은 기분이 들겠지! 그러니까 쏠 거면 쏘란 말이다! 이 거리라면 틀림없이 맞을 거라고."

잭은 반쯤 레이를 설득하듯이 언성을 높였다.

"……나는, 잭을 쏘지 않아."

그러나 레이는 그렇게 잘라 말했다. 그것은 무슨 일이 있더라도 흔들리지 않는 의지였다.

'나는 잭을 죽이지 않아…….'

잭은 나를 죽여 주겠다고 맹세해 줬으니까—.

"하하하……! 이 상황에서 무슨 소릴 하는 건지. 아아, 그런가…… 너는, 내 손에, 죽고 싶어 했었지."

잭은 무기력하게 웃으며 입가를 일그러뜨렸다. 하지만 레이는 작게 고개를 가로저었다.

"그렇긴 하지만, 아니야. ……이건 내 의지—."

그리고 방을 감싼 정적 속에서 레이는 이야기하기 시작했다.

"잭에게 살해당하는 건 좋아. 하지만…… 저 여자, 저 여자의 생각대로…… 되고 싶지는 않아. 왜냐하면…… 잭도 나도— **도구가 아니야.**"

그대로 레이는 잭의 눈을 똑바로 응시하고 말했다.

"그러니까…… 죽이는 것도, 죽임을 당하는 것도…… 잭과 내 의지야."

그 말을 듣고 잭은 온몸의 힘이 빠져나가는 것을 느꼈다.

—나는 도구가 아니야.

그래……. 그러네. 간단한 거야. 왜 깨닫지 못했을까. 역시 나는 바보구나.

아아, 레이. 네 말대로…… 죽이는 것도, 죽임을 당하는 것도, 나와 너의 의지다.

그게 아니라면 대체 뭐겠어?

'애초에 무의미한 약속 따위 하겠냐고—.'

"……하하하하하!"

잭은 제정신을 차린 듯이 크게 입을 벌려 웃었다.

"어이 레이…… 이제야 살짝 재밌는 말을 하잖아. 아아, 더는 참을 수가 없어! 적어도 웃어 보라고!! 지금 당장!!"

그리고 흥분한 기색으로 부추기면서 레이에게 바싹 다가왔다.

'……웃는다.'

레이는 눈을 감았다.

—마지막으로 웃은 건 언제였을까?

강아지가 집에 왔을 때였던 것 같지만 떠올릴 수 없었다.

나는 어떻게 웃고 있었을까. 평소에는 무언가를 귀엽다고 생각했을 때 웃었던 것 같다.

그리고…… 그 오르골 소리를 좋아했다. 마음에 들었던 오르골.

그것은 일곱 살 때 엄마가 생일 선물로 사 준 것이었다. 그때 나는 정말로 기뻤다. 밤새도록 오르골 소리를 들었다. 그래서 그 소리를 들으면 나는 언제나 조금 행복한 기분이 들었다…….

'그 소리를 떠올리면 웃을 수 있을까…….'

"……."

레이는 천천히 눈을 뜨고 잭을 바라보았다.

그리고 눈은 여전히 세계의 끝을 비춘 채, 입꼬리만 올려 생긋 웃어 보였다.

"……형편없어. ……진짜, 너는 눈이 죽어 있다고."

그 어색한 미소에 조금 몸에 힘이 빠지면서 잭은 그렇게 중얼거렸다. 그리고 레이의 목덜미에서 느릿하게 낫을 들어 올렸다.

"……하지만— 그게 진짜가 된다면…… 최고야. 그런 너를 죽이는 상상만으로도 나는 누구보다 괜찮은 얼굴이 될 수 있어."

살짝 더러워진 서슬에는 붕대가 몇 겹이나 감긴 괴물 같은 자신의 얼굴이 비치고 있었다. 잭은 그 얼굴을 바라보며, 처음 레이를 만났을 때처럼 고막을 뚫을 듯한 큰 목소리로 갑자기 소리쳤다.

"스스로 자신을…… 죽여 버릴 만큼은 말이야!"

그 찰나, 잭은 스스로 자신의 복부에 낫을 대고서 후드티 위로 힘껏 갈랐다.

'……!'

레이의 눈앞에 검붉은 피가 세차게 튀었다.

"……잭……!"

'무슨 일이 일어난 거야……?'

상황을 제대로 이해할 수 없었다. 레이는 혼란스러워하면서도 잭에게 달려갔다.

"뭐어어어어?!"

캐시도 무심코 위협적인 목소리로 외쳤다.

잭의 그 행동은 캐시의 예상을 완전히 뛰어넘은 것이었다. 캐시는 레이 이상으로 혼란스러워하며, 분노가 이끄는 대로 기계를 조작하여 방탄유리로 만들어진 벽 일부가 되어 있는 문을 열었다. 그리고 한달음에 레이에게 다가가 그 하얀 뺨을 힘껏 때렸다.

'아파…….'

무언가를 떠올리게 하는 그 충격에 레이는 순간 경멸하는 눈으로 캐시를 올려다보았다.

"아아아아아, 끔찍해! 전혀 모범적이지 않았어! 모처럼 총을 줬는데 여기서 방아쇠 하나 당기지 못하는 너는 죄인도 되지 못한 존재! 아이작 포스터는 욕망에 사로잡혀 스스로 자신을 죽일 만큼 어리석다니, ―실망했어!"

캐시는 딱딱하게 굳은 얼굴로 외치며 탄식했다. 이 상황은 캐시가 그리던 결말 중 어느 것에도 해당하지 않았다. 전혀 아름답지 않은 최악의 결과였다.

'나는 잭이 참지 못하고 레이첼을 죽이는 장면이 보고 싶었는데……! 그리고 남은 잭을 내 손으로, 자근자근 천천히 시간을 들여 단죄하고 싶었어—. 이래서는 내 단죄에 찬물을 끼얹은 꼴이야……!'

캐시는 잭의 상처 자리에서 선명한 빨간색이 흘러나오는 모습을 바라보며, 그 색과 똑같은 빨간 립스틱이 발린 입술을 꽉 깨물었다.

"아아아…… 이럴 거면 잭 쪽이 좋았어. 벌집이 되는 건 분명 그가 어울렸을 텐데……. 너 따위를 단죄해도 전혀 재미있지 않아! 아아, 레이첼…… 너는 정말로 재미없는 인간이야……!"

캐시는 다시 한 번 히스테릭하게 레이의 뺨을 짝 때리며 화풀이했다.

'……아파…….'

그 아픔에 레이는 한순간 눈을 감았다. 감은 눈 안쪽으로 엄마와 아빠가 서로를 물어뜯을 듯이 큰 목소리로 다투는 모습이 떠올랐다.

언제부터 그랬는지 알 수 없다. 하지만 다툴 때, 엄마는 항상 아빠에게 맞고 있었다. 분명 몹시 아팠을 테니 그 탓에 엄마는 머리가 이상해져 버렸을지도 모른다. 오르골을 사 줬을 때 엄마는 그렇지 않았으니까…….

'하지만 나는 지금 재미없어서 맞은 걸까……? 이런 여자한테…….'

"……그런 걸 당신이 결정할 이유는 없어."

레이는 아이라인이 감싸고 있는 캐시의 만들어진 눈을 지그시 바라보며 분노가 섞인 목소리로 말했다.

"뭐어? 죄인조차 못 된 존재가 내게 반항할 셈이야? 애초에 너 같은 재미없는 아이가— **어떻게 여기에 올 수 있었어**?"

그 반항적인 태도에 캐시는 한없이 불쾌해져서 큼직한 눈을 부릅뜨고 레이를 내려다보았다.

"……으…… 으……."

그때, 대치하는 두 사람의 귀에 잭이 신음하는 작은 목소리가 들렸다.

레이는 반사적으로 잭 쪽을 돌아보았다. 잭은 움찔움찔 잘게 경련하면서도 약하게 숨을 쉬고 있었다.

"……어머, 살아 있잖아! 정말로 괴물 같아…… 멋져!"

잭이 살아 있다— 그 사실을 알고 캐시의 목소리는 조금 전까지 레이를 대하던 태도에서 돌변하여 밝아졌다. 캐시는 연인 곁으로 달려가듯이 잭에게 달려갔다.

"……잭을 죽일 거야?"

레이가 물었다.

“그래. 이렇게 멋진 죄인을 단죄하는 건 나밖에 없잖아……?”

캐시는 당연하다는 어조로 대답했다.

그리고서 캐시는 B6에 설치된 무수한 감시 카메라가 비추었던 잭의 모습을 떠올렸다. 잭이 제물이 되기 전— 제물들을 죽이는, 살인귀라고밖에 표현할 길이 없는 그 모습을 모니터 너머로 바라볼 때마다 캐시의 뇌는 참을 수 없이 짜릿했었다. 자신과는 달리 본능에 따라 제물들을 살육해 가는 모습을 보는 것은 무척 자극적이었다—.

‘하지만 그는 이 아이 때문에 제물이 됐어…….’

그러나 그것은 분명하게 말하자면 딱 좋은 기회였다.

—바로 내가 그 멋진 살인귀를 벌할 권리를 얻게 됐으니까.

“아하하하하!”

자신의 손으로 잭을 죽이는 그 순간을 머릿속에 그리자 무심코 웃음이 터져 나왔다.

—잭은 반드시 내가 처형하겠어……! 어떻게 생각해도 적임자는 나밖에 없잖아?

‘그는 죽는 순간, 어떤 얼굴을 할까? 기대로 가슴이 욱신거려.’

—딸랑.

그때 어디선가 작은 방울 소리가 울렸다. 그것은 물론 레이에게만 들린 소리였다.

"……그만둬."

그 방울 소리에 반응하여, 레이는 들뜬 캐시를 향해 딱딱하게 굳은 표정으로 총을 겨눴다. 그 빨간 권총은 아까 캐시가 벽 너머에서 던진 것이었다.

"어머…… 레이첼, 이제 와서 뭐야? 쏴도 돼~. 하지만 아쉽게 됐네……. 사실 그 권총에는 총알이 안 들어 있어! 앗하하하! 그렇지만…… 그래, 내게 총을 겨누는 태도가 살짝 마음에 들었어."

캐시는 귀에 거슬리는 그 목소리로 레이를 바보 취급하며 비웃었다.

'총알이…… 안 들어 있어……?'

희미하게 당황한 모습인 레이를 보고 캐시는 입꼬리를 히죽 올린 뒤, 검은색 타이트스커트 주머니에서 작은 총을 꺼냈다.

"탕~!"

그리고 농담처럼 말하며 정밀한 컨트롤로 레이가 들고 있는 빨간 총을 쏘아 그 작은 손에서 떨어뜨렸다.

"우후후…… 자, 모처럼 살아 있으니 연명해서 팔팔한 상태로 벌을 줘야겠지."

캐시는 빨간 장갑을 낀 손으로 피투성이가 된 잭의 몸을 건드렸다.

—딸랑…….

그 순간, 레이의 고막에 또다시 방울 소리가 울렸다.

'……파란, 보름달…….'

일순 눈을 감자 눈 안쪽에 파란 달이 떠올랐다. 거짓말처럼 큰 보름달…….

그래…… 그 달이 떠 있던 밤의 일은 아주 잘 기억하고 있어…….

천장에 매달린 작은 전구 밑에서 귀신처럼 무서운 얼굴을 한 남자가 여자 위에 올라타 있었다. 인형처럼 움직이지 않는 여자의 몸을 남자는 커다란 식칼로 몇 번이고 계속해서 찔러 댔다.

그 광경을 바라보며 멍하니 꿈이면 좋겠다고 생각했지만 그것은 꿈이 아니었다.

—그 후에 일어난 일도…….

"……안 돼."

레이는 눈을 뜨고 꿈에서 깨어난 듯이 나직이 중얼거린 뒤, 어깨에 메고 있는 포셰트로 손을 넣었다.

'……나는 살아 있어선 안 돼…….'

그러니까—.

"……잭을 죽이게 하지 않을 거야. 나를 죽이는 건 잭이니까."

그리고 그 안에서 마술처럼 검은 권총을 꺼내더니 망설임 없이 캐시에게 총구를 겨눴다.

그 이상한 기색에 캐시는 잭에게서 홱 손을 떼고 레이 쪽을 돌아보았다.

"……그 권총, 어디서!"

캐시는 낯선 총을 보고 얼굴을 찡그리며 말했다.

그 순간 레이는 총을 겨누고 있다고는 여겨지지 않는 서늘한 얼굴로 작게 목소리를 냈다.

"탕."

그리고 조금도 주저하지 않고 캐시의 복부를 쏘았다.

"……!"

느닷없이 닥친 생각지도 못한 일에 캐시는 일순 말을 잇지 못했다.

'왜 저 애가 총을 가지고 있지……? 영문을 모르겠어…….'

그러나 지금은 여유롭게 이 상황을 이해할 겨를 따위 없었다. 갑자기 뚫린 복부에서 참을 수 없는 격통이 느껴졌다.

"아아아아아악……!! 어디서 총을 꺼냈어?!"

bang.

캐시는 그 아픔을 지우려는 것처럼 크게 소리쳤다.

"……."

레이는 말없이 캐시를 내려다보았다. 그것은 아무런 감정도 담기지 않은 차가운 눈이었다.

하지만 왜일까. 무(無)를 나타내는 듯한 레이의 눈에 비친 자신을 보고 캐시는 순간 몸이 오싹해지는 것을 느꼈다.

"아하핫! 레이첼, 터무니없는 본성을 드러냈구나! ……최고야!!"

캐시는 지금껏 맛본 적 없는 그 묘한 기분에 더더욱 미친 것처럼 웃으며, 바닥을 기어 레이에게 다가갔다.

'……왜 기뻐 보이는 걸까…….'

레이는 그 비정상적인 모습을 보고 눈썹을 찌푸렸다. 레이의 눈에 비친 캐시의 표정은 어쩐지 섬뜩할 만큼 기뻐하고 있었다.

"레이첼, 내가 널 단죄해 줄게…… 아니, 단죄해 주겠어……. 그 서늘한 얼굴 밑에 있는 악마를 내가 단죄해 주겠어……!!"

캐시는 비틀거리며 일어나더니 조금씩 전진하여, 교성을 지르는 것처럼 외친 뒤 철컥철컥 권총을 조작해 레이에게 겨눴다.

"……시끄러워."

그때, 누군가 불쑥 토해 낸 목소리가 들렸다.

그 난폭한 어조는 물론 레이의 것이 아니었다.

"—어?"

점차 닫혀 가는 시야 속에서 캐시는 느릿하게 뒤를 돌아보았다. 등 뒤에는 살기에 찬 모습의 잭이 있었다.

"어이, 총 맞고 기뻐하는 얼굴 하지 말라고…… 이 사디마조년."

잭은 각성한 것처럼 분명한 어조로 그렇게 말하더니 빠르게 낫을 치켜들었다.

"그 성가신 목소리 덕분에 죽이고 싶고, 죽이고 싶어서…… 눈이 떠졌잖아!!"

그리고 언제나처럼 광기 어린 웃음소리를 내고서, 캐시를 노리고 낫을 내리찍었다.

"아아아아악!"

느껴 본 적 없는 뜨거운 격통이 치솟았다. 처음으로 맛보는 아픔에 캐시는 무심코 비명처럼 절규했다.

"저기……, 거짓말……이지?"

캐시는 절망한 표정을 지으며 어지러운 시야 속에 잭을 비추고 올려다보았다.

'어째서……? 내가 잭을 처형해야 하는데—!'

—나는 죄인 따위가 아닌걸. 나는 언제나 옳아. 그런데 살해당하다니 이상하잖아……?

"거짓말 아니야, 현실이다! 눈을 떠!"

잭은 그 말을 자신에게도 들려주는 것처럼 외치고, 이번도 낫을 휘둘렀다. 캐시는 불가능한 각도로 몸을 구부리며 허공을 날았다. 그 모습을 바라보고 잭은 만족스럽게 미소 지었다.

"……아아, 하지만…… 금방 잠들어 버렸네?"

배터리가 다 된 인형같이 경직되며 바닥에 쓰러지는 캐시를 잭은 내려다보았다.

'아아…… 최악, 이야……. 내가, 죄인에게 살해당하는 운명, 을 맞다니…….'

모든 것이 흔들리는 세계 속에서 캐시는 잠드는 것처럼 눈을 감았다. 그 긴 속눈썹에는 볼륨 있는 마스카라가 균일하게 발려 있었다.

'하지만……, 최악이지만…… 최고야…….'

캐시는 자신이 잭의 손에 죽는다는 사실에 후후, 웃었다.

그리고 캐시는 머지않아 자신의 몸에서 흘러나온, 녹아 버린 초콜릿 같은 피 속에서 숨이 끊어졌다.

영원히 깨어나지 않을 잠에 빠진 캐시에게는 누가 악인이고 누가 선인인지도 알 수 없었다.

캐시의 인생은 온실 속 아가씨였던 시절에도, 가족에게 벌어진 끔찍한 일 때문에 몰락한 시절에도, 그리고 교도소 간수로 근무했던 시절에도, 항상 한 가지를 계속했을 뿐이었다. 그것은 즉— 죄인에게 심판을 내리는 것.

'……나는, 단죄인…….'

악인도 선인도 없는 어둠 속에서 캐시가 알 수 있는 것은 그것 뿐이었다.

▲
▼

"……잭."

레이는 시체가 된 캐시에게는 눈길도 주지 않고 한달음에 잭에게 달려갔다.

"어……."

잭은 살짝 겸연쩍다는 얼굴로 레이를 보았다. 그 표정에서는 이미 광기가 사라진 상태였다.

"잭…… 괜찮아?"

'……독, 풀린 걸까……?'

레이는 부드러운 잭의 목소리에 안도하며 물었다.

"당연히 배가 아프지!"

그 질문에 잭은 퍼뜩 떠올린 것처럼 위세 좋게 대답했다.

"……."

'배가, 아파……?'

레이는 무심코 멍한 표정을 지었다.

불과 몇 분 전에 할복한 사람의 감상이라고는 도저히 여겨지지 않았다. 하지만 정작 당사자인 잭은 걱정하는 것도 깜박할 정도로 태연한 얼굴을 하고 있었다.

'……괜찮을 리가 없어. 하지만…… 괜찮아 보여. 너무 끈질기게 말하면 화낼 것 같고…….'

"저기…… 너무 무리는 하지 마."

여러 가지로 생각한 끝에 레이가 말했다.

"시끄러워. 너는 네 걱정이나 해."

그러나 잭은 역시 언짢은 목소리로 그 걱정을 받아치고서, 부상자라고는 생각할 수 없는 들뜬 모습으로 말을 꺼냈다.

"그보다 그 여자 얼굴 봤어?!"

"……응."

레이는 그 높은 생명력에 압도되며 작게 고개를 끄덕였다.

"걸작이었지! 너도 잘했어!"

낫을 치켜든 순간, 캐시가 자신을 바라봤을 때의 그 절망에 찬 표정을 떠올리고 잭은 미소 지었다. 평범한 여자로 전락한 그 비참한 얼굴을 떠올리기만 해도 기분이 고양되어 아픔 따위 날아가는 느낌이었다.

"……정말?"

"그래, 덕분에 조금은 후련했어!"

"……다행이다."

만족스러워하는 잭을 보고서 레이는 고개를 숙이고 조금 복잡한 기분으로 중얼거렸다.

'결국 그 여자는 잭이 죽였어…….'

살짝 선수를 뺏긴 기분이 들었다.

'그때 잭에게 살해당했다면…… 나는 지금쯤 천국에 있었을까.'

그렇게 이 세상 누구도 본 적 없는 장소를 머릿속에 그리고 있을 때였다.

"자, 이제 방해하는 사람은 없어졌어. 앞으로 가자고."

잭은 고개 숙인 레이의 머리를 툭 치고서 평소처럼 그렇게 말했다.

"어……? 배…… 이제 괜찮아?"

"아? 배가 조금 아픈 것 정도야 아무렇지도 않아."

잭이 대답했다. 배가 아픈 것은 사실이었다. 하지만 그렇게 깊이 벴던 것이 거짓말처럼 이상하리만큼 통증은 적었다. 그것은 실제로 말도 안 되는 일이었지만 잭은 그것을 의문으로 여기지 않았다.

나는 정말로 괴물일지도 모른다고, 그렇게 속으로 생각했을 뿐이었다.

레이도 잭의 경이적인 회복력에 깜짝 놀랄 수밖에 없었다. 그러나 잭은 전기 충격을 계속 받은 뒤에도, 독가스가 충만한 방에서 탈출한 뒤에도 쌩쌩했다. 일반인에게는 어림도 없는 회복력을 가지고 있는 것은 확실했다.

"알겠어……. 분명 이 앞에 엘리베이터가 있을 거야."

레이는 머리 한편으로 그 불사신 같은 생명력을 이상하게 느끼면서도 방탄유리 너머를 가리켰다.

"그럼 가자."

"응……."

'……괜찮은 걸까?'

레이는 전혀 변함없는 잭의 모습을 힐끔힐끔 확인하며, 캐시가 이쪽으로 올 때 기계를 조작하여 열어 둔 유리문을 지나 방 안쪽으로 나아갔다.

방 안쪽에는 캐시가 조작하던 커다란 기계와 「EV통로(엘리베이터)」라고 적힌 문이 있었다. 아마 엘리베이터로 가는 문일 것이다. 하지만 문은 당연하게도 닫혀 있었다.

"어이, 레이. 문이 닫혀 있는데."

잭은 그 문을 발로 차며 말했다.

"기다려. 지금 열게."

레이는 기계에서 「EV(엘리베이터)통로」라고 적힌 스위치를 찾아 올렸다. 기계에는 그 밖에도 전기의자, 인형, 박수 등 다양한 장치를 조작하는 스위치가 배치되어 있었다.

“오~ 열렸네.”

“저 기계로 여러 가지 조작했던 것 같아…….”

“그런 귀찮은 짓을 했던 거냐. 성가신 녀석일세.”

잭은 하품하며 투덜거렸다.

“응.”

레이는 순간 캐시를 떠올리고 차가운 눈이 되어 수긍했다. 그것이 레이가 화났을 때 보이는 표정이었다. 하지만 잭이 그 사소한 변화를 알아차리는 일은 없었다.

“저기, 잭.”

“왜?”

“……우리는 도구가 아니야.”

레이는 또다시 샘솟는 캐시를 향한 분노를 지우는 것처럼 아까 자신이 한 말을 복창했다.

“그래, 도구 따위가 아니야.”

잭은 레이의 그 말을 듣고 픽 웃고서 캐시의 시체에서 등을 돌렸다.

“갈까!”

"응."

그리고 두 사람은 마침내 열린 문을 지나 엘리베이터가 있는 곳으로 향했다.

▲
▼

통로를 나아가니 역시 엘리베이터가 있었다. 레이는 위로 올라가는 버튼을 톡 눌렀다. 하지만 엘리베이터 문은 열리지 않았다. 몇 번이고 눌러 봤지만 문이 열릴 기미는 없었다.

'……어쩌지?'

"……엘리베이터, 안 열려."

레이는 작게 고개를 기울이며 잭 쪽을 돌아보고 말했다.

"뭐? 여기까지 와서 안 열리는 거냐. 아까 그 기계로 어떻게 안 돼?"

잭은 쯧, 혀를 찼다.

"아마도, 그런 스위치는 없었어……."

"어쩔 거야."

"열 방법을 생각할게……."

“얼른 해. 이쪽은 배가 아프니까.”

“응, 힘낼게.”

‘—뭔가 장치가 있는 걸까……?’

레이는 홀로 고민했다. 아무리 잭이 태연해 보여도, 빨리 여기서 나가 잭의 상처를 치료해야만 하는 것은 명백했다. 상처에서는 피가 뚝뚝 떨어지고 있었다.

‘하지만…… 그러면 상처가 다 나은 뒤에야 날 죽여 주는 걸까……?’

그런 묘한 생각이 떠올랐을 때, 엘리베이터 맞은편 벽에 어떤 글자가 적혀 있는 모습이 레이의 눈에 비쳤다.

「문을 열고 싶다면 신에게 이름을 고하라.」

「자신에게 거짓이 없다면 자신에게 깃든 그 이름을, 그리고 자신이 어떤 존재인지를 알라.」

「—단, 신은 불결해진 것을 필요로 하지 않는다.」

이 문장 말고 문을 열 단서는 없었다. 그러므로 이것은 엘리베이터 문을 여는 힌트가 틀림없다고 레이는 생각했다.

‘문을 열고 싶다면 신에게 이름을 고하라…….’

“레이첼 가드너.”

레이는 엘리베이터를 향해 작은 목소리로 말했다. 하지만 문은 열리지 않았다.

'틀린 걸까…….'

현실에서 눈을 돌리는 것처럼 레이는 살짝 눈을 내리떴다.

'그게 아니면—.'

"저기 잭…… 엘리베이터 앞에서 자기 이름을 풀네임으로 말해 줬으면 좋겠어."

잠시 후 레이는 아주 조금 애달픈 표정으로 잭에게 그렇게 지시했다.

"아? 왜?"

잭은 얼굴을 찡그렸다.

"그러면 엘리베이터가 열릴지도 모르니까……."

레이는 나직이 사그라질 듯한 목소리로 말했다.

"네 이름으론 안 되는 거야?"

"……응."

'……신은 불결해진 것을 필요로 하지 않는다…….'

벽에 새겨진 그 한 문장이 머릿속에 뚜렷이 떠올라 마음속에 꽂혔다.

"뭐, 상관없지만……. —아이작 포스터."

잭은 레이의 지시에 물음표를 띄우면서도 엘리베이터를 향해 단조롭게 이름을 고했다. 그러자 엘리베이터 문은 누군가 조작한 것처럼 절묘한 타이밍에 열렸다.

"오, 진짜로 열렸어!"

잭은 마법 같은 그 장치에 기뻐하며 냉큼 엘리베이터에 올라탔다.

'열렸어……. 내 이름으로는 안 됐어…….'

—역시 나는…….

두근, 두근…… 심장이 작게 뛰었다. 살짝 비장한 표정을 지으면서도 레이 역시 잭의 뒤를 쫓았다.

▲
▼

"저기 잭, ……잭은 그때 기쁘게 자기 배를 갈랐어?"

마침내 움직이기 시작한 엘리베이터 안에서 레이는 조용히 물었다.

"나를 그 SM녀랑 똑같이 취급하지 마. 재미없는 얼굴인 너를 죽이고 그 여간수 손에 죽는 것보다 훨씬 낫다고 생각했을 뿐이야."

잭은 조금 언짢은 얼굴을 하면서도 분명하게 대답했다.

"그래……."

"……그보다 네가 쐈던 총, 그 여자 거 아니지? 그건 어디서 난 거야?"

잭은 레이를 내려다보고 살짝 날카로운 음색으로 물었다.

"……그건 내 권총……."

레이는 철렁하면서도 과거를 흘리듯 툭 대답했다.

"너, 그런 걸 어디에 숨기고 있었어?"

"……숨기고 있던 건 아니지만, 이 포셰트 안에. 손수건으로 싸 뒀었어……. 살인 현장을 본 날부터 줄곧 가지고 있던 거야……."

"……그럼 처음부터 그걸 쓰면 됐잖아?"

"……나, 자살은 안 해. 신은 용서하시지 않아."

"아니, 그뿐만이 아니라……."

"—그리고 나를 죽이는 건 잭이니까."

레이는 잭의 말을 막는 것처럼, 혹은 이 이야기를 끝내는 것처럼 강하게 단언했다.

"하아…… 너는 머리가 좋은 건지 나쁜 건지 모르겠네. ……뭐, 좋아. 아무튼 그때 그 녀석을 쏜 건 정답이었어. 다시 떠올려도 웃음이 나올 만큼 최고로 타이밍이 좋았다고."

잭은 그 순간을 회상하며 즐겁게 웃었다.

"……기분이 좋네."

레이가 말했다.

이유는 모르겠지만 잭이 즐거워하면 기쁘다. 그렇게 느꼈다.

"……그야 뭐. 너도 그렇잖아, ……안 그래?"

하지만 그렇게 대답하는 잭의 목소리가 점차 희미해져 가는 것을 레이는 알아차리지 못했다.

잠시 후, 쿵— 하는 충격음과 함께 엘리베이터가 열렸다. 아마도 B2에 도착했을 것이다.

레이는 어쩐지 달콤한 향기가 감도는 것 같은 그 층에 발을 들였다. 복도에는 마치 교회처럼 다채로운 스테인드글라스로 만들어진 아름다운 창문이 늘어서 있었다.

'예쁘다…….'

레이는 한동안 넋을 잃고 복도를 바라보았다.

하지만 어째서일까, 잭이 내리는 기척이 전혀 나지 않았다.

"……잭……?"

불길한 예감이 온몸을 감돌아서 레이는 천천히 뒤돌아보았다.

'……어?'

레이의 눈에, 엘리베이터 안에서 눈을 감고 조용히 누워 있는 잭의 모습이 비쳤다.

아까 잭이 스스로 벤 복부에서는 대량의 피가 엘리베이터 안에 웅덩이를 만들며 흘러나오고 있었다.

'……조금 전 소리…… 혹시 잭이 쓰러지는 소리…….'

'……역시 괜찮지 않았던 거야…….'

아아…….

싫어…….

싫어…….

싫어, 잭, 싫어……. 이런 거 싫어.

—나를 죽여 준다고 맹세해 줬는데. 신께 맹세해 줬는데.

레이는 엘리베이터 안으로 달려가, 힘없이 고개 숙인 잭의 손을 기도하듯 꽉 잡았다. 지금껏 많은 이에게 절망을 보여 주었을 그 꺼칠한 손은 레이에게는 자신을 천국으로 이끌어 줄 천사의 손이었다.

"……잭……!"

그 마음을 전하며, 눈을 떠 주길 바라며, 레이는 간절히 그 이름을 외쳤다.

잭은 이제 절망조차 비추지 않는 공허한 세계에서 희미하게, 기도하듯 자신의 이름을 부르는 레이의 목소리를 들었다.

ZACK'S MEMORY

모든 것을 지워 버리는 듯한 지독한 비가 계속 내리고 있었다.

부부를 죽인 뒤, 나는 교외에 있는 시설을 뛰쳐나와 마을로 향하며 그 쏟아지는 빗속을 걸었다. 계속 걸어가면 마을에 도착할 거라고 생각했다.

'……하지만 마을에 가서 어쩌려고?'

의지할 곳이 있을 리가 없었다.

변변히 먹지 못한 탓에 얼마 남지 않은 체력을 세찬 비가 가차 없이 빼앗아 갔다. 하지만 부부를 죽인 후부터 느끼고 있는 정체 모를 흥분이 해골처럼 바싹 마른 몸을 움직이고 있었다.

터벅터벅 걸어가는 도중에 빨간 자동차 한 대가 옆에 멈췄다. 차 안에서는 하이힐을 신고 진하게 화장한 키 큰 여자가 내렸다.

"얘, 무슨 일이니?"

이런 빗속에 어린아이가 혼자 어두운 밤길을 걷고 있는 것이 신경 쓰였으리라.

그러나 여자는 가까이서 나를 본 순간, 작게 비명을 질렀다.

옷은 피가 튀어 더러워졌고, 풀린 붕대 밑으로는 짓무른 화상 자국이 생생히 남아 있었다. 그리고 손에는 부부의 피로 물든 식칼을 들고 있었다.

"어, 얼른, 집에 돌아가렴."

여자는 빠르게 말하며 공포에 휩싸인 표정을 지었다.

"……돌아갈 집 따위 없어."

그렇게 대답한 순간, 나는 그 여자에게 칼을 겨눴다. 나를 보는 여자의 표정이 그 영화 속 여자와 똑같았기 때문이다. 그래서 죽이지 않을 수 없었다. 그 흥분을 다시 한 번 맛보고 싶었던 걸지도 모른다.

여자는 즉각 내게 등을 돌리고 자동차 안으로 도망치려 했다. 하지만 이미 늦었다.

"꺄악—!!"

그 영화 속 살인귀처럼 식칼을 내리찍은 순간, 여자는 새된 비명을 질렀다. 아주 성가신 목소리였다. 하지만 짜증 낼 새도 없이 그 목소리는 곧 세찬 빗속으로 사라졌다. 그 뒤로 몇 번인가 내리치니 여자는 싱겁게 죽었다.

나는 여자가 타고 온 차에 올라탔다. 여기라면 비를 맞지 않는다. 이제 걷는 것도 힘들었다. 그리고 어차피 마을에 가 봤자 의지할 곳 따위 없었다.

자동차 옆에는 눈을 까뒤집은 여자의 시체가 굴러다녔다. 새빨갛게 칠한 입술이 어쩐지 기묘했다.

"……."

하지만 어째서일까. 찔러 죽인 순간과는 달리 시체에는 특별히 흥미를 느낄 수 없었다. 오히려 눈앞에서 사라져 줬으면 싶었다.

'조금 잘까…….'

나는 시체에서 시선을 돌리고 눈을 감았다. 그러나 좀처럼 잠들 수 없었다. 그 정체 모를 흥분이 아직 내 몸을 지배하고 있었다.

어쩔 수 없이 나는 잠들지 못한 채 자동차 안에서 가만히 있었다.

비는 점차 약해졌고 하늘이 희미하게 밝아 왔다.

'앞으로 어쩔까…….'

빗방울 맺힌 차창을 통해 날이 밝으려 하는 하늘을 올려다보고 문득 생각했다. 하지만 그 이상은 아무것도 떠오르지 않았다. 아니, 아무것도 생각할 수 없었다. 나는 생각하는 것이 서툴렀다. 무언가를 생각한다는 행위가 참을 수 없이 짜증 났다. 무엇을 생각하려고 하든지 답답해서 도중에 귀찮아졌다.

"하아……."

무심코 한숨을 흘린 그때, 탁 하고 자동차 문에 무언가 부딪히는 소리가 났다.

'뭐야……?'

경계하면서 창밖을 내다보니 남자 노인이 거기 있었다. 노숙자일까……. 척 보기에도 빈곤한 옷차림의 노인이었다.

"……이런 곳에 차를 세우다니, 방해되는군. 차 주인은 없나?"

잠시 후, 노인은 특별히 어딘가를 주시하지도 않으며 말했다. 눈의 초점이 맞지 않는 걸까, 줄곧 먼 곳을 보고 있는 느낌이었다.

노인의 지팡이가 여전히 땅에 굴러다니고 있는 여자의 시체에 닿았다. 그러나 노인은 고개를 갸우뚱할 뿐, 개의치 않는 모습이었다. 노망이 나서 시체라고 이해하지 못했을 수도 있지만 어쩐지 묘하게 가슴이 술렁였다.

"누가 있는 건가?"

노인은 무언가를 감지한 것처럼 내 쪽을 보았다.

"아……."

질문을 받고 나는 작게 목소리를 흘렸다.

"어린애인가……. 어디서 왔지?"

노인은 희미하게 다정한 음색이 되어 물었다.

"……."

왜일까. 나는 그 물음에 제대로 대답할 수 없었다. 대화 따위 그다지 한 적이 없다. 그리고 그 시설이 어디에 있는지도 이제는 알 수 없었고, 알았더라도 멍청한 나는 설명할 수 없었다.

"……시끄러워."

나는 짜증이 나서 작게 중얼거렸다.

'……어른한테 이러쿵저러쿵 잔소리 듣는 게 제일 싫다고—.'

그리고 나는 노인을 향해 다시 식칼을 세게 쥐었다. 하지만 이제 별로 힘이 들어가지 않았다. 몇 시간이나 세찬 비를 계속 맞은 데다가 밤새 잠을 못 잤기 때문일 것이다. 하지만 이런 노인 한 명쯤이라면 분명 간단히 죽일 수 있었다.

그러나 내가 식칼을 겨눠도 노인은 전혀 안색을 바꾸지 않았다. 오히려 무슨 생각을 하고 있는지 알 수 없을 만큼 무표정했다.

'어째서지……?'

어쩐지 그것은 구역질이 날 만큼 기분 나빴다.

"왜 그러냐? 미안하지만 나는 눈이 안 보여. 뭔가 말하지 않으면 아무것도 몰라."

수면 부족에다가 자동차 공기에 멀미한 것도 어우러져서 정말로 토할 것 같은 기분에 고개를 숙이고 있으니 노인이 말했다.

'……눈이 안 보여…….'

나는 어쩐지 맥이 풀렸다. 그리고 그 순간, 온몸의 힘이 빠져나갔다.

피로와 졸음이 한꺼번에 몰려와서 마치 어둠 속으로 떨어지는 것처럼— 의식이 멀어졌다.

▲
▼

깨어나자 그곳은 낯선 곳이었다. 폐허처럼 낡아 빠진 집이었다. 변소 같은 불결한 냄새가 희미하게 감돌았다.

'뭐야……?'

튄 피에다가 비와 흙으로 더러워진 내 몸에는 지저분한 트렌치 코트가 덮여 있었다.

"일어났나."

몸을 일으킴과 동시에 군데군데 죽죽 찢어진 미닫이문이 열렸다. 부엌으로 보이는 곳에서 그 노인이 방으로 들어왔다. 노인에게서는 지독한 지린내가 났다. 그것은 코를 찌르는 냄새여서 이 비위생적인 곳이 노인의 거처임을 이해할 수 있었다.

'나를 데리고 돌아온 건가……?'

방치해 둔 그 여자의 시체는, 부부의 시체는…… 어떻게 됐을까. 순간 시체의 모습이 머리를 스쳤지만 나와는 이제 관계없는 일이었다. 그리고 시체는 싫다. 생각하는 것도……. 그보다 이 세상에 좋아하는 것 따위 없을지도 모른다.

"이걸 먹으렴."

아직 살짝 잠에 취해 있는 내게, 노인은 여기저기 까맣게 검버섯이 핀 쭈글쭈글한 손으로 빵을 내밀었다. 먹을 것을 받는 것이

here you are.

얼마 만일까……. 아무튼 배는 항상 고팠다. 아니, 배고프다는 감각도 없어질 만큼 굶주려 있었다.

나는 빼앗듯이 빵을 받아서 정신없이 입에 넣었다. 빵은 아주 딱딱했다. 하지만 딱히 불만은 없었다. 먹을 수 있다면 뭐든 좋았다. 맛있다든가 맛없다든가, 그런 것은 둘째 문제였다.

노인도 딱히 아무런 느낌도 없다는 얼굴을 하고서 내게 준 것과 똑같은 빵을 씹기 힘들어 보이는 이로 우적우적 먹었다.

"어째서 그런 곳에 혼자 있었지?"

금세 다 먹어 치운 나와 달리 노인은 한참 시간을 들여 빵을 먹은 후, 다시 물어보았다.

'—어째서…….'

나는…… 여전히 자신에게 무슨 일이 일어났는지 완전히 파악하지 못한 상태였다. 나는 대체 어떻게 살아온 걸까. 무엇을 위해 살아온 걸까. 그것조차 알 수 없었다. 그저 죽고 싶지 않으니까 살아 있었고, 그 부부도 여자도 죽이고 싶었기에 죽였다. 그뿐이다—.

"……흠 ……뭔가 사연이 있겠지만, 말할 수 없다면 어쩔 수 없지. 갈 곳이 없다면 여기서 살아도 상관없어."

내가 입을 다물고 있자 노인은 잠시 침묵한 후 말했다.

"……이유가, 뭐야."

나는 무심코 입을 열었다.

그도 그럴 것이 영문을 알 수 없었다. 이 노인과 나는 오늘 아침 만났을 뿐이었고, 당연히 피가 이어지지도 않았으며, 이 노인을 위해 뭔가를 한 것도 아니었다. 그런데 어째서 처음 본 아이에게 그런 말을 하는지 영문을 알 수 없었다.

"싫다면 언제 나가든 상관없어."

노인은 무뚝뚝하게 말했다. 하지만 그것은 조금 쓸쓸해 하는 목소리였을지도 모른다.

"……싫다고는 안 했어."

나는 작게 중얼거리며 자신을 타일렀다.

'……그래, 잘 곳이 생겨서 잘됐잖아…….'

"그러냐."

그때 노인이 살짝 웃은 듯이 보인 것은 아마도 기분 탓이다. 기분 탓이 아니라면 불쾌한 것도 정도가 있는 일이었다.

▲
▼

그 후, 나는 짧은 기간 그 폐허 같은 집에서 맹인 노인과 살았다.

살았다고 해도 뭔가 하는 일도 없었고, 이야기할 것도 없었기에 나나 노인이나 대부분 잠을 잤다. 왜일까, 노인과 있으면 아무리 자도 졸렸다.

노인은 눈이 불편해서 요리도 청소도 하지 않았다. 아침에 산책하러 가는 것 말고는 그다지 밖에 나가지도 않았다. 나도 밖에 나갈 생각은 들지 않아서 — 어디로 가면 좋을지 알 수 없었다 — 지린내 나는 방 안에서 아무 생각도 없이 웅크려 눈을 감고 있었다. 신기하게도 지루하지는 않았다.

이렇게 무엇에도 얽매이지 않고, 아무 생각도 없이 그저 살아 있는 것은 처음이었다. 게다가 배도 고프지 않았다.

"먹으렴."

그렇게 말하면서 하루에 한 번, 노인이 내게 그 딱딱한 빵을 주었기 때문이다.

나는 조금 당황하면서도 그 빵을 먹었다. 노인도 항상 그 딱딱한 빵을 먹었다.

'곰팡이 폈어…….'

비 오는 날에는 때때로 곰팡이가 피어 있기도 했다. 어째서 아무것도 하지 않는 내게, 확연하게 유복하지는 않은 노인이 식량을 주는 것인지 점점 더 영문을 알 수 없었다.

나는 지금껏 어른들에게 줄곧 이용당해 왔으니까—.

하지만 노인은 내게 뭔가를 명령하지도 않았다.

그저 가끔가다가 문득 떠올린 것처럼 시시한 이야기를 했다.

「오늘은 날씨가 좋구나.」라든가 「장래 희망이 뭐냐.」라든가 「좋은 꿈을 꾸렴.」이라든가…….

그럴 때마다 꼭 마음속이 울렁거렸다. 울렁거려서 양손으로 박박 긁고 싶어졌다. 하지만 그 울렁거림의 정체가 무엇인지 나는 알 수 없었다.

그래서 내게는 이 기분 나쁜 감정을 가라앉히기 위해 할 수 있는 일이 아무것도 없었다.

▲
▼

"오늘은 춥구나."

"……."

왜일까, 노인이 뭔가를 이야기할 때마다 참을 수 없이 가슴이 울렁거렸다.

'……기분 나빠.'

이 울렁거림을 지금 당장 토해 내고 싶다. 그렇게 생각했을 때 — 나는 또 누군가를 죽이고 싶다는 충동에 사로잡혔다.

'그래…… 노인을 죽이면 돼.'

그것이 가장 간단한 방법이었다.

하지만 칼을 들고 접근해도 노인은 아무것도 모른다는 얼굴을 했다. 눈이 안 보이는 데다가 노망이 났으니 당연했다.

'……아아.'

그 얼굴을 보자, 이렇게 불행하고 비참하고 반응 없는 노인을 죽이는 것은 아무런 의미도 없다는 생각이 들었다. 죽여 봤자 분명 이 울렁거림은 사라지지 않을 것이다.

그래서 나는 밖으로 나갔다. 밖에 나가는 것이 며칠 만일까. 하지만 그런 것은 어찌 돼도 좋았다.

'죽이고 싶어.'

마음속에 그 말만이 소용돌이쳤다. 죽일 수 있다면 누구든 좋았다.

집을 나와 조금 걸었을 무렵, 나는 작은 강에 걸린 다리 위에서 주저 없이 사람을 죽였다. 남자였다는 것은 기억하고 있지만 어떤 녀석이었는지는 이제 떠올릴 수 없다. 들고 있던 핸드폰으로 누군가와 이야기하면서 즐겁게 웃고 있었기에 죽였다. 핸드폰 너머에 있는 인간은 패닉에 빠진 것 같았다. 연인이었을지도 모른다.

죽인 인간은 식칼을 든 내 모습을 바라보기만 할 뿐, 몸을 경직시키고서 공포에 떨고 있었다.

그 모습은 확실히 그 울렁거리는 감각을 지워 버릴 만큼의 흥분을 내게 주었다.

—아아, 그래. 나는 그날 밤 느꼈던 흥분의 정체를 추구하고 있던 걸지도 몰라.

하지만 왜일까……. 동시에 노인이 떠올랐다.

노인은 이런 내 모습을 알면 어떻게 생각할까……. 당황할까…….

—그렇다면 죽이자…….

그러면 이 흥분의 정체가 분명해진다. 나는 그대로, 얘기한 적도 없는 인간의 피를 뒤집어쓴 채 노인이 기다리는 집으로 돌아갔다.

"무슨 일이냐?"

눈이 보이지 않지만 역시 노인은 내 이변을 알아차린 것 같았다. 생생한 피비린내가 났기 때문이리라.

"사람을 죽였어. 죽이고 싶었으니까 죽이고 왔어."

나는 백태가 낀 노인의 눈을 가만히 바라보며 거짓 없이 말했다.

그리고 노인과 만나기 전 — 그 비 오는 밤에 내가 한 일 — 시설 부부를 죽인 것을, 그 후 내게 말을 걸었던 여자를 죽인 것을…… 상세히 털어놓았다.

나를 불쌍한 아이라고 생각해 여기에 두고 있을 노인은 반드시 당황할 것이라고 생각했다.

"그러냐."

그러나 노인은 조금도 당황하지 않았다. 겁먹지도 않았다. 그저 조금 슬퍼하는 목소리로 그렇게 말했을 뿐이었다.

'……왜?'

영문을 알 수 없었다.

당황하면 지금 당장 죽여 버릴 텐데—.

"그래서 넌 어쩌고 싶지?"

노인은 담담한 어조로 물었다.

'—어쩌고 싶냐고……?'

나는 대답할 수 없었다. 어쩌고 싶은지 알 수 없었다. 자신의 대답 따위 준비하지 않았다. 나는 그저 노인이 당황하는 모습을 보고 싶었을 뿐이었다.

그리고 내게 조금이라도 절망한 표정을 보낸다면 숨 쉴 새도 없이 죽이려고 했는데—.

"……."

내가 피를 뚝뚝 떨어뜨리면서 입을 다물자 노인은 「피곤하지, 이만 자렴.」 하고 말하고서 지저분한 코트를 어깨에 덮었다.

—뭐야. 뭐냐고.

'나는 이 노인에게 어떤 존재야……?'

모르겠다. 알 수 없었다. 아는 게 무서웠던 걸지도 모른다.

'더는 아무것도 생각하고 싶지 않아.'

네 명분의 살을 가른 탓에 비틀린 식칼을 손에서 놓고 나는 그 자리에 쓰러지듯 잠들었다. 이제 이 식칼은 쓸모가 없다. 그저 그것만을 알 수 있었다.

▲
▼

—다음 날, 눈을 뜨니 노인은 없었다.

그러나 새벽녘에 노인이 없는 것은 늘 있는 일이었다. 그 노인은 매일 아침 반드시 산책하러 나갔다. 그리고 어디선가 그 물기 없는 딱딱한 빵을 조달하여 내게 가지고 돌아왔다.

문득 책상 위에 시선을 주니 그곳에 드물게도 메모가 남겨져 있었다.

『점심에는 돌아오마, 기다리렴.』

하지만 나는 글자 따위 읽을 수 없었다. 배운 적도 없다. 그래서 거기 적혀 있는 내용은 알 수 없었다.

'나한테 남긴 말일까…….'

또 마음이 울렁거렸다. 뭐라고 적혀 있는지 몹시 신경 쓰였다.

나는 진정되지 않는 기분으로 그날 노인의 귀가를— 줄곧 기다렸다.

▲
▼

……그 아침, 그 아이에게서는 피비린내가 났다.

목소리는 쉬어 있었고, 매우 비위생적인 냄새가 났다. 그것만으로도 그 아이의 가혹한 환경이 엿보였다. 사회 밖으로 밀려난 인생을 살아온 나는 그것을 알 수 있었다—.

어제, 그 아이는 사람을 죽이고 돌아왔다.

웬일로 밖에 나가나 싶었는데 코를 찌르는 피비린내를 풍기며 돌아왔기에 「무슨 일이냐?」라고 물었다. 그 아이는 유난히 분명한 목소리로 「사람을 죽였어. 죽이고 싶었으니까 죽이고 왔어.」라고, 전혀 주눅 들지 않고, 오히려 조금 자랑스럽게 자백했다.

그리고 그뿐만이 아니라 과거 저지른 살인도 전부 내게 실토했다. 위협하는 듯한, 혹은 들뜬 듯한 어조였다.

나는 뭐라고 하면 좋을지 알 수 없어서 「그러냐.」라고 말했다.

그때— 나는 그 아이에게 뭐라고 말하면 좋았을까?

분명 그 아이는 내게 무언가를 바라고 있었다……. 그것만은 알 수 있었다.

그것은 그 아이의 존재를 의미하는 무언가였을지도 모른다. 그 아이는 처음 만난 내가 자상하게 대하는 것에 짜증을 느낄 만큼 당황하고 있었다.

그것은 가여웠고, ……사랑스러웠다.

하지만 나는 그것을 그 아이에게 전할 자신이 없었다. 이렇게 나이를 먹었지만 아이를 가진 적은 없었다.

그날 나는 즉흥적인 기분으로 그 아이를 집에 두기로 했다.

옛날 자신을 보는 것 같아서 내버려 둘 수 없었던 걸지도 모르고, 단순히 불쌍하다고 생각한 것도 사실이었다.

그리고 나는 문득 그 아이의 인생이 조금이라도 좋은 방향으로 나아가도록 가능한 한 행동해도 좋지 않을까 생각했다. 조금이라도 내가 할 수 있는 일이 없을까 생각했다.

어차피 여생도 얼마 남지 않았다. 지금껏 시시하고 무책임한 인생을 살아왔다.

앞으로는 그 아이에게 무언가를 해 주는 인생이라도 좋지 않을까.

캉캉, 지팡이로 길을 확인하고 쏟아지는 아침 햇살을 받으면서, 나는 항상 가는 빵집에 들러 그 아이를 위해 페기 빵이 아니라 부드러운 빵을 샀다.

돌아가면 그 아이는 깨어 있을까…….

'역시 이제 이름 정도는 물어봐도 되겠지…….'

그 아이가 당황하는 모습을 상상하니 살짝 웃음이 흘러나왔다. 갓 구운 냄새가 피어오르는 빵 봉지를 꽉 움켜쥐고 나는 귀가를 서둘렀다.

▲
▼

……결국 그날, 노인은 돌아오지 않았다. 그다음 날도, 그다음 날도, 노인은 돌아오지 않았다.

노인은 도망친 것이라고 생각했다. 그렇다면 역시 죽였어야 했다—.

나는 읽을 수 없는 메모를 갈가리 찢어서 바닥에 버렸다.

이 기분은 뭐야. 모르겠어.

모르겠어, 모르겠어, 모르겠어, 모르겠어. **알고 싶지 않아.**

"—아아아아아아!"

나는 울렁거리는 모든 감정을 토해 내듯이 크게 소리치고 노인의 집 안을 휘저었다. 어차피 돌아오지 않으니까 거리낄 필요는 없었다. 부술 수 있는 것은 전부 부숴 주겠다. 나는 혼신의 힘을 담아 비틀린 식칼을 서랍장에 박았다.

파괴된 서랍장 안에서 번뜩이며 빛나는 예리한 단검이 나왔다.

'단검…….'

아아— 죽이고 싶어.

죽이고 싶어, 죽이고 싶어, 죽이고 싶어, 죽이고 싶어, 죽이고 싶어. 누군가를 죽이고 싶어서 참을 수가 없어.

억누를 수 없는 충동이 몸을 지배해 갔다. 나는 망설이지 않고 그 단검을 집어서 밖으로 뛰쳐나갔다.

물론 갈 곳 따위 없었다.

'죽이고 싶어.'

목적은 그것뿐이었다.

몽유병자처럼 비틀비틀 걸어가니 건너편에 색색의 네온이 반짝반짝 빛나는 밤거리가 보였다. 나는 그 빛에 이끌려 뒷골목으로 들어갔다. 조금 후미진 곳에서 해골 목걸이를 한 껑충한 남자가 미니스커트를 입은 곱슬머리 여자를 데리고 즐겁게 웃으며 무슨 이야기를 하고 있었다.

"그 할아버지, 지갑에 5달러밖에 없더라고."

"우와, 진짜?"

껑충한 남자의 손에는 낯익은 지팡이가 쥐여 있었다.

'저건…….'

틀림없었다. 저건 그 노인이 항상 들고 있던 지팡이였다.

"진짜, 괜히 죽였어. 짜증 나서 강에다 던져 버렸지. 하하하하!"

남자는 웃으면서 노인의 지팡이를 둘로 부러뜨렸다.

—그날…… 처음으로 사람을 죽인 날, 나는 태어나 처음 영화를 보았다.

무슨 영화였는지는 기억나지 않는다. 하지만 살인귀가 남녀 커플을 죽인 장면은 확실하게 기억하고 있었다. 아니, 아니다…… 눈에 새겨져 떨어지지 않았다.

행복해 보이는 일상이야말로 부숴야 할 것이라는 듯이 행동했던 괴물—. ……그런가. 행복해 보이는 녀석들이 있으니까 그 괴물은 존재하는 건가.

'……내가 ……절망으로 떨어뜨려 주겠어—!'

정신이 들자 내 단검은 피로 빨갛게 물들어 있었다. 옆에는 곱슬머리 여자가 움찔움찔 몸을 경련하며 쓰러져 있었다.

"무, 무슨 짓이야……!"

남자는 허세를 부리면서도 작게 목소리를 떨며 말했다.

그때 내 마음속에서는 그날 느꼈던 흥분이, 그날 이상의 무언가가 솟구쳤다.

문득 귓속에 그날 노인의 목소리가 되살아났다.

「그래서 넌 어쩌고 싶지?」

……당연한 일이다.

—죽여 버리고 싶다.

뭐가 그리 즐거운지 모르겠지만, 행복하게 실실 웃고 있는 인간의 얼굴을 고통으로 일그러뜨리고 절망시켜서 죽이고 싶다.

지금, 진심으로 그렇게 생각했다.

그 노인 말고는 누구도 내게 다가오지 않았다. 누구도 내가 필요하지 않았다. 나 같은 기분 나쁜 존재는 언제나 있어도 없어도 똑같았다.

—하지만 단검을 들면 공포의 표정을, 절망의 표정을 내게 보내도록 할 수 있다.

그 순간, 나는 기뻐진다.

'—그렇게 생각한다는 건, 나는 죽이는 쪽 인간인가?'

"……나는 괴물이야."

그렇게 입 밖으로 꺼내자 옥죄는 듯한 괴로움과 기쁨이 느껴졌다.

그것은 타인에게 농락당해 온 자신으로부터 해방된 순간일지도 모르고, 혹은 자신이 자신임을 인정한 순간이었을지도 모른다.

'—나는 죽이는 쪽 인간…….'

그래, 분명, 그런 거다—.

자연스럽게 웃음이 치밀었다.

"햣하하하하!"

나는 눈을 크게 뜨고 단검을 치켜들어, 내게 절망한 표정을 보내며 공포에 떠는 남자의 몸을, 얼굴을, 심장을, 수없이 몇 번이고 난도질했다.

비명이 그쳤다. 눈앞에는 지옥으로 간 두 시체가 꼴사납게 뒹굴고 있었다. 죽어 버린 것에는 역시 흥미가 일지 않았다.

고개를 들자 구름 한 점 없는 밤하늘에 노랗게 빛나는 커다란 보름달이 떠 있었다.

「—오늘은 날씨가 좋구나.」

"……멋대로 살해당하지, 말라고……."

작게 한숨을 쉬니 딱딱한 빵 맛이 입속에 되살아났다.

나는 뒷골목에 등을 돌리고 단검을 꽉 움켜쥐고서 달빛 아래를 터벅터벅 걸었다. 이제 노인이 돌아올 일은 없는— 아무도 없는 그 폐허 같은 집에서 잠들기 위해.

다음 권에 계속

CHARACTER PROFILE

레이

기억을 잃어버린 13세 소녀. 본명은 레이첼 가드너.
빌딩 최하층에서 깨어나 지상으로 향하고 있을 때 잭과 만난다.
잭에게 영리함을 인정받아 「살해당하는」 조건으로
행동을 함께하기로 결의했다.
머리가 좋으며 냉정하고 침착한 인상이지만 어딘가 기묘하게 인간의 감정을 잃어버렸다.
잭에게 「인간다운 표정을 보이지 않으면
죽일 생각이 안 든다.」는 말을 듣고 곤혹스러워하고 있다.

ISAAC FOSTER

/ HEIGHT	186CM
/ BLOOD TYPE	B
/ BIRTH DAY	???
/ ZODIAC SIGNS	LEO

정확한 출생일은 불명.
시설에 있던 서류에는
추정 7월 24일 전후라고
써 있음.

잭

살인귀. 본명은 아이작 포스터. 20세 전후라고 하지만 나이는 불명.
행복하거나 기뻐하는 인간을 보면 무심코 죽이고 싶어서 참을 수 없게 되는
자칭「멀쩡한 성인 남성」.
희망이 절망으로 바뀌는 것이나 공포에 떠는 표정에서 쾌감을 느끼며
흥분이 고조되면 무심코 상대를 죽여 버린다.
유년기, 고아원에 맡겨진 뒤로 실종되었다.
생각하는 것이 서툴며 머리는 좋지 않다.

대니

B5층에서 만난
레이의 주치의를 자칭하는 의사.
부드러운 태도와 자상한 미소를 보이며
레이에게 접근하나 「아름다운 눈」에 유별난 집착심을 보인다.
레이의 눈이 상처 입지 않도록 신경 써 주지만
과연 그 진의는…….

EDWARD MASON

/ HEIGHT	154CM
/ BLOOD TYPE	A
/ BIRTH DAY	4/30
/ ZODIAC SIGNS	TAURUS

에디

B4층에서 만난 남자아이.
레이와 나이가 비슷하며
이 빌딩에서 죽은 인간들의 무덤을 매일 만들고 있다.
레이에게 한눈에 반하여
레이의 모습을 새긴 무덤을 만들어
두 사람을 기다리고 있었다.

캐시

B3층에서 만난

자신을 「단죄인」이라고 부르는 사디스트 여간수.

쾌활하게 말하면서

차갑고 잔혹한 징벌을 차례차례 내린다.

린치를 가하면서, 잭과 레이가

「위태로운 약속」을 맺고 있다고 깨닫는다.

P R O F I L E

키나 치렌 CHIREN KINA

소설가. 대학 재학 중에 쓴 『녹으니 시들었다.』(신초샤)로 제9회 성인문학상 우수상 수상. 그 후 『정전기와, 미야코의 무의식.』(겐토샤)으로 단행본 데뷔. 『나비 세계』(이치진샤)나 『Just Be Friends.』(PHP연구소), 『DEEMO Last Dream』(포니캐니언) 등 인터넷 콘텐츠의 소설화를 다수 담당했다.

사나다 마코토 MAKOTO SANADA

게임 작가. 2013년 10월에 프리무!에 투고한 『안개비가 내리는 숲』이 화제가 되어 만화나 소설 등 여러 매체로 전개되는 인기작이 되었다. 2015년 8월, 니코니코 게임 매거진에서 대망의 신작 『살육의 천사』 제1화를 공개. 연재 중부터 높은 인기를 얻었고 2016년 2월에 제4화를 배포하며 완결. 연재 종료 후에 공개된 영상 『살육의 천사 Episode.NG』도 화제를 불렀다.

negiyan NEGIYAN

일러스트레이터 · 디자이너. 『살육의 천사』에서는 LINE 스티커 제작, 굿즈 등을 담당하는 공식 일러스트레이터로 활약. 또한 Twitter에서 연재한 네 컷 만화가 큰 반향을 일으켜 코믹진에서 동시 연재도 시작했다.

살육의 천사

UNTIL DEATH DO THEM PART

원작 = 사나다 마코토
저자 = 키나 치렌
일러스트 = negiyan

STORY BY MAKOTO SANADA
WRITTEN BY CHIREN KINA
ILLUSTRATION BY NEGIYAN

살육의 천사
UNTIL DEATH DO THEM PART

1판 1쇄 발행 2017년 2월 10일
1판 16쇄 발행 2024년 3월 8일

원작_ Makoto Sanada
지은이_ Chiren Kina
일러스트_ Negiyon
옮긴이_ 송재희

발행인_ 최원영
본부장_ 장혜경
편집장_ 김승신
편집진행_ 권세라 · 최혁수 · 김경민 · 최정민
편집디자인_ 양우연
관리 · 영업_ 김민원

펴낸곳_ (주)디앤씨미디어
등록_ 2002년 4월 25일 제20-260호
주소_ 서울시 구로구 디지털로 26길 111 JnK디지털타워 503호
전화_ 02-333-2513(대표)
팩시밀리_ 02-333-2514
이메일_ lnovellove@naver.com
L노벨 공식 카페_ http://cafe.naver.com/lnovel11

ISBN 979-11-278-4021-1 04830
ISBN 979-11-278-4020-4 (세트)

값 9,000원

HEY YO
......
WHAT ARE YOU FUCKING DOING HERE?
WHAT?
......do me a favor.
KILL ME , ...please.

BAM!
......DAMN, DOESN'T WORK
HOW TO OPEN IT ......FUCK.